THE QUEEN OF CRIME
繁體中文版
20週年
紀念珍藏

鴛鴦神探

阿嘉莎・克莉絲蒂——著

冒國安——譯

Partners in Crime

Agatha Christie®

通俗是一種功力

吳念真（導演、作家）

通俗是一種功力。絕對自覺的通俗更是一種絕對的功力。

這樣的話從我這種俗氣的人的嘴巴說出來，大概很多人要笑破褲底了。不過，笑完之後請容我稍稍申訴。這申訴說得或許會比較長一點，以及，通俗一點。

小時候身材很爛，各種遊戲競爭完全任人宰割，唯一隱遁逃避的方法是躲起來看書或聽大人瞎掰。那年頭窮鄉僻壤的小孩能看的書不多，小學二年級時最喜歡的是超大本的《文壇》，老師借的。看著看著，某天老師發現我的造句竟出現：「捧著：朝陽捧著一臉笑顏為群山剪綵」這樣亂七八糟的文字，就拒絕再讓我看那些超齡的東西了。

老師的書不給看，我開始抓大人的書看。一種是厚得跟磚塊一樣的日文書，對我來說那完全是天書，但插圖好看，經常有限制級的素描。另一種書是比較薄的，通常藏得很嚴密，只是裡面有太多專有名詞、重複的單字和毫無限制的標點，比如「啊啊啊」、「……！！！」

老讓我百思不解。有一天，充滿求知欲地詢問大人竟然換來一巴掌後，那種閱讀的機會和樂趣也隨著消失了。

所幸這些閱讀的失落感，很快從大人的龍門陣中重新得到養分。講到這裡，我似乎先得跟一個村中長輩游條春先生致敬，並願他在天之靈安息。

我所成長的礦區，幾乎全是為著黃金而從四面八方擁至的冒險型人物，每人幾乎都有一段異於常人的傳奇故事。這些故事當事人說來未必精采，但一透過游條春先生的嘴巴重現，有時連當事人都聽得忘我，甚至涕泗縱橫，彷彿聽的是別人的故事。

條春伯沒當過日本兵，可是他可以綜合一堆台籍日本兵的遭遇，一如連續劇般從入伍、受訓、逃亡荒島，面對同鄉同袍的死亡，並取下他們的骨骸寄望帶回故鄉，乃至骨骸過多搞不清哪是誰的等等，讓聽的人完全隨他的敘述或悲或笑，彷彿跟他一起打了一場太平洋戰爭。此外他也可以把新聞事件說得讓一個三、四年級的小孩，到現在仍記得當時腦中被觸動的畫面。例如當年瑠公圳分屍案的凶手做案之後帶著小孩到安東街吃麵（這讓我一直以為台北的安東街是條專門賣麵的街道），還有甘迺迪總統被暗殺、賈桂琳抱住她先生、安全人員跳上飛快的車子保護賈桂琳……當然，這記憶全來自條春伯的嘴巴而不是報紙。我的記憶全是畫面，有畫面，是因為條春伯說得精采，說得有如親臨他至死都還搞不清地理位置的達拉斯命案現場。

於是這小孩長大後無條件地相信：通俗是一種功力，絕對自覺的通俗更是一種絕對的功力。透過那樣自覺的通俗傳播，即使連大字都不識一個的人，都能得到和高階閱讀者一樣的感動、快樂、共鳴，和所謂的知識、文化自然順暢的接軌。也許就是因為這些活生生的例子，俗氣的自己始終相信：講理念容易講故事難，講人人皆懂、皆能入迷的故事更難，而能隨時把這樣的故事講個不停的人，絕對值得立碑立傳。

條春伯嚴格地說是有自覺的轉述者，至於創作者，我的心目中有兩個。一個是日本導演山田洋次，一個是推理小說家阿嘉莎·克莉絲蒂。

山田洋次創造了寅次郎這個集合所有男人優點跟缺點的角色，在以《男人真命苦》為名的系列下，總共完成百部左右的電影。它們的敘述風格、開頭、結尾的方法不變，唯一改變的是故事，是時代，是遍歷日本小鄉小鎮的場景。數十年來，看《男人真命苦》幾已成為日本人每年的一種儀式，一如新春的神社參拜。

數十年前訪問過山田導演，他說，當他發現電影已然有它被期待的性格時，電影已經不是導演自己的。他說：當所有人都感動於美人魚的歌聲時，你願意為了讓她擁有跟你一樣的腳，而讓她失去人間少有的嗓音嗎？

人間少有的嗓音與動人的歌聲，都來自山田導演絕對自覺的通俗創造。

再如阿嘉莎·克莉絲蒂，如果我們光拿出她說過的故事和聽過她故事的人口數字，就足以嚇死你。五十多年的寫作生涯，她總共寫出六十六本長篇推理小說，外加一百多篇短篇小說和劇本。其中有二十六本推理小說被改編，拍了四十多部電影和電視劇集。作品被翻譯成一百零三種文字的版本，銷量超過二十億本。

夠了。你還想知道什麼？知道二十億本的意義是什麼嗎？二十億本的意義是全世界平均三個人就有一個人讀過她的書，聽過她說的故事。

說來巧合，她和山田洋次一樣，創造出個性鮮明的固定主角（當然，前前後後她弄出來好幾個），然後由他（或是她）帶引我們走進一個犯罪現場，追尋真正的罪犯。

故事就這樣？沒錯，應該說這是通常的架構。那你要我看什麼？不急，真的不急，克莉絲蒂會慢慢冒出一堆足夠讓你疑惑、驚嚇、意外，甚至滿足你的想像力、考驗你的耐心和智商的事件來。

推理小說不都是這樣嗎？你說得沒錯，大部分是這樣，不一樣的是……對了，她像條春伯，像山田洋次，她真會說，而且她用文字說。

文字的敘述可以讓全世界幾代的人「聽」得過癮、「聽」個不停，除了聖經，也許就是克莉絲蒂。她不是神，但她真的夠神。

數十年前，台灣剛剛出現她的推理系列中譯本，那時是我結婚前，常有同齡的文藝青年來我租住的地方借宿，瞄到我在看克莉絲蒂，表情詭異地說：「啊？你在看三毛促銷的這個喔？」

我只記得他抓了一本進廁所，清晨四點多，他敲開我的房門說：「幹，我實在很討厭那個白羅……再拿一本來看看，我跟你說真的，要不是你的書，我真的很想把那個矮僱壓到馬桶吃屎！」

我知道他毀了，愛吃又假客氣，撐著尊嚴騙自己。克莉絲蒂再度優雅地撕破一個高貴的知識份子的假面具，她的手法簡單，那手法叫通俗，絕對自覺的通俗，無與倫比、無法招架的功力。

昔日的文藝青年如今跟我一樣，已然老去，但不時還會看到他寫一些充滿理念和使命感極重的文章，在報紙和雜誌上出現。我知道他要說什麼，只是常常疑惑他想跟誰說；同樣，我記得他說過什麼，但轉眼間忘記他說了什麼。但請原諒我，幾十年前那個晚上，他在我家看完的那兩本克莉絲蒂的小說內容，我可還記得清清楚楚。

也許有一天再遇到他的時候，我會問他之後是否還看過克莉絲蒂其他的書，如果沒有，我會跟他說，想讀要趁早，因為你會老、會來不及。至於白羅那個矮僱，大概永遠不會消失。哦，對了，還有一個叫瑪波，你說不定會來不及認識……

歡快氣氛下的解謎樂

龍貓大王通信

一九八〇年代，美國電視觀眾最喜歡的作品類型之一，是看俊男美女在電視上「床頭吵床尾和」。一九八二年，浪漫推理劇《龍鳳妙探》（*Remington Steele*）大受歡迎，男主角皮爾斯．布洛斯南（Pierce Brendan Brosnan）高大帥氣，女主角史蒂芬妮．齊姆帕勒（Stephanie Zimbalist）嬌小可愛，他們之間不但有最萌身高差，還有最凶的吵架音量，你一嘴我一嘴地互嘴鬥臭，其實偷渡的是勢均力敵的甜蜜情意。一九八六年的《雙面嬌娃》（*Moonlighting*）吵得更凶，布魯斯．威利（Bruce Willis）與西碧兒．雪柏（Cybill Shepherd）這對歡喜冤家從鏡頭前吵到鏡頭外，但觀眾只認識鏡頭前流氓與淑女的美味關係，而這已經足夠讓布魯斯．威利的星運一飛沖天。

情侶神探的公式不只讓八〇年代的觀眾買單，其實早在二〇年代就被證明很有賣點。謀殺天后阿嘉莎．克莉絲蒂的經典中，恰巧就包括一對龍鳳妙探的系列作品，他們是克莉絲蒂創作的蛋頭神探與阿嬤神探之外的唯一一組情侶神探：湯米與陶品絲。

這對情侶在一九二二年出版的《隱身魔鬼》首度登場；一九二九年出版的短篇集《鴛鴦神探》裡已經結為夫妻；一九四一年的《密碼》裡勇破二戰諜網；一九六八年已步入老年的貝里福夫妻，繼續在《顫刺的預兆》裡偵查老人療養院的死亡祕辛；最終在一九七三年的《死亡暗道》裡，老先生、老太太已經決定退休，還買了一棟退休房……聽起來他們似乎沒有繼續關心凶手與謎案的必要了，對吧？怎麼可能，陶品絲搬進新家整理環境時，在前屋主留下的書中，竟然找到一段塵封已久的祕密訊息：「瑪麗喬丹並非自然死亡，凶手是我們其中的一個。」

有誰只是整理書櫃也會突然變身偵探？湯米與陶品絲就會，這多少能證明，克莉絲蒂在這對鴛鴦神探身上放進不少玩心。也許是她為湯米與陶品絲設計的浪漫關係，令克莉絲蒂為他們而寫的故事也格外輕巧俏皮。別誤會，湯米與陶品絲出場的處女秀《隱身魔鬼》有國際陰謀、有失竊的機密文件、有神祕又奸詐的犯罪首腦「布朗先生」（這下你就懂書名《隱身魔鬼》是在說誰了）。這看來是一部暗潮洶湧的諜報小說，而確實湯米與陶品絲也穩穩地踩中大部分的可怕陷阱，但克莉絲蒂將這對男女寫得實在太過可愛……你潛意識裡早就知道，他們絕對要邊吵架邊談情地（順便推理）百年好合，不會在這個險境裡就GG（完結）。

湯米與陶品絲的情誼首先是建立在「好哥兒們」的友情之上，從《隱身魔鬼》的開場就看得出來：

「湯米，你這個老東西！」

「陶品絲，老朋友！」

兩個年輕人熱情地相互問候……那兩個「老」字頗易讓人誤解，其實兩人年齡加起來絕不超過四十五歲。

二〇年代已經不是封建時代，但男女之間還是有別。而湯米與陶品絲之間的情誼，能夠打破這種隔閡，他們首先是鐵打的好友，彼此在軍醫院認識，因此他們之間有太多戰場回憶可以閒聊，也深知對方的個性與偏好，更重要的是，他們都是一窮二白。這對日後的鴛鴦神探久別重逢，既不談情也不破案，而是討論如何賺錢。克莉絲蒂可不會那麼輕易就灑糖，但從湯米與陶品絲彼此互補的性格設定，你很快就會了解這段友情遲早要昇華成戀情。

你可以懷疑，金庸筆下的郭靖、黃蓉這對射鵰俠侶設定，是不是抄襲自湯米與陶品絲。因為郭靖和湯米一樣，是個有點遲鈍的傻大個——湯米的傻可不是我說的，是克莉絲蒂這樣寫：「湯米不太聰明……但他的慧眼絕對能一眼看穿真偽。」不只如此，克莉絲蒂還形容他「有張（看得過去）的醜臉」。到底什麼樣的長相是「醜但看得過去」？克莉絲蒂只說這種長相是「很難歸類」，而且是「綜合紳士與運動員的臉孔」。這種先踹後捧的寫法我是不會買單的，湯米擺明就是個不會被稱為男神的樸拙男性。

而陶品絲與湯米完全相反，下面這段克莉絲蒂的形容，會不會讓你腦中浮現一個二〇年代的黃蓉模樣？

陶品絲稱不上漂亮，可是那張小臉蛋上有著精靈般的線條、堅毅的下巴，還有一雙隔得很開、從平直的黑眉毛下望去迷迷濛濛的灰色大眼，在在表現出個性和魅力……她的外表散發著一股敢作敢為、精明能幹的味道。

「精靈般」、「個性魅力」、「敢作敢為精明能幹」，這是一位充滿行動力又特立獨行的女性，剛好補足了湯米謹慎緩行的保守個性。當久違重逢的湯米與陶品絲一起討論該如何賺錢，他們在排除繼承遺產（沒有任何親戚有遺產）與為錢結婚（兩人的異性緣都少得可憐）兩個途徑後，決定還是親力親為白手起家。但是誰先提出一起合夥開公司的點子呢？當然是即知即行的陶品絲！他們決定開一家「青年冒險家企業」，名稱響噹噹，事實上，他們開的是《銀魂》裡的「萬事屋」生意：有錢，什麼活我們都幹。

這種歡快的氣氛，引領湯米與陶品絲穿梭一個又一個謎團，大到《密碼》裡追捕兩名納粹間諜，小到《顫刺的預兆》裡的養老院祕密。即便他們沒有在解謎，光是看湯米與陶品絲鬥嘴聊天就很有趣，而這是有別於白羅系列或瑪波小姐系列的獨特樂趣。

這種創作上的玩心有時不是那麼容易發現，例如在《鴛鴦神探》這本短篇小說集裡，每個小短篇不但都是貝里福夫妻的探險歷程，同時也是克莉絲蒂的諧仿之作——每一篇內容都隱射推理黃金年代的名作家或名角色。例如〈女士失蹤了〉致敬了福爾摩斯的〈法蘭西斯．卡法克小姐的失蹤〉（*The Disappearance of Lady Frances Carfax*）；〈霧中人〉則諧仿了史上最厲害的「神父偵探」布朗神父……克莉絲蒂甚至諧仿自己，在《鴛鴦神探》的最後一個故事〈代號十六的人〉裡，湯米自稱是「沒長鬍鬚但智力過人」的白羅！

湯米與陶品絲系列的五本小說，自《隱身魔鬼》到最後的《死亡暗道》，克莉絲蒂創作的時間橫跨五十年，我們可以看著貝里福夫妻逐漸變老。福爾摩斯也會老，白羅也會老到糊塗，但是湯米與陶品絲卻老得很愉快。他們始終愉快，不管是年輕或蒼老，這讓閱讀五本湯米與陶品絲系列的體驗，宛如身處春風之中一樣愉快，值得推薦給長期與雨劍風刀相伴的推理粉絲。

當然，除了湯米與陶品絲系列之外，克莉絲蒂還有不少經典：《一個都不留》自然不用多提；《無辜者的試煉》是我個人特別喜愛的一本小說，我在遠流的 App「謀殺天后密室」裡的「密室之聲」Podcast 第十六集裡，談過這本講述家庭內情勒暴力的小說；此外還有曾與白羅合作過的雷斯上校探案《褐衣男子》與《魂縈舊恨》，以及性格沒那麼出彩的穩重蘇格蘭警場刑事主任巴鬥，他的幾本小說包括《煙囪的祕密》、《七鐘面》、《殺人不難》與《本末倒置》也包含在內，特別值得一提的是，《本末倒置》是克莉絲蒂本人最喜歡的十部作品之一。而《謎樣的鬼豔先生》中的哈利．鬼豔，是唯一獲得克莉絲蒂獻詞的偵探。

獻詞

阿嘉莎・克莉絲蒂是世界讀者最眾，也最廣受喜愛的女作家。
身為克莉絲蒂的孫兒，我相信奶奶會非常樂見這次出版，
因為她極以自己作品中的趣味與娛樂為豪。
歡迎所有喜歡本系列的台灣新讀者參與這場饗宴！

——馬修・培察（Mathew Prichard）

鴛鴦神探

目錄

01

國際偵探社

Partners in Crime

湯瑪士．貝里福夫人在長沙發上挪動了一下身子，愁眉苦臉地朝窗外看去。窗外視野並不深遠，只有街對面的一小排房子。貝里福夫人嘆了一口氣，繼而又哈欠連天。

「我真希望，」她說道，「能出點什麼事。」

她丈夫抬頭瞪了她一眼。

「小心點，陶品絲，你這種渴望發生聳動八卦事件的心態讓我感到驚慌。」

陶品絲又嘆了一口氣，迷茫地閉上了眼睛。

「於是湯米和陶品絲結了婚，」她朗誦道，「從此過著幸福快樂的日子。六年之後，他們仍然過著幸福快樂的日子。真是不可思議，事情的結局永遠是你始料未及的。」

「非常精闢的見解，陶品絲。可惜沒有什麼獨到之處。一些著名的詩人和留名青史的教士也曾如此說過，而且……倘若你能原諒我這樣說的話，他們都說得比你更精采。」

「六年前，」陶品絲繼續說道，「只要有充裕的錢去買東西、只要擁有你這個丈夫，我就會發誓說我的生活是一首光輝甜蜜的詩歌，就像你熟悉的某位詩人說的。」

「是我還是錢使你厭煩了？」湯米冷冷地問道。

「倒不是厭煩，」陶品絲友善地說，「我只是人在福中不知福罷了。人不到頭昏腦脹，就不會感到能用鼻子自由呼吸是上天多麼大的恩賜。」

「看來我應該稍微冷落你，」湯米建議道，「帶其他的女人去上夜總會什麼的。」

「沒用的，」陶品絲說，「你只會在那兒撞見我和其他男人在一起。我十分清楚你並不在乎其他女人，卻永遠無法非常確定我在不在意其他男人。女人細心多了。」

「只有在謙虛的時候，男人才拿高分。」她丈夫低聲說道，「陶品絲，你到底怎麼啦？為什麼這麼不滿？」

「不知道。我希望發生點什麼事，令人興奮的事。湯米，難道你不再想追捕德國間諜了嗎？想想以前那些危險又刺激的日子。當然，我知道你現在多少還在情報機關做事，但那純粹是辦公室的工作。」

「你的意思是，你倒寧願他們把我送去最陰暗的俄國，裝扮成布爾什維克黨走私販酒，或者類似的事？」

「那還不夠精采，」陶品絲說，「他們不可能讓我和你一塊去。我是個想做事想瘋了的人。給我事做！這就是我整天掛在嘴邊的意思。」

「婦人之見。」湯米說道，揮了揮手。

「每天早餐後，只要花二十分鐘，我便能使家裡顯得盡善盡美。這你該沒有可抱怨的，是吧？」

「陶品絲，你料理家務完美無缺，簡直到了簡單劃一的程度。」

「我喜歡別人有感恩的心。」陶品絲說道，「我當然有工作要做，」她接著說：「但是，湯米，告訴我，你難道不曾暗地渴望來點刺激，期望著什麼事情發生？」

「不曾，」湯米矢口否認。「我沒有。渴望刺激是人之常情，然而所發生的事情也可能令人不快。」

「男人真是小心謹慎。」陶品絲嘆了口氣。「難道你不曾對浪漫愛情、冒險生活有過強烈的渴望？」

「陶品絲，你最近在看什麼書？」湯米問道。

「想想看，」陶品絲繼續說著，「倘若我們聽到一陣狂亂的敲門聲，走過去開門，一個死人搖搖晃晃地走進屋來，那會多麼令人興奮。」

「如果他死了，他就不可能搖搖晃晃。」湯米吹毛求疵地說。

「你明白我的意思，」陶品絲說，「在他們奄奄一息之前，總是踉蹌地倒在你面前，只能氣喘吁吁地吐出令人捉摸不透的幾個字……『花豹』或者諸如此類的字。」

「我建議你修一門叔本華[1]或康德[2]的課程。」湯米說道。

「你自己才最該去修。」陶品絲說，「你愈來愈胖，日子過得愈來愈舒適。」

「才沒有。」湯米憤慨地說，「你是因為做健美操才能保持身材苗條哩。」

「大家都這麼做啊！」陶品絲說，「當我說你愈來愈胖，那只是一種隱喻罷了，我其實是說，你愈來愈成功、愈來愈時髦瀟灑了。」

「我真不明白你究竟是著了什麼魔。」她丈夫說道。

「渴望冒險，」陶品絲壓低嗓門說，「總比渴望一份浪漫戀情來得好。有時我也有那種想望。我夢想邂逅一位男子，一位英俊瀟灑的男人……」

「你邂逅了我，難道這還不夠嗎？」湯米說。

「一個棕色皮膚、身材瘦削又非常強壯的男人，他能駕馭世間的一切，能套住所有桀驁不馴的野馬……」

「還應該穿上羊皮褲、戴上牛仔寬簷帽。」湯米譏諷地插了一句。

「並且居住在人跡罕至的荒野裡，」陶品絲繼續說道，「我要他狂戀著我。而我呢，當然應該嚴守婦道，斷然拒絕他的求愛，信守我的結婚誓言，但我的心會祕密地飛向他。」

「嗯，」湯米接著她的話頭。「我希望我能邂逅一位美麗絕倫的女孩。一個愛我愛得死心塌地的金髮女子。只是我想我不會斷然拒絕她，事實上，我非常肯定我不會。」

「真是下流。」陶品絲說。

「你究竟怎麼啦，陶品絲？你從來不用這種語氣說話的。」湯米說道。

「沒什麼，只是長久以來，我內心一直如沸水般無法平靜，」陶品絲說，「要什麼有什麼是很危險的事，這也包括有充裕的錢去購物。商店裡總有那麼多的帽子……」

「你已經有大約四十頂帽子了，」湯米說，「而且看起來都差不多。」

1 叔本華（Arthur Schopenhauer, 1788-1860），德國唯心主義哲學家。

2 康德（Emmanuel Kant, 1824-1804），德國哲學家，批判主義的奠基者。

「帽子就是那樣，它們其實並不一樣，相互之間都有細微差異。今天上午我在維奧萊特商店就看見一頂相當不錯的。」

「假如你除了不斷去買那些沒用的帽子以外，沒別的事情可做……」

「正是如此，」陶品絲說，「說得對極了。倘若我有更有趣的事可做，我應該會處理得有條不紊。哦！湯米，我真希望有點刺激的事發生。我覺得，我真的覺得，這對我們兩人都好。如果我們能發現一個精靈……」

「啊！你說這番話，真讓人莫名其妙！」湯米說。

他站起身來，走向房間另一頭，拉開書桌抽屜，取出一張小小的相片，並將它遞給了陶品絲。

「啊！原來你把它們都沖洗出來了。這張是什麼？是你拍這間房間的那張，還是我拍的那張？」

「我拍的那張。你拍的沖不出來，曝光不足。你老是這樣……」

「真是了不起，」陶品絲說，「你還有一件做得比我好的事。」

「胡說八道！」湯米不滿地說，「但我暫時不跟你計較。我想讓你看的是這個。」

他指著照片上的一小道白斑。

「那是底片上的一條刮痕。」陶品絲說。

「才不是，陶品絲，那是一個精靈。」

「湯米，少白癡了。」

「你自己看！」

他遞給她一個放大鏡。陶品絲透過放大鏡仔細審視著照片。是啊，稍稍憑藉幻想，在照片上的那道斑痕確實顯現出一個小巧、長著翅膀的精靈，就站在壁爐圍欄上。

「她有翅膀耶！」陶品絲驚叫道，「太有趣了，我們家竟然有活生生的精靈。哦！湯米，我們是不是應該寫信告訴柯南．道爾這件事？你認為她是否會讓我們許願呢？」

「你很快就會知道的，」湯米說，「你整個下午不是一直很渴望發生什麼事嗎？」

就在這時，門開了。一位十五歲左右的瘦高男孩走了進來。從相貌上看，還真難判斷他是男僕或是個門僮。他以十分溫文爾雅的口氣問道：「您要見客嗎，夫人？剛才有人在按門鈴。」

「真希望艾柏沒去看電影。」陶品絲嘆了一口氣。

在她點頭表示認可後，艾柏走出了門外。

「他現在正在模仿長島的男僕。感謝上帝！我終於糾正了他向客人要名片、再用托盤送給我的習慣。」陶品絲說。

門再度打開，艾柏宣布說：「是卡特先生。」聽他的口氣，彷彿訪客是王室成員。

「是頭子！」湯米大吃一驚地小聲說道。

陶品絲欣喜若狂地跳起來跑去迎接客人。來者身形高大，滿頭白髮，眼神銳利，臉上露出倦乏的笑容。

「卡特先生，見到您真是高興。」

「很好，湯米夫人。現在請回答我一個問題：你的日子過得還好嗎？」

「很滿意，只是太乏味。」陶品絲答道，兩眼閃閃發光。

「那再好不過了！」卡特先生說，「我察覺到你情緒頗佳。」

「你的話聽起來讓人興奮。」陶品絲說。

艾柏仍然以長島男僕特有的姿勢把茶端進來。在他毫無失誤地做完這項工作後，便悄悄關上門，走了出去。這時，陶品絲又大聲說道：「卡特先生，您是有事來找我們吧？您要送我們到最黑暗的俄國去執行某項任務嗎？」

「不完全是。」卡特先生說。

「但總是有什麼事吧？」

「是的，是有事。我想你不是那種迴避危險的人，對吧，湯米夫人？」

陶品絲的眼睛閃爍著興奮的神情。

「我們部裡確實有點事要做，我想……只是想想而已，這項任務可能會適合你們。」

「請繼續說。」陶品絲說。

「我發現你們訂閱了《每日論壇》。」

卡特先生繼續說道，隨手從桌子上拿起那份報紙。他翻到廣告欄，用手指了指一則廣告，並把報紙推給桌子對面的湯米。

「請大聲讀一下。」他說。

湯米遵命行事。

國際偵探社社長西奧多．布倫特提供私家偵探服務。本社擁有大批嚴守機密、技術精湛之探員。絕對明察秋毫。接受免費諮詢。地址：赫爾漢街一一八號。

湯米疑惑地看著卡特先生，後者點了點頭。

「該偵探社苟延殘喘已有一段時間。」他低聲說道，「我的一個朋友以極便宜的價格買下了它。我們準備使其再次運作，比方說先嘗試六個月。其間，該偵探社必須有一位社長。」

「西奧多．布倫特先生本人呢？」湯米問道。

「我認為布倫特先生辦事太輕率……蘇格蘭警場不得不干預此事。女王陛下已批准將其拘留，他自然對我們想了解的東西不會透露半個字。」

「這點我明白，長官，」湯米說，「我想我清楚。」

「我建議你向你的辦公室請假六個月。理由是身體狀況欠佳。當然，如果你想以西奧多．布倫特的名義開辦一家偵探社，那也與我毫不相干。」

湯米堅定地看著他的上司。

「還有別的指示嗎，長官？」

「我相信布倫特先生已經辦理過幾件國際事務。你要特別留意那些貼著俄國郵票的藍色信函。它們都是由一位火腿商寄出，他急切地要找到他幾年前以難民身分來到我國的妻子。你把郵票弄溼，就會發現郵票背面寫了一個數字『十六』。你複製這些信件，然後把原件送給我。更重要的是，如果有人到你辦公室提及十六這個數字，不管是誰，你都必須立刻通知我。」

「我懂，長官！」湯米說，「就這些要求嗎？」

卡特先生從桌子上拿起他的手套，準備告辭。

「你可以隨心所欲地管理該偵探社。我想，」他眨了眨雙眼。「讓湯米夫人有機會在小小的偵探工作中一試身手，可能會讓她很開心。」

§

幾天後，貝里福夫婦正式接管了「國際偵探社」。他們的辦公室位於布魯姆斯貝利一棟有些破舊的建築物三樓。艾柏放棄了長島男僕的角色，在對外辦公室中扮演起辦公室小弟的角色，這角色他扮演得唯妙唯肖。一紙袋糖果、墨水弄髒的雙手和亂七八糟的頭髮，儼然是他對這種角色的印象。

對外辦公室有兩扇門通往內部的辦公室。一扇門上漆著「職員辦公室」；另一扇門上則是「非請莫入」。在這扇門的裡面，是一間小巧舒適的房間，裡面擺著一張碩大的辦公書桌，還有許多標有精美標籤的檔案夾，只是裡面全都空空如也；另外還有幾把堅固的皮椅。書桌後面端坐著一生致力於經營偵探社形象的冒牌社長布倫特先生。當然，他的手邊少不了一具電話。陶品絲和他已多次成功地排演了內部通話，艾柏也接獲了指示。

比鄰的房間屬於陶品絲，在這裡她是位打字員。室內擺著必要的桌椅，其品質當然比偉大社長的辦公室家具低劣許多，另外還有煮茶用的環形噴頭煤氣爐。

事實上，萬事俱備，只欠顧客。

陶品絲處於業務初開張的興奮期，心中充滿光明希望。

「這簡直是太棒了！」她大聲宣告，「我們可以追捕凶手，尋覓丟失的傳家珠寶，找出失蹤的人，並揪出盜用公款的內賊。」

湯米感到自己有責任澆她冷水。

「別太激動，陶品絲，盡量把你習慣閱讀的那些低俗小說統統忘掉。我們的委託人……倘若真會有委託人找上門的話，也僅僅是那些想對太太盯梢的丈夫，或者想對丈夫盯梢的太太。提供離婚證據才是私家偵探的主要職責。」

「噁！」陶品絲嗤之以鼻。「我們不接離婚案。我們必須把新工作的基調訂得高一點才行。」

「沒……沒錯。」湯米疑惑地說。

開張一週之後，他們非常懊惱地討論著工作紀錄。

「三個白癡女人的丈夫外出度週末未歸。」湯米嘆了口氣。「我出去吃午飯時，有人來過嗎？」

「一個胖老頭和他輕佻的老婆，」陶品絲悲傷地嘆了口氣。「多年來，不斷在報紙上看到離婚率上升的報導，但是直到上個禮拜，我才了解這個問題果真嚴重。光說『我們不接離婚案件』就說得我煩死了。」

「我們現在已經在廣告裡註明這點了，」湯米提醒道，「因此，情況還沒那麼糟。」

「我敢說我們的廣告詞也是最誘人的。」陶品絲憂鬱地說，「反正不管怎樣，我是絕不會打退堂鼓的。若有必要，我就自己犯罪，再由你來偵破。」

「那又有什麼好處呢？想一想我在包爾街[3]向你深情告別時的心情……是包爾街還是凡恩街呀？」

「你是在懷念你單身的日子吧？」陶品絲犀利地說。

「倫敦中央刑事法庭，那才是我想說的。」湯米說。

「唉，」陶品絲說，「總之，我們應該做點什麼。我們有滿腹經綸，卻苦無機會施展。」

「陶品絲，我最喜愛你那天真的樂觀主義。你似乎一點也不懷疑自己的才能。」

「當然啦。」陶品絲雙眼睜得老大。

「但是你根本不具備任何專業知識。」
「哦，過去十年出版的每一本偵探小說我都讀過。」
「我也都讀過。」湯米說，「但是我有種感覺，它們並不能幫我們多少忙。」
「你是個永遠的悲觀主義者，湯米。對自己懷有自信很重要。」
「嗯，對你而言，那是無庸置疑的。」她丈夫說。
「當然，在偵探小說裡辦案易如反掌，」陶品絲沉思著。「那是因為作家都是逆向寫作。我的意思是，如果事先知道了破案方法，便可以安排線索。我想現在……」
她停頓了一會兒，皺了皺眉頭。
「怎麼了？」湯米問道。
「我有一個主意，」陶品絲說，「還不成熟，但是正在成形。」她果斷地站起身來。「我想我應該去買那頂我告訴過你的帽子。」
「哦，天啊！」湯米說，「又一頂帽子！」
「那是頂很不錯的帽子。」陶品絲理直氣壯地說。
她表情堅忍不拔地走出辦公室。

3 包爾街（Bow Street），倫敦輕罪法庭所在。

接下來的幾天，湯米曾一兩次好奇地問過陶品絲，到底她的主意是怎麼回事。陶品絲只是搖搖頭，要他給她一點時間。

一個陽光明媚的早晨，第一個顧客登門，一切事情暫拋腦後。

辦公室門外一陣敲門聲，剛把一粒水果糖放在兩唇之間的艾柏口齒不清地喊道：「請進！」隨即在驚喜之中將整粒糖吞進肚裡。因為這次看來真有事要發生了。

一名穿著講究、舉止典雅的高個青年站在門口，顯得有點猶豫。

「不折不扣的富紳。」艾柏自言自語道。他對這類事情的判斷力十拿九穩。

這名年輕人大約二十四歲，頭髮向後梳得油亮帥氣，戴著流行的粉紅色鏡框，而且幾乎毫無下巴可言。

艾柏欣喜若狂地按了他桌子下面的按鈕，幾乎與此同時，一連串完美無缺的打字聲從職員辦公室傳了過來。陶品絲急急忙忙地辦起公來。這種忙碌的工作狀況震懾住了這位年輕人。

「請問，」那年輕人問道，「這兒就是那個……那個稱之為偵探社，標榜擁有一群布倫特的超級偵探大師嗎？負責處理……那類的事，啊？」

「先生，你是想與布倫特先生本人……談嗎？」艾柏問道，語氣中透出不確定能做這樣的安排。

「嗯，是的，小夥子，這是個極好的建議。我能如願以償嗎？」

「我想，您並沒有預約吧？」

訪客越發顯得歉疚。

「對不起，我沒有。」

「先生，您應該先打電話聯繫才是。布倫特先生忙得不可開交。目前他在講電話，蘇格蘭警場正打電話向他請教呢！」

這番話恰到好處地使那位年輕人不由得肅然起敬。

艾柏壓低嗓門，以朋友的語氣向對方透露道：「政府部門的重要文件失竊。他們想請布倫特先生處理這個案件。」

「哦！真的？嗯，他一定是位非常了不起的人物。」

「先生，我們老闆的確是位大人物。」艾柏說。

那年輕人坐在一把硬椅子上。他絲毫未察覺此刻有兩雙眼睛正透過設計巧妙的窺視孔，在敏銳地窺探著他。一雙是陶品絲的，她趁著急如暴雨的打字暫歇乘機窺探；而另一雙則是湯米的，他正準備伺機而動。

突然，艾柏桌上的鈴急促地響了起來。

「老闆現在有空了。我去看一下他是否肯見你。」

說著，艾柏推門走進了那間標有「非請莫入」的辦公室。

轉瞬間，他就走了出來。

「請這邊走，先生！」

訪客被引進那間私人辦公室，一位笑容可掬、看來精明幹練的紅髮男子起身迎接他。

「請坐！你想向我諮詢嗎？我是布倫特。」

「哦！天哪！你好年輕啊！」

「倚重老年人的時代是一去不復返了。」湯米揮了揮手說道，「是誰釀成戰爭的？老年人。是誰應對目前的失業狀況負責任？老年人。是誰該對所發生的每一件災禍負責任？我說呀，還是老年人！」

「我想你說得對。」來者說，「我認識一個人，是位詩人……至少他自稱為詩人，他的見解和你的一致。」

「先生，讓我再告訴你，在我訓練有素的所有職員中，沒有人的年齡大過二十五歲一天。這是無可否認的事實。」

由於這批訓練有素的團隊是由陶品絲和艾柏所組成，所以這種事實原就無可否認。

「好了，現在該談談正事了。」布倫特先生說。

「我想請你找一名失蹤的人。」那年輕人脫口而出。

「好。你能把詳細情況告訴我嗎？」

「嗯，這件事相當棘手。我是說，這件事非常微妙，她可能會因此受到驚嚇……我的意思是……唉，實在一言難盡。」

他無助地看著湯米。湯米感到十分惱火。他正準備出去吃午餐，但他有預感，要從這位當事人口中獲得詳細情況，勢必既費時間又枯燥乏味。

「她失蹤是完全出於自願呢，還是你懷疑她遭人挾持？」湯米直截了當地問道。

「我不知道，」年輕人說，「我什麼也不知道。」

湯米伸手拿了記事本和鉛筆。

「首先，」他說，「請告訴我你的名字，好嗎？我的辦公室小弟受過良好訓練，從不打聽來訪者的姓名；任何諮商也絕對保密。」

「哦！說得是，」年輕人說，「這是個很好的做法。我的名字……呃，我的名字叫作史密斯。」

「哦！不，」湯米說，「請說真名。」

訪客敬畏地看著他。

「呃，聖文森，」他答道，「勞倫斯．聖文森。」

「真奇怪，」湯米說，「很少有人的真名叫史密斯。我個人就不認識任何叫史密斯的人。但那些想隱瞞真實姓名的人十之八九都會採用史密斯這個名字。我本人正就這一現象寫一篇專題。」

這時，他桌子上的蜂鳴器嗚嗚地響了起來，這意味著陶品絲準備來對付這難纏的傢伙。急著吃午飯又對這位聖文森相當反感的湯米，正巴不得有人來接替他。

「對不起。」他邊說邊拿起電話。

他的面部表情急速地變化著……一會兒詫異，一會兒驚愕，一會兒又有點得意洋洋。

「不會吧，」他對著電話說，「首相先生本人？既然如此，我立刻就來。」

他掛了電話，轉身對他的委託人說：「親愛的先生，我不得不請你原諒。是一通十萬火急的召喚。如果你願意把相關案情告訴我的機要祕書，她會妥善處理。」

他快步走到比鄰的房間。

「魯賓遜小姐！」

秀髮烏黑亮麗、衣領和袖口秀氣雅致兼且端莊嫻靜的陶品絲，輕快地走進湯米的辦公室。湯米略作介紹便匆匆離去。

「我聽說，一位你關心的女士失蹤了，聖文森先生。」陶品絲語氣溫柔地說，同時坐下，並拿起布倫特先生留下的記事本和鉛筆。「是一位小姐嗎？」

「嗯！她是有點年輕，」聖文森說，「年輕，而且……而且非常漂亮。」

陶品絲的臉色變得陰沉起來。

「天啊，」她嘀咕道，「但願……」

「你不會認為她真的出事了吧？」聖文森先生急切地問道。

「哦！我們都應該盡量往好處想。」

陶品絲故作輕鬆地說，這更使得聖文森恐懼萬分。

「哦！魯賓遜小姐，請你務必幫幫忙。花多少錢都沒關係，我絕對不希望她出事。你看起來非常富於同情心，我不妨悄悄告訴你，我崇拜那女孩已到了五體投地的程度。那女孩無與倫比，絕對的無與倫比。」

「那麼請告訴我她的名字，以及有關她的一切情況。」

「她的名字叫珍妮，我不知道她姓什麼。她在一家帽店工作，布魯克街的維奧萊特商店。她很坦率，斥責過我無數次。昨天我上那兒去，等她下班。但所有的人都出來了，唯獨她沒有。後來，我得知她那天上午根本就沒去上班，也沒請假，維奧萊特夫人因此很火大。我打聽到她的住址，便去那兒找她。她前一天晚上就沒回家，家裡的人也都不知道她上哪兒去了。我簡直要發瘋了。我本打算去報警，但後來又想，如果珍妮其實安然無恙，而且出走又完全出於自願，那她勢必對我的做法非常反感。於是我想起有一天，她對我指著報紙上你們刊登的廣告，並告訴我，常到她們那兒買帽子的一位女士大力讚揚你們的才幹和敏銳的洞察力。因此，我才會毫不猶豫地直接上你們這兒來。」

「我明白了，」陶品絲說，「那麼，她的地址是……」

年輕人立刻告訴了她。

「我想，就這樣吧。」陶品絲說，又沉思片刻。「你和這位年輕小姐已訂了婚是嗎？」

聖文森先生的臉脹得通紅。

「哦，不，不完全是。我什麼都還沒說，不過我可以告訴你，一旦我見到她，我打算立刻向她求婚……倘若我真能再見到她的話。」

陶品絲把記事本推到一邊。

「你需要我們提供二十四小時的特別服務嗎？」她問道，儼然一副公事公辦的腔調。

「那是什麼意思？」

「費用必須加倍，但是我們會動用所有員工來負責這件案子。聖文森先生，只要那位女士還活著，明天上午這個時候，我一定能準確地告訴你她在哪兒。」

「什麼？哎呀，那太好了！」

「我們只雇用專家，而且，我們保證馬到成功。」陶品絲爽快地說道。

「你們一定有最頂尖的員工吧？」

「哦！沒錯。」陶品絲說，「對了，你還沒有把那位年輕女士的特徵告訴我。」

「她有一頭美麗無比的秀髮，金色的，但顏色很深，就像燦爛的晚霞，是的，非常燦爛的晚霞。你知道嗎，直到最近我才開始注意晚霞之類的東西；還有詩，詩中蘊含的美妙意境遠出我所意料。」

「紅髮，」陶品絲面無表情地說，並在記事本上寫下。「你判斷那女士的身高是多少？」

「嗯，她高高的個子，一雙令人銷魂的眼睛。我想，是深藍色的。態度果決，這有時會讓男人招架不住。」

陶品絲又記下幾行字，然後闔上記事本，站起身來。

「如果你明天下午兩點打電話來，我想我們應該可以提供你某些消息。」她說，「再見，聖文森先生。」

當湯米返回辦公室時，陶品絲正在查閱《德布雷家譜大全》的有關資料。

「我已弄清楚全部細節，」她簡明扼要地說，「勞倫斯．聖文森是徹里頓伯爵的侄兒和繼承人。如果我們能排除一切困難獲得成功，那麼我們便可以聲名大噪。」

湯米仔細閱讀著記事本上的紀錄。

「你認為那女孩出了什麼事？」他問道。

「我認為，」陶品絲說，「她不告而別完全是出於內心的波動，因為她感到她愛這個年輕人愛得太深。為了平靜自己的心情，才不得已這麼做。」

湯米疑惑地看著她。

「這種事只會發生在小說裡，」他說，「在現實生活中，我從未見過哪個女孩會這樣。」

「不會嗎？」陶品絲說，「嗯，或許你是對的。但我敢打賭，勞倫斯．聖文森一定會相信這種庸俗的情節。剛才他的腦海裡充滿了浪漫的幻想。對了，我已經保證二十四小時後給他一個滿意的答覆，這是我們的特別服務。」

「陶品絲，你這個大白癡，你為什麼這麼做？」

「我只是突發奇想。我認為這樣做滿好的。你不必擔憂啦，交給媽媽來辦。媽媽最有辦法了。」

她逕自走了出去，留下湯米滿腹怨氣。

不久，他站起身來，咳聲嘆氣地也走出辦公室，看看有什麼事可做，而且嘴裡不停地詛咒陶品絲那過分狂熱的想像力。

四點半鐘，他精疲力竭、意氣消沉地回到辦公室，發現陶品絲正從一個文件夾中偷偷取出一袋餅乾來。

「你看起來相當焦躁不安，」她說，「這段時間你都在幹什麼？」

湯米嘀咕道：「在幾家醫院轉了轉，看看能否碰見與那女孩特徵相似的女孩。」

「我不是告訴你，讓我來處理這件事嗎？」陶品絲問道。

「就憑你單槍匹馬，在明天兩點以前是不可能找到那女孩的。」

「我當然能，更為確切地說，我已找到她了！」

「你已經找到她了？你說這話什麼意思？」

「這是小事一樁，華生，小得不能再小了。」

「那她此刻在哪兒？」

陶品絲伸手指指身後。

「她就在隔壁我的辦公室裡。」

「她在那兒幹什麼？」

陶品絲忍不住笑了起來。

「好了，」她說，「常言道，提前瞄準穩保彈無虛發。她與你近在咫尺，正在擺弄那只茶壺、那個煤氣爐，還有半磅茶葉呢！這事的結局根本是預料中事。

「你知道，」陶品絲溫柔地繼續說道，「維奧萊特夫人的商店就是我常去買帽子的地方，前幾天，我偶然碰見一位曾在醫院一塊工作過的老友。戰後，她放棄了護士的工作，開了一家帽店，後來倒閉，她便到維奧萊特夫人的商店上班。我們祕密地策畫好這整個事件。由她負責反反覆覆向年輕的聖文森宣傳我們公司，直到讓他銘記在心，然後她再失蹤。這便是『布倫特的超級偵探大師團』傑出的辦事效率。我們不僅聲名遠播，還促使年輕的聖文森決意求婚。珍妮對此可是急如火焚呢。」

「陶品絲，」湯米說，「你簡直讓我大吃一驚！這整件事極不道德，簡直是聞所未聞。你協助並教唆這位青年去娶一個門不當、戶不對的女孩……」

「別胡說八道，」陶品絲說，「珍妮可是個萬中選一的好女孩，令人費解的是，她為何如此傾心於那位優柔寡斷的青年。你一眼就可看清楚，他的家族缺乏的是什麼……優秀、熾熱的鮮血！而珍妮和他十分相配。她會像個母親般照顧他，可以讓他少喝點雞尾酒，少去夜總會鬼混，讓他過著健全的鄉紳生活。去見見她吧！」

陶品絲推開她辦公室的門，湯米隨著她走了進去。

一位披著美麗茶色秀髮、臉蛋漂亮迷人的高瘦女孩，放下手中熱氣騰騰的茶壺，轉過臉來，滿面微笑，露出整齊潔白的牙齒。

「希望你見諒，考利護士……我是說貝里福夫人。我想，很可能你自己也準備喝杯茶。在醫院工作那陣子，每天凌晨三點，你都會為我沏一壺茶，也不知沏過了多少壺。」

「湯米，」陶品絲說，「容我向你介紹我的老友——史密斯護士。」

「史密斯？你是說史密斯？太不可思議了！」湯米握手說道，「嗯，哦，沒什麼，這是我正計畫撰寫的一篇小專題。」

「湯米，打起精神來！」陶品絲說。

她給他倒了一杯茶。

「好，現在讓我們都舉起杯來，為『國際偵探社』的成功出擊乾杯！敬布倫特的超級偵探大師團！願他們永遠不知道什麼叫失敗！」

02

粉紅色珍珠

Partners in Crime

「你究竟在幹什麼？」陶品絲問道。

這時，她正走進國際偵探社（牆上貼著醒目的橫幅——布倫特的超級偵探大師團）的密室，發現丈夫正俯伏在地板上的一片書海中。

湯米費勁地站了起來。

「我正設法把這些書排放到櫥櫃的最上層去，」他抱怨道，「可是那該死的椅子竟然垮掉了！」

「這些到底是什麼書？」陶品絲問道，隨手撿起一本。「《巴斯克維爾的獵犬》，要是有時間，我倒想再讀一遍。」

「你覺得這想法如何？」湯米說，仔細拍了拍身上的灰塵。「『與大師聚會半小時』，諸如此類。你知道嗎，陶品絲，我不禁認為，在這行我們只能算是業餘，當然，從某種意義上講，我們難免是業餘。但是多學點技術也沒壞處。這些書描寫的都是卓越的偵探藝術大師的破案故事。我打算試試他們不同的辦案風格，再把結果進行比較。」

「嗯，」陶品絲說，「我倒希望弄明白這些偵探大師在現實生活中是如何過日子。」她隨手又撿起了一本書。「你會發現要當個宋戴克[4]是多麼困難。你絲毫不具備醫學經驗，法律知識也有待加強，而且我還從未聽說科學研究是你的專長。」

「或許不是吧，」湯米說，「但不管怎樣，我還是買了一台非常好的照相機。我可以用來拍腳印、放大底片等等。好了，mon ami[5]，動動你的灰色腦細胞。你對這些東西有什麼高見？」

他指著櫥櫃的最下層。那裡面放著一件充滿未來主義色彩的晨衣，一雙土耳其拖鞋和一把小提琴。

「這太明顯了吧，我親愛的華生？」陶品絲說。

「沒錯，」湯米說道，「正是夏洛克．福爾摩斯的格調。」

他抓起小提琴，手握琴弓，在琴弦上橫拖直拉。那陣陣刺耳的噪音弄得陶品絲痛苦地尖叫起來。

這時，桌上的蜂鳴器響了起來。這是個信號，告訴他們外面辦公室來了位客戶，正被辦公室小弟艾柏攔在那兒。

湯米趕緊把小提琴放回櫥櫃，並一腳把書踢到辦公桌後面。

「我們不必著急，」他說，「艾柏會說我正忙著和蘇格蘭警場通電話來拖住他們。陶品絲，馬上回到你辦公室去，立刻開始打字。這會使辦公室顯得繁忙和活躍。不，我想，你應該正在速記我的口述內容。在通知艾柏把被害人送過來之前，我們先看看來者是誰。」

4 宋戴克（Dr. John Evelyn Thorndyke）是英國作家理查．奧斯汀．傅里曼（R. Austin Freeman, 1862-1943）推理小說系列的主角，著名作品有《紅拇指印》、《宋戴克醫生名案集》等。

5 法語，意思是「我的朋友」，這是白羅的慣用語。

他們倆走近那設計得極為精巧的窺視孔。透過它，對外辦公室的情況能看得一清二楚。
來人是位女孩，年紀與陶品絲相仿，高高的個子，皮膚黝黑，一臉桀驁不馴，一雙眼睛目空一切。
「衣著低俗，但十分引人注目。」陶品絲評價道，「湯米，馬上放她進來。」
一分鐘後，那位女孩與鼎鼎大名的布倫特先生握了手。而陶品絲則坐著，裝模作樣地低著頭，手中拿著記事本和鉛筆。
「這是我的機要祕書，魯賓遜小姐。」布倫特先生揮了揮手說道，「在她面前你可以暢所欲言。」隨後，他的身子靠在椅背上，眼睛半睜半閉，以極為疲憊的腔調說：「想必白天這個時候搭公車來這兒，一定很擁擠。」
「我是搭計程車來的。」那女孩說。
「哦！」
湯米像受了委屈似地叫了一聲。他瞪了一眼她手套裡露出的一張藍色車票。那女孩的眼睛追隨著他的目光，然後微微一笑，把那張車票抽了出來。
「你指的是這個？這是我從人行道上撿來的。我們家隔壁的小朋友收藏這些東西。」
陶品絲咳了一聲，湯米狠狠地瞪了她一眼。
「我們該談談正事了，」他輕鬆地說，「你需要我們……小姐的姓氏是……」
「金斯頓．布魯斯，」那女孩說，「我們住在溫布敦。昨天晚上，住在我們家的一位夫人丟了一顆貴重的粉紅色珍珠。當時聖文森先生也和我們一塊吃晚餐，在餐桌上，他碰巧提到你們的偵探社。今天上午，我母親叫我來見你，詢問你們能否為我們查清此事。」

那女孩緊繃著臉，顯得很不高興。顯然她和母親對這件事的意見大相徑庭。她上這兒來是心不甘情不願。

「我知道了，」湯米說道，稍微有點困惑。「你們沒有報警嗎？」

「沒有，」金斯頓．布魯斯小姐說，「我們沒報警。報了警之後才發現那蠢東西其實是滾到壁爐下面什麼的，那就很糗了。」

「哦！」湯米說，「這麼說珠寶可能只是掉了？」

金斯頓．布魯斯小姐聳了聳肩。

「人哪，總是喜歡大驚小怪。」她嘀咕道。

湯米清了清嗓子。

「當然，」他懷疑地說，「我這會兒正忙得不可開交……」

「我完全理解。」

那女孩說道，站起身來。她的眼神迅速閃現一絲得意，陶品絲完全看在眼裡。

「然而，不管怎麼說，」湯米繼續說道，「我想我還是可以擠出一點時間到溫布敦去一趟。你能把地址告訴我嗎？」

「勞雷爾莊，艾奇沃思路。」

「請把它記下來，魯賓遜小姐。」

金斯頓・布魯斯小姐猶豫片刻，然後粗聲粗氣地說：「那好，我們恭候您的大駕。再見。」

§

「怪女孩，」她走了之後，湯米說，「我實在摸不透她。」

「我在想，會不會是她本人偷了那顆珍珠。」陶品絲沉思道，「來吧，湯米，我們趕快把這些書收拾好，開車直接上那兒去。對了，你這次準備扮演誰，又是福爾摩斯嗎？」

「我想我需要再練習一下。」湯米說，「剛才我在那張車票上栽了跟頭，不是嗎？」

「正是，」陶品絲說，「我要是你，就絕對不會對那女孩貿然大試身手，她像針一樣銳利。而且她也很不快樂，可憐的女孩。」

「我想你對她已是瞭如指掌了，」湯米嘲諷道，「只看她鼻子的形狀你就知道！」

「我來告訴你我們會在勞雷爾莊發現什麼，」陶品絲毫不在乎湯米的情緒。「滿屋子的勢利鬼，一個個都想往上流社會裡鑽營，那父親——倘若有父親的話——一定有個什麼軍銜。那女孩在那種生活圈子裡隨波逐流，並且因此輕視自己。」

湯米最後看了一眼已經整齊排放在櫥櫃上的書。

「那麼，」湯米若有所思地說，「我今天應該當一回名探宋戴克了。」

「我並不認為這個案子涉及法醫學。」陶品絲說。

「或許沒有，」湯米說，「但我想用一用我新買的照相機！這照相機的鏡頭應該是有史以來最精密的。」

「我知道那種鏡頭，」陶品絲說，「當你調整好快門、縮小光圈、計算好曝光速度、並把眼睛保持在水平位置時，你已經頭昏腦脹、神志不清，而且渴望重新使用那種簡單的布朗尼相機。」

「只有那種胸無大志的人才會滿足於簡單的布朗尼相機。」

「唉，我敢打賭，我用它照出來的效果會遠比你的要好。」

湯米對她的挑戰毫不理睬。

「我應該準備好一把『癮君子之友』牌瓶塞鑽，」他懊悔地說，「不曉得在哪兒能夠買到？」

「反正還有艾蜜塔姨媽去年聖誕節送給你的那把獲得專利的瓶塞鑽。」陶品絲的話猶如及時雨。

「這倒是，」湯米說，「我當時想，真是一把稀奇古怪的破壞性工具。主張絕對禁酒的姨媽居然把它作為禮物送給我，真是太幽默了。」

「我應該是波騰[6]。」陶品絲說。

湯米輕蔑地望著她。

「什麼波騰哩。他會做的事，你一件也做不來。」

「不，我可以。」陶品絲說，「每當我洋洋得意時，我會情不自禁地搓手。這一點就夠我繼續下去了。我希望你準備好鑄腳印的石膏模型了吧？」

湯米一語不發。取得瓶塞鑽之後，他們去了車庫，把車開出來，徑直向溫布敦駛去。

勞雷爾莊是棟龐大的建築物，兩邊山牆延伸至高高的塔樓，看起來才粉刷不久，四周圍繞著十分整潔的花圃，那上面種滿了緋紅色的天竺葵。

湯米還來不及按門鈴，一位蓄著整齊白鬍、有著誇張軍人舉止的高個男子便開了門。

「我一直在恭候您的光臨，」他小題大做地解釋道，「您是布倫特先生，沒錯吧？我是金斯頓．布魯斯上校。請到我的書房來好嗎？」

他把湯米二人引進了後面的一間小房間裡。

「聖文森曾向我介紹過貴社的輝煌業績。我本人也留意過你們的廣告。你們推出的二十四小時特別服務，是個了不起的概念，這也正是我所需要的。」

湯米心中暗自詛咒陶品絲不負責任地捏造了這個超值的服務，可是他答道：「您說得對，上校。」

「這整個事件太令人難過了，先生，確實太令人難過了！」

「您也許可以把經過告訴我，上校。」湯米說，語氣中透出幾分不耐煩。

「我當然會，立刻就告訴你。目前，我們的一位親密老友羅拉・巴頓女士正在我們家作客。她是已故卡羅偉伯爵的千金。而現任伯爵，她的兄長，有一天曾在上議院發表一篇震撼人心的演講。我剛才說過，她是我們的親密老友。我幾位才剛來英國的美國朋友漢密頓・貝茨一家非常渴望與她見面。我對他們說：『這再簡單不過了，她正住在我家。你們可以來這兒度週末。』你知道美國人有多仰慕有爵位的人物，布倫特先生。」

「有時候不只美國人如此，其他人也一樣，布魯斯上校。」

「嗯！千真萬確，親愛的先生。世上我最瞧不起的莫過於勢利之徒。嗯，我剛才說過，貝茨一家人到我這兒來度週末。昨天晚上，我們正在打橋牌，就在那個時候，漢密頓・貝茨夫人身上那條項鍊墜子的釦環斷了，因此，她把它取下來放在一張小桌上，準備上樓時把它帶走。然而，最後她竟忘了這件事。布倫特先生，我必須解釋一下，那個墜子上鑲嵌著兩顆小鑽石，中間夾著一大顆粉紅色珍珠。今天上午，那墜子仍然放在那張小桌上，而那顆大珍珠，價值連城的珍珠，卻被人挖走了。」

「誰發現了那個墜子？」

6 波騰（Polton），原為鐘錶匠，精於機械，是宋戴克的得力管家。

「客廳女僕格拉蒂．希爾。」

「有理由懷疑她嗎？」

「她跟隨我們好多年了，照我們看，她是絕對誠實的。但是，當然，誰也不知……」

「沒錯。麻煩您說明一下僕傭的情況，還有，請告訴我昨天晚上在此用餐的人有誰？」

「有一個廚師，她為我們工作才兩個月，但是她不可能有機會接近客廳，廚師的助手也不例外。再來就是女僕愛麗絲．卡明斯。她也跟隨我們多年了。還有羅拉女士的女僕，她是法國人。」

講到這兒，金斯頓．布魯斯上校面露欽佩。而湯米對女僕的國籍問題卻十分漠然，他平靜地說：「非常準確。那麼一同用晚餐的人呢？」

「貝茨夫婦，我們一家……我太太和我女兒，以及羅拉女士。聖文森也和我們一塊兒進餐，晚餐後。雷尼先生來待了一會兒。」

「雷尼先生是誰？」

「一個最討厭的傢伙，徹頭徹尾的社會主義者。人長得挺帥，當然，還有點華而不實的雄辯才能。不瞞您說，這個人，我根本不信任。危險人物一個。」

「所以，」湯米冷冰冰地說，「您懷疑的人就是雷尼先生了？」

「我的確懷疑他，布倫特先生。就他所持有的觀點來看，我很肯定他這人做事毫無原則。趁大家都沉浸在打橋牌的樂趣中，悄悄地挖走那顆珍珠豈不易如反掌？當時，我們有好幾次全神貫注、緊張激烈的場面……我記得有一次是叫賭倍無王定勝負；另一次是我夫人失誤地有牌不跟，使大家爭得面紅耳赤。」

「好，」湯米說，「我只想知道一件事：貝茨夫人對這件事的態度如何？」

「她要我去報警，」金斯頓．布魯斯上校吞吞吐吐地說，「也就是說，在我們翻遍了所有地方以確定那顆珍珠並不是掉了之後。」

「但是你勸阻了她？」

「我討厭把事情公諸於眾，我太太和女兒都站在我這一邊。後來我太太突然想起昨晚在餐桌上，聖文森曾談及你們的偵探社，還有你們那二十四小時的特別服務。」

「沒錯。」湯米心情沉重地說道。

「您知道，這事沒什麼大不了。即使明天我們請警察來，他們也會認為那顆珍珠只是掉了，而且我們正在設法尋找。另外，我還得告訴您，今天上午，我們已要求所有的人都不准離開這棟房子。」

「除了令嬡之外。」陶品絲首度開口說道。

「是的，除了我女兒。」上校贊同道，「她自告奮勇立刻上你們那兒去，請你們處理這件事。」

湯米站起身來。

「我們將竭盡全力讓你滿意，上校。」他說，「我想看看您的客廳，以及那張曾放過墜子的桌子。我還想向貝茨夫人提幾個問題。這之後，我要和傭人談一談……或者我的助手魯賓遜小姐會去處理這件事。」

一想到要面對面地詢問那些傭人，他就感到恐懼萬分，神經緊張。

金斯頓．布魯斯上校使勁拉開門，帶他們穿過大廳。正在這時，他們要去的那個房間裡傳出一陣清脆的講話聲，說話者就是上午去見他們的那位女孩。

「媽媽，你是再清楚不過的，」她正說著，「她確確實實曾把一支茶匙藏在她的皮手袋裡帶回家來。」

過了一會兒，他們被引薦給金斯頓．布魯斯夫人。她是一位滿面愁容、柔弱無力的女人。金斯頓．布魯斯小姐則稍稍點了一下頭，表示相互都已認識。她的神情越發顯得陰沉。

金斯頓．布魯斯夫人口若懸河。

「我最清楚是誰拿了那支茶匙，」她下結論道，「就是那位恐怖的社會主義青年。他熱愛俄國人和德國人，卻仇視英國人，不是他還有誰？」

「他連碰都沒碰過！」金斯頓．布魯斯小姐怒氣沖沖地說，「我一直盯著他，如果是他拿了，我不可能沒看見。」

她挑釁地望著他們，下巴抬得高高的。

湯米轉移了話題，說他要立刻與貝茨夫人談談。在金斯頓．布魯斯夫人、她的丈夫和女兒一起走出房間去找貝茨夫人後，湯米沉思著吹了一聲口哨。

「我倒真想知道，」他輕聲地說道，「究竟是誰把茶匙放進她的皮手袋裡。」

「這也正是我在思索的。」陶品絲答道。

不一會兒貝茨夫人衝進房間，身後跟著她的丈夫。她身材高大，聲音洪亮；而漢密頓．貝茨先生則顯得陰鬱和柔順。

「布倫特先生，我聽說您是位私家偵探，辦事雷厲風行。」

「雷厲風行，」湯米說，「正是我的名號。貝茨夫人，請允許我向您問幾個問題。」

之後，事情進展得異常迅速。湯米查看過損壞的墜子和那張放過墜子的桌子，貝茨先生打破沉默提及那顆失竊的珍珠計算成美元的價值。

儘管如此，湯米仍然十分惱火，感到一籌莫展。

「我想這樣就行了，」他最後說道，「魯賓遜小姐，麻煩你去大廳把那套特殊的攝影器材拿來好嗎？」

魯賓遜小姐遵照吩咐辦了。

「這是我自己的小發明，」湯米說，「但看它的外形只不過是一台普通的照相機。」

看到貝茨吃驚的模樣，他略略感到幾分得意。

他拍了墜子、放墜子的桌子，同時還拍了幾張房間的照片。然後「魯賓遜小姐」被派去和傭人們談話。面對金斯頓．布魯斯上校以及貝茨夫人那焦急萬分的面孔，湯米感到責無旁貸地要來點權威性的發言。

「問題的關鍵歸結如下，」他說，「那顆珍珠要嘛仍在屋內，要嘛它根本不在屋內。」

「確實如此！」上校倍加尊崇地說，深為湯米的氣魄（或許吧）折服。

「如果珍珠不在屋內，那就可能在任何地方；相反的，如果它還在屋內，那必然被藏在某個地方……」

「那就勢必要進行大搜查，」金斯頓．布魯斯上校打斷湯米。「沒錯。布倫特先生，我全權委託您，請您從頂樓到地窖仔細搜查。」

「哦！查爾斯，」金斯頓．布魯斯夫人淚水盈眶地低聲說道，「你認為那麼做明智嗎？傭人們會不高興的。他們一定會辭職。」

「我們最後才搜查他們的住處，」湯米安撫她說，「竊賊必定會把珠寶藏在最不惹人注意之處。」

「我似乎讀過類似的案情。」上校贊同道。

「沒錯，」湯米說，「你可能記起了『雷克斯與貝利案』，它首開先河地提供了類似的案例。」

「哦，呃，是的。」上校答道，滿臉困惑不解。

「那麼，最不惹人注意之處便是貝茨夫人的房間。」湯米繼續說道。

「天啊！這太神奇了吧？」貝茨夫人佩服得五體投地。

她不再囉嗦，直接把他領到她的房間。在那兒，湯米再次使用了那套特殊的照相器材。

不久，陶品絲與他在這個房間裡會合。

「貝茨夫人，我希望您不會反對我的助手查看您的衣櫥吧？」

「哎呀，才不會哪。您還需要我留在這兒嗎？」

湯米肯定地答覆她無須待在這兒，於是，貝茨夫人離開了房間。

「我們還可以煞有介事地忙一陣子，」湯米說，「但是，我個人絲毫不相信我們會有一丁點機會找到那個東西。陶品絲，你還有你的二十四小時特別服務統統見鬼去吧！」

「聽著！」陶品絲說，「我敢斷定，傭人們都沒問題，但我從那位法國女傭口中打聽到一些消息。好像是一年前羅拉女士住在這兒時，有一次她和金斯頓·布魯斯家的一些朋友出去喝茶，回來時，一支茶匙從她的皮手袋裡掉出來。大家都認為，那茶匙一定是偶然落進皮手袋裡去的。然而談到這種失竊案，我相當胸有成竹。羅拉女士的周圍總是有一大群人。她身無分文，我推測她和那些仍然看重爵位的人一塊出去只是為了好玩。茶匙事件也許純屬偶然，或許又不僅僅是偶然。但是在她待過的不同家庭中，竟然發生五起不同的盜竊事件。有時是些不值錢的玩意兒，而有時卻是貴重的珠寶。」

「咻！」湯米長長地吹了一聲口哨來發洩心中的不快。「那隻老鳥的房間在哪兒，你知道嗎？」

「就在走廊那邊。」

「那麼我想，我們就偷偷溜過去暗地搜查一下。」

對面那個房間的門半開著。這是一個寬敞的房間，裡面擺著漆得潔白光亮的家具，掛著粉紅玫瑰色的窗簾。室內的一扇門通向浴室。在浴室的門邊站著一位苗條黝黑的女孩，穿著十分整潔。

陶品絲立刻察覺到那女孩的嘴唇在顫抖，臉上流露出詫異的神情。

「布倫特先生，這是愛麗絲，」她一本正經地說，「羅拉女士的女僕。」

湯米跨進浴室，眼前那奢侈時髦的設備使他驚嘆不已。他旋即投入工作，以消除那位法國女孩滿腹的猜疑。

「愛麗絲小姐，你正在忙，是嗎？」

「是的，先生。我在清洗主人的浴室。」

「嗯，能否請你協助我拍一些照片。我手中是一台特殊的相機，我正在拍這棟房子裡所有的房間。」

就在這時，他後面通向臥室的門忽然砰地一聲關上了！這突然的響聲打斷了他的講話，更使愛麗絲嚇了一大跳。

「怎麼啦？」

「一定是風吹的。」陶品絲說。

「我們到另外一個房間去。」湯米說。

愛麗絲走過去為他們開門，而門的球形把手卻嘎啦嘎啦地空轉著。

「怎麼搞的？」湯米警覺地問道。

「啊，先生，必定是有人在另一邊鎖上了門。」

她抓起一條毛巾又試開了一次。這一次，把手卻一下就可以轉動。門輕鬆地打開了。

「這可怪了！它剛才一定被卡住了。」愛麗絲說。

臥室裡空無一人。湯米拿起他那套照相器材，陶品絲和愛麗絲在他的指揮下忙得團團轉。但是，他的目光卻反反覆覆地朝著剛才那扇門看。

「不曉得，」他咬牙切齒地說，「這扇門為何會被卡住？」

他審慎地觀察著那扇門，關上、又打開。門轉動得靈活無比。

「還得再照一張相。」他說道，嘆了一口氣。「愛麗絲小姐，你能把那個玫瑰色的窗簾向後捲起來嗎？謝謝。就這樣拿著。」

接著，那令人耳熟的喀嚓聲又響了起來。他把一塊玻璃片遞給愛麗絲拿著，又收好三角架交給陶品絲，這才小心翼翼地收拾好照相機。

他隨意找了個藉口打發走了愛麗絲。她剛一走出房間，他便一把抓住陶品絲急切地說：

「我有個好主意。你能繼續留在這兒嗎？仔細搜查所有房間，那當然要費點時間。試試看能否與那個老鳥——羅拉女士——談一談，但可別打草驚蛇。告訴她你在懷疑客廳女僕。但不管你做什麼，千萬別讓她離開這棟房子。我馬上開車離開這兒。我會盡早趕回來。」

「沒問題，」陶品絲說，「但你也別太有自信。你忘了一件事，就是那個女孩有些不對勁。我查出她今天上午離開這棟房子的時間。她花了整整兩個小時才到達我們的辦公室。這真是荒謬。在與我們見面之前，她究竟上哪兒去了？」

「此事確實有點蹊蹺。」她丈夫承認道，「嗯，你可以隨心所欲地追查線索。但是，無論如何別讓羅拉女士離開這棟房子一步……什麼聲音？」

他那敏銳的耳朵聽到外邊樓梯平台上隱隱傳來腳步聲。他走到門口，但不見任何人影。

「那麼，待會兒見囉，」他說，「我會盡快趕回來。」

§

陶品絲看著他駕車離去，心中卻有幾分擔憂。湯米似乎非常有把握，而她自己卻並不那麼篤定。還有一兩件事她不十分理解。

她站在窗邊，望著街道，突然，她看見一個人從街對面一家門口的遮陽棚下走了出來，跨過街道，而後按響了門鈴。

一眨眼工夫，陶品絲就已走出房間，下了樓梯。客廳女僕格拉蒂．希爾正從後面走出來。陶品絲威嚴地打手勢叫她退回去。然後，她自己走到前門，把門打開。

一位骨瘦如柴的年輕人站在台階上，一身邋遢的衣服極不合身，兩隻黑色的眼睛露出焦急的神色。

他躊躇片刻，然後說：「金斯頓．布魯斯小姐在嗎？」

「請進來好嗎？」陶品絲說。

她往旁邊一站，讓他走了進來，隨即關上門。

「我想，您是雷尼先生吧？」陶品絲和藹地問道。

「嗯……是的。」

「請您進來這裡好嗎？」

陶品絲打開了書房的門。書房內空無一人，她跟著那人走了進去，並隨手把門關上。他轉身皺著眉頭看著她。

「我要見的是金斯頓．布魯斯小姐。」

「我不太確定你見得到她。」陶品絲鎮靜自若地說。

「聽著，你到底是誰？」雷尼先生粗魯地叫道。

「我來自國際偵探社。」陶品絲簡明扼要地說，同時注意到雷尼先生那無法自控的慌張表情。「請坐，雷尼先生！」她繼續說道，「首先，我們都知道金斯頓．布魯斯小姐今天上午去了您那兒。」

這是一個大膽的揣測，沒想到竟然奏效了。察覺到對方那極度驚愕的神情，陶品絲立即單刀直入地說：「雷尼先生，重新找到那顆珍珠可是件大事！這棟房子裡沒有任何人期望把這事弄得沸沸揚揚。我們難道不能做出妥善的處理嗎？」

那年輕人眼神銳利地盯著她。

「不曉得你對此事究竟了解多少，」他沉思地說，「讓我考慮一會兒。」

他將頭埋在手裡，隨後問了一個最令人意想不到的問題。

「嗯，聖文森已訂婚並準備結婚了，這件事千真萬確嗎？」

「一點也不假，」陶品絲說，「我認識那女孩。」

雷尼先生立刻篤信不疑。

「真是讓人難受，」他毫無忌諱地吐露道，「他們一直在勸她，從早到晚，無休無止，非要碧雅翠嫁給他不可。那是因為他有一天會繼承爵位。如果按我的做法……」

「我們不談政治好嗎？」陶品絲急忙打斷他。「雷尼先生，您能否告訴我，為什麼您認為是金斯頓．布魯斯小姐拿了那顆珍珠？」

「我……我不認為。」

「您確實是這樣想的，」陶品絲平靜地說，「您一直等到看見那位偵探駕車離去，認為時機已到，便來到這兒想見見她。再者，這也是再清楚不過的……如果是你自己拿了那顆珍珠，你根本不可能如此苦惱。」

「當時，她的舉止非常奇怪。」那年輕人說，「今天上午，她來告訴我珍珠失竊的事，並不停地說要去一家私人偵探社。她似乎急於說什麼，卻無法說清楚。」

「好了，」陶品絲說，「我所關心的只是那顆珍珠。您最好去和她談談。」

就在此刻，金斯頓．布魯斯上校打開了門。

「午餐已經準備好了，魯賓遜小姐。我希望你能和我一起用餐。這……」

他停了下來，眼睛盯著這位不速之客。

「很顯然，」雷尼先生說，「你並不想請我吃午餐。那好，我立刻就走。」

「待會兒再回來。」在他經過她身邊時，陶品絲低聲說道。

陶品絲跟隨著金斯頓．布魯斯上校。他氣得吹鬍子瞪眼，邊走邊咆哮著指責有些人令人厭惡、厚顏無恥。他們走進寬敞的飯廳時，家裡的成員都已坐在餐桌邊。在場只有一個人陶品絲沒見過。

「羅拉女士，這位是魯賓遜小姐。她正熱心地協助我們。」

羅拉女士微微點了一下頭。緊接著，她的雙眼透過夾鼻眼鏡緊緊地盯著陶品絲。她個子高挺，身材瘦削，臉上掛著慘淡的微笑，嗓音溫柔，眼神非常銳利。陶品絲毫不迴避她那凜冽的目光，也狠狠地盯住對方。羅拉女士垂下了眼睛。

午餐後，羅拉女士以輕鬆而好奇的語氣加入了談話。調查進行得怎麼樣啦？陶品絲恰到好處地強調客廳女僕涉嫌的可能性最大，而她的注意力也未真正集中在羅拉女士身上。儘管羅拉女士很可能將茶匙或者其他小東西隱藏在她的衣服裡，然而陶品絲相當肯定，她沒有拿走那顆粉紅色珍珠。

不久，陶品絲開始著手搜查整個房子。時間一分一秒過去，湯米仍然不見蹤影。而更令陶品絲焦急不安的是，雷尼先生也沒再回來。陶品絲走出一間臥室，突然與碧雅翠．金斯頓．布魯斯撞了滿懷。她穿戴整齊，正準備下樓，看樣子是要外出。

「在這種時候，」陶品絲說，「恐怕不能允許你出去。」

那女孩傲慢地望著她。

「我出去還是不出去，都與你毫不相干。」她冷冰冰地說。

「是呀，報警還是不報警才與我真正相關。」陶品絲平靜地說。

頃刻之間，那女孩的臉變得灰白。

「你不可以……不可以！我不出去就是了，可是你別去報警。」她緊握住陶品絲的手懇求道。

「親愛的金斯頓．布魯斯小姐，」陶品絲微笑著說道，「從一開始，我就很清楚這件案子，我……」

她的話被打斷了。剛才與這女孩意外遭遇，陶品絲一點也沒聽到前門的鈴聲。使她大吃一驚的是，居然是湯米回來了！只見他正輕鬆地跳著跑上樓梯。她看見樓下的門廳裡站在一位高大結實的男子，他正取下圓頂硬禮帽。

「蘇格蘭警場的馬里奧警官。」湯米咧嘴笑道。

碧雅翠．金斯頓．布魯斯驚叫一聲，掙脫陶品絲的手，飛一般地跑下樓梯。正在這時，前門又開了，來者是雷尼先生。

「都被你搞砸了。」陶品絲憤怒地說。

「呃？」

湯米說著，迅速走進羅拉女士的房間。他徑直跑進那間浴室，拿起一大塊香皂。這時，警官剛好上了樓梯。

「她一聲不吭地走了，」警官鄭重其事地說，「她是個老江湖，知道什麼時候遊戲該結束。珍珠在何處？」

「我想，」湯米說著，把那塊香皂遞給了警官。「你會在這裡面發現它。」

警官的眼睛閃爍著讚嘆的神色。

「這是一個老把戲了，但效果很不錯。把一塊肥皂切成兩半，挖出空間藏好珍珠，再把兩半合緊，最後用熱水將接縫處弄平滑。先生，你幹得好！」

湯米極有風度地接受了這番稱揚。他與陶品絲一塊走下樓梯。金斯頓・布魯斯上校向他飛奔過來，熱情洋溢地握著他的手。

「可敬的先生，我真不知道如何感謝您才好。羅拉女士也想向您致謝……」

「我十分高興最終給了您一個滿意的答覆，」湯米說，「但我恐怕不能在這兒耽擱。我還有一個相當緊急的約會。和我約會的是一位內閣成員。」

他匆匆走出房子，到了車前，跳了進去。陶品絲也跳進車子坐在他身旁。

「啊！湯米，」她叫嚷道，「他們還沒有逮捕羅拉女士嗎？」

「哦！」湯米說，「難道我沒告訴你？他們沒有逮捕羅拉女士。但是他們已經逮捕了愛麗絲。」

「你知道，」他繼續說道，而陶品絲卻坐在那兒驚得目瞪口呆。「我經常在手沾滿肥皂泡時去開門，那當然開不了，因為手會滑。於是我思索愛麗絲當時為什麼在弄那塊香皂，弄得雙手那般滑膩膩的。你大概還記得，她當時抓起了一條毛巾，目的很清楚，就是避免事後在門把上留下肥皂的痕跡。這事不禁使我聯想到，如果你是個慣竊，去為一位被人懷疑有竊盜癖、並經常在四處客居的貴婦人當傭人，實在是個不壞的主意。於是我設法拍下她以及那個房間的照片，引誘她拿著一塊玻璃片，然後我便從容不迫地離開，到可愛的蘇格蘭警場去。我們沖洗了底片，成功地辨認了指紋，還有那張照片。原來，愛麗絲是個失蹤已久的朋友。蘇格蘭警場真能派上用場。」

「想想看，」陶品絲終於回過神來開口說話。「那兩個年輕呆瓜全拿書裡描繪的那種笨拙方式相互猜疑。但是你離開房子時，為什麼不把你的想法告訴我？」

「那是因為，第一，我懷疑愛麗絲躲在樓梯平台上偷聽我們的談話；其次……」

「嗯？」

「我博學的朋友，你忘了，」湯米接著說，「宋戴克不到最後關頭絕不攤牌。而且，陶品絲，你和你那位好友珍妮．史密斯上次不也擺了我一道？這一次，我們算是扯平了。」

03

邪惡的陌生人

Partners in Crime

「今天真是無聊透頂了。」湯米哈欠連天地說。

「差不多是吃茶點的時間了。」陶品絲說，也深深地打了一個哈欠。

國際偵探社的業務並不興隆。他們渴望已久的火腿經銷商來函仍不見蹤影，而正宗刺激的案件也沒有光臨的跡象。

公司小弟艾柏走進辦公室，手中拿著一個密封的包裹，將它放在桌上。

「神祕的密封包裹，」湯米咕噥道，「這裡面是不是包著俄國大公爵夫人價值連城的珠寶？或者是一台邪惡的機器，準備把布倫特的超級偵探大師們炸得粉身碎骨？」

「其實，」陶品絲一邊撕開包裹一邊說道，「這是我送給法蘭西．哈維蘭的結婚禮物。挺不錯的，對吧？」

湯米從她伸過來的手中接過一個細長的銀質菸盒，看見上面她親筆刻成的一行字：「致法蘭西，陶品絲贈」。

他把它打開後又闔上，這才點了點頭表示贊同。

「陶品絲，你可真會亂花錢啊，」他說，「下個月我過生日那天，也要和這個一樣的菸盒，只不過必須是純金的。買這麼貴重的東西給法蘭西．哈維蘭，真是浪費，無論過去或未來，他永遠是上帝創造出來最十全十美的混蛋。」

「你可別忘了，戰爭期間，我常常載他開車到處兜風。他那時是個將軍。啊！那段日子真是美好。」

「是很美好，」湯米贊同道，「我記得，經常有美女跑來醫院緊緊握住我的雙手。然而，我可沒有一一送給她們結婚禮物。陶品絲，新娘是不會喜歡丈夫收到這類禮物的。」

「它精巧輕薄，放在口袋裡正合適，不是嗎？」陶品絲說，毫不理會他的評論。

湯米將菸盒塞進了自己的口袋裡。

「大小正合適。」他讚許地說，「嘿，艾柏取回下午的郵件了。很有可能珀斯郡的公爵夫人要委託我們為她尋找那隻得過獎的哈巴狗。」

他們一塊把信分類整理好。突然，湯米長長地吁了一聲，手中高高舉起一封信。

「一個貼著俄國郵票的藍色信封！你還記得頭子是怎麼說的嗎？我們必須特別留意這類信件。」

「真令人興奮！」陶品絲說，「刺激的事終於發生了。趕快打開，看看內容是否和先前所說的一致。一位火腿經銷商，對吧？等一下，我們需要牛奶加在茶裡。他們今天早晨忘記送來了。我馬上叫艾柏出去買。」

差遣艾柏去買牛奶之後，她從對外辦公室趕了回來。這時，她看見湯米手中拿著一張藍色信紙。

「正如我們所料，陶品絲，」他驚喜地說，「字字句句都幾乎和頭子所說的相符。」

陶品絲從他手中接過信，仔細看著。

信是用英文寫成，措詞謹慎生硬，寄信人自稱葛雷戈·費奧多斯基，急於得知他妻子的消息。因此，敦促國際偵探社不惜代價、不遺餘力地去追尋她的蹤跡。目前，由於豬肉生意發生危機，他本人無法脫身離開俄國。

「不曉得這封信的真實含義是什麼。」陶品絲若有所思地說道，把信紙展平放在她面前的桌子上。

「我猜測是某種密碼，」湯米說，「但這不屬於我們的職責範圍。我們的任務是盡快把它交到頭子手裡。我們最好還是確認一下，把郵票弄潮，看看下面是否標有『十六』這個數字。」

「好的，」陶品絲說，「可是，我認為應該……」

她突然停下來，湯米也為之感到驚詫，他抬頭一看，只見一個魁梧的男人正堵在門口。這位不速之客相貌威嚴，腰圓膀闊，頭部非常渾圓，下顎結實有力，大約四十五歲。

「二位請務必見諒。」那陌生人說道，快步走進了房裡，手中拿著帽子。「我發現外面的辦公室沒人，而這扇門又是開著的，因此我便逕自闖了進來。這兒是『國際偵探社』，是嗎？」

「是的。」

「你大概就是布倫特先生吧？西奧多．布倫特先生？」

「我就是布倫特先生。你想向我諮詢？這位是我的機要祕書魯賓遜小姐。」

陶品絲優雅地點了一下頭，繼而透過她那下垂的眼睫毛仔細打量著那個陌生人。思索著他在門口究竟站了多久、聽到了多少，又看見多少？那陌生人一邊和湯米談著話，一邊目不轉睛看著她手裡的那張藍色信紙，這絲毫不曾逃過她銳利的眼睛。

湯米的語氣很嚴厲，且帶有幾分警告的意味，提醒她此時此刻該做些什麼。

「魯賓遜小姐，請做記錄。好，先生，您想就什麼事徵求我的建議呢？」

陶品絲趕緊伸手去拿記事本和鉛筆。

那身材碩大的男人開始說話，聲音非常刺耳。

「我叫鮑爾，查爾斯．鮑爾醫師。我住在漢普斯特，在那兒開了一家診所。布倫特先生，我今天來見你，是因為最近連續發生了幾樁非常離奇的事情。」

「是嗎，鮑爾醫師？」

「有兩次是發生在上個禮拜，我數次接到電話去出急診，但每次都發現傳喚是假的。第一次我想那只是整我的一個惡作劇，而第二次，當我回到家時，我發現我的一些私人文件一片混亂，被人翻動過，這時我相信第次也發生過同樣的事情。於是我仔細做了一次檢查，最後得出結論——我的書桌已被人徹底翻過，各種文件都是在慌忙之中零亂地放進去。」

鮑爾醫師緩了口氣，眼睛盯著湯米。

「所以，布倫特先生……」

「嗯，鮑爾醫師？」湯米笑著答道。

「你對這件事有何高見？」

「嗯，首先，我必須了解事實情況。你書桌裡存放的是些什麼東西？」

「我的私人文件。」

「很好。那麼那些私人文件的內容是什麼？對普通的竊賊，或者對任何特殊對象來說有什麼價值？」

「對普通的竊賊嘛，我倒看不出有任何價值，但是，文件中有我研究某些鮮為人知的生物鹼的詳細紀錄，任何具有這方面專業知識的人，都會對此非常感興趣。最近幾年，我一直在從事這類課題的研究。這類生物鹼屬於致命的劇毒物質，一般人幾乎無法察覺，不會產生明顯反應。」

「它們的內容一定很值錢，對吧？」

「對那些道德敗壞的人來說，是的。」

「那麼你懷疑是誰幹的？」

醫師聳了聳他那寬闊的肩膀。

「依我看，做案者並沒有從房子外面破門而入。這似乎表明是我屋內的某個成員所為，然而我又無法相信……」他突然住口，接著又繼續說，語氣沉重又嚴肅。「布倫特先生，我只能全權委託您來處理。我不敢報警處理此事。我可以保證我那三個傭人沒問題。他們服侍我已經很久了，而且都很忠誠。但話又說回來，世事難料。除了傭人外，我的兩個外甥伯川和亨利也和我住在一起。亨利是個好孩子，非常不錯，他從未讓我操過心，是個品學兼優、奮發上進的年輕人。至於伯川，我不得不遺憾地說，他的性格與亨利完全兩樣——粗野、放蕩又終日無所事事。」

「我明白了，」湯米沉思著說，「你是懷疑你的外甥伯川涉及這件事。而我的看法正好相反。我懷疑的是那位好孩子——亨利。」

「為什麼呢？」

「傳統，慣例。」湯米輕鬆地揮了揮手。「按照我的經驗，可疑的人物常常是清白的，反之亦然，親愛的先生。沒錯，我堅決懷疑亨利。」

「對不起，布倫特先生，」陶品絲以極恭敬的口氣插嘴問道，「鮑爾醫師說那些……呃，鮮為人知的生物鹼報告，是與其他文件一起存放在書桌裡嗎？」

「親愛的小姐，紀錄是存放在書桌裡的，但是放在一個十分機密的抽屜內，只有我一個人知道它的位置。因此，截至目前為止他們還沒搜到。」

「那麼，你究竟打算要我做什麼，鮑爾醫師？」湯米問道，「你是期望再進行一次全面的搜查嗎？」

「確實如此。我有足夠的理由這樣做。今天下午，我收到一位病人拍來的電報。幾星期前，我曾安排他去了伯恩茅斯。電文說我的病人病情嚴重，請求我立刻去那兒。由於發生過我剛才告訴你的事件，我不免產生疑心，於是我拍了封電報給這位病人，並預付了覆電費，因而得知我的病人身體狀況良好，也根本沒拍電報請求我去。我突然靈機一動……如果我假裝上當，按時出發去伯恩茅斯，我們便有一個絕佳的機會查獲歹徒。他們，或者是他，絕對會等到我們全家大小都上床睡覺後才開始動手。我建議你今天晚上十一點與我在我家外面會合，我們一起把事情查個水落石出。」

「而且最好能一舉將他們逮個正著。」湯米一邊用拆信刀在桌子上敲著，一邊沉思道，「照我看來，你的計畫相當周全，鮑爾醫師，我看不出有什麼破綻。我想一想，你的住址是……」

「漢曼巷的落葉居，恐怕那地方有點偏僻。但是，在那兒我們可以眺望整個希思鎮，視野很棒。」

「很好。」湯米說。

訪客站起身來。

「那麼布倫特先生，我今夜就在落葉居外面等著你來。為了保險起見，我們約定十點五十五分好嗎？」

「沒問題。十點五十五分。再見，鮑爾醫師。」

湯米站起身來，按響了他桌子上的蜂鳴器，艾柏即刻趕過來送客。那位醫師行走時一顛一簸的，儘管如此，他那強健的體格仍十分惹人注目。

「真是個難纏的委託人，」湯米自言自語地嘀咕道，「好了，陶品絲小妞，你對這事有什麼看法？」

「我要告訴你的就是一個名詞，」陶品絲說，「畸形足！」

「什麼？」

「我說畸形足！我對偵探經典著作的研究沒有白費。湯米，此事純屬欺詐。什麼鮮為人知的生物鹼哩，我從未聽說過比這更沒說服力的故事。」

「連我也不覺得它具有充分的說服力。」她丈夫點頭稱是。

「難道你沒注意到，他那雙眼睛老是盯著這封信嗎？湯米，他們是同一夥的。他們知道你並不是真正的布倫特先生，而且準備要收拾我們。」

「既然如此，」湯米一邊說，一邊打開側邊的壁櫥，深情地看著那一排排整齊的書，「這次我們要扮演的角色也不難選擇。我們將是奧克伍兄弟[7]！我是德斯蒙。」他說話的語氣異常堅定。

陶品絲聳了聳肩。

「好吧。隨便你。我寧可扮演法蘭西。法蘭西比較聰明。德斯蒙總是把事情弄得一團糟。而每逢關鍵時刻，法蘭西便會以園丁或者其他姿態及時出現，挽回頹勢。」

「啊！」湯米說，「但我這次是超級德斯蒙。一旦我到達落葉居……」

7　奧克伍兄弟（Okewood Brothers）是英國推理作家瓦倫丁・威廉斯（Valentine Williams, 1883-1946）筆下的人物。

陶品絲毫不顧忌地打斷了他。

「你今晚不會去漢普斯特吧？」

「為什麼不？」

「那簡直是閉著雙眼往陷阱裡跳！」

「不對，我親愛的小姐，我是睜大雙眼往陷阱裡跳。這有很大的差別。我想，我們的朋友鮑爾醫師鐵定會大吃一驚。」

「我可不贊同，」陶品絲說，「你應該知道德斯蒙違背指示擅作主張所造成的後果。我們接獲的指示相當清楚：立刻把信送過去，並及時報告所發生的一切。」

「你並未十分理解這個指示。」湯米說，「如果有人來這兒，並提到『十六』這個數字，我們才應該立刻去報告。但是，目前還沒人提到。」

「你這完全是詭辯。」陶品絲說。

「這樣說不對。我只是著迷於扮演獨行俠。親愛的陶品絲，我不會有事的。我會全副武裝。整個事情的關鍵是，我會提高警覺，而且他們不會識破這點。事後，頭子會拍拍我的肩膀，讚揚我一夜之間所立下的偉大功績。」

「唉，」陶品絲堅持著說，「我還是不贊同。那人壯得像隻猩猩。」

「啊！」湯米說，「別忘了我的藍色自動手槍。」

這時，對外辦公室的門打開了，艾柏走了進來，並隨手關上門。他朝他們走來，手裡拿著一枚信封。

「有位先生要見你，」艾柏說，「我剛開始平常那一套，說你正忙著和蘇格蘭警場通電話，他卻告訴我他對這一套瞭如指掌，還說他本人就是從蘇格蘭警場來的！他掏出一張名片，在上面寫了幾個字，並把它塞進了這個信封。」

湯米接過信封打開，看著那張名片，咧開嘴笑了起來。

「艾柏，那紳士是說真話來開你的玩笑。」他說，「快請他進來！」

他把名片扔給陶品絲。名片上印著警官丁徹奇的名字，上面還用鉛筆潦草地寫著「馬里奧警官的朋友」。

一分鐘後，那位蘇格蘭警場的警官走進了裡面的辦公室。從相貌上來看，丁徹奇警官與馬里奧警官屬於同一種類型，矮小但很結實，眼睛銳利。

「午安，」丁徹奇警官愉快地說，「馬里奧到南威爾斯去了，但在他走之前，囑咐我要盯緊你們兩位，盯緊這塊地方。哦！先生，」看見湯米似乎想插嘴，他接著說：「我們對這裡一清二楚。這兒不屬於我們的部門，因此我們不予干涉。但是最近有人發現情況不對。今天下午你們接待了一位紳士，我不知道他如何自稱，也不知道他的真實姓名，不過我對他略有所聞。當然，多知道一點更好。如果我判斷得沒錯，他約了你今天夜裡在某一特定地點見面？」

「確實如此。」

「我想也是。在芬斯貝里公園，韋斯特翰路十六號，對吧？」

「這，你可錯了，」湯米微笑著說，「完全錯了！是在漢普斯特的落葉居。」

丁徹奇似乎大吃一驚。顯然這完全出乎他的意料。

「我不懂，」他低聲地說，「這必定是個新的計畫。你說是在漢普斯特的落葉居？」

「是的。今天夜裡十一點我與他在那兒會合。」

「別去，先生。」

「你看吧！」陶品絲大聲說道。

湯米的臉脹得通紅。

「警官，倘若你認為……」他憤怒地說道。

警官舉起手使他安靜下來。

「布倫特先生，我告訴你我是怎麼想的。今天夜裡十一點你要去的地方就在這兒，就在這間辦公室。」

「什麼？」陶品絲驚訝得大叫一聲。

「就在這間辦公室。你們不必奇怪我是如何知道，我們各部門之間有時是互通有無的，你們今天已收到某封人盡皆知的『藍色信件』。那個不知名的人士正是為此而來。他引誘你到漢普斯特去，在確認你已上路後，他便會在夜間溜進這兒來。那時整棟大樓空無一人，他就可以隨心所欲、不慌不忙地翻箱倒櫃。」

「然而，為什麼他會認為信就在這兒？他應該判斷我會隨身攜帶，或者已把它交給了其他人。」

「抱歉，先生，他正好不知道這點。他或許忽然察覺你不是原來的那位布倫特先生，但他可能認為你只是一位買下這家偵探社的人。因此，那封信反正都會按業務程序來處理，會被歸檔塞入卷宗內。」

「這下我清楚了。」陶品絲說。

「這也正是我們要讓他產生的想法。今天晚上，我們要在這兒當場逮住他。」

「這就是全部的計畫嗎？」

「對。這是千載難逢的好機會。好了，我看一下，現在幾點了？六點。先生，你通常是什麼時候離開辦公室？」

「六點左右。」

「那你必須像平常一樣離開這兒。我相信他們不到十一點左右是不會上門的，當然，他們也可能提前來到。對不起，如果可以，我要在辦公室外面走一走、觀察一下，看是否有人正在監視這地方。」

丁徹奇一走出辦公室，湯米便和陶品絲爭辯起來。

兩人唇槍舌劍，各不相讓，場面火爆，言辭尖酸刻薄。最後，陶品絲突然屈服。

「好吧，」她說，「我投降行了吧！我回家去，呆坐在那兒，像個討人喜歡的小女孩，放你去和那些無賴打交道，和密探們共商大計，但是，走著瞧，年輕人，你不讓我也一起玩，這筆帳我會向你討回來。」

這時，丁徹奇回來了。

「一切似乎都很正常，」他說，「但誰也不敢打包票。最安穩的做法還是像往常那樣離開這兒。一旦你走人，他們就不會再繼續監視這地方。」

湯米喚來艾柏，吩咐他把門鎖好。

然後，他們四個人一起向附近平常停車的車庫走去。陶品絲開車，艾柏坐在她身旁，而湯米和丁徹奇則坐在後面的座位上。

不久，由於交通擁擠，他們被卡在車陣中。陶品絲回頭點了點頭。湯米和警官打開右邊的車門，下了車，向牛津街中心走去。一兩分鐘之後，陶品絲就驅車飛馳而去。

§

「現在最好別進去。」丁徹奇說。這時，他與湯米正急匆匆地走進赫爾漢街。「你有鑰匙吧？」

湯米點了點頭。

「那麼吃點晚餐如何？時間還早，街的正對面有家小餐館，我們找一個靠近窗戶的桌子，那樣，我們就可以邊吃邊觀察那棟房子。」

按照丁徹奇剛才的建議，他們用了少許非常可口的餐點。湯米發現丁徹奇是位相當風趣的夥伴。他的大部分工作都是與國際間諜周旋，而且他有一堆驚天動地的故事，使他眼前這位樸實的聽眾驚嘆不已。

他們在那家小餐館裡一直待到八點。這時，丁徹奇提議應該行動了。

「天色已經很暗了。先生，」他解釋道，「我們可以神不知鬼不覺地溜進去。」

正如他所說，外面一團漆黑。他們倆穿越馬路，迅速地看了看寂靜的街道兩頭，隨後躡手躡腳地溜進了那棟樓房，上了樓梯，湯米掏出鑰匙，插入對外辦公室的鎖孔裡。

驀地，他聽見——他以為——丁徹奇在他身旁吹了聲口哨。

「你幹嘛吹口哨？」他厲聲問道。

「我沒吹，」丁徹奇非常吃驚。「我還以為是你吹的。」

「那麼，有人……」

湯米還未多說出一個字，一雙強勁的手就從身後將他牢牢抱住，而且他還來不及喊叫，一塊香香的、令人作嘔的墊子之類的東西便緊緊地按在他的嘴和鼻子上。

他拚命掙扎，但毫無用處。三氯甲烷發揮了作用。他開始頭暈，眼前天旋地轉。他感到胸悶氣短，頃刻間，便失去了知覺……

他甦醒時感到相當難受，但神智完全清楚。他們只用了極少量的三氯甲烷，讓他失去知覺，以便把東西硬塞進他口中，防止他大喊大叫。

待他清醒之後，發現自己半躺半坐地靠在內部辦公室的一個牆角。兩個男人正忙著翻箱倒櫃，四處搜索，同時口中還無所顧忌地咒罵著。

「真他媽見鬼了！」個子較高的那個男人粗聲粗氣地說道，「我們把這鬼地方上上下下、裡裡外外都翻遍了，但那東西連個影子也不見。」

「一定就在這兒，」另一個男人咆哮著說，「那封信不在他的身上，也不可能在其他地方。」

他邊說邊轉過身來。使湯米大吃一驚的是，這第二個說話者不是別人，正是丁徹奇警官。後者看見湯米那驚訝的表情，便咧嘴獰笑起來。

「看來我們年輕的朋友醒了，」他說，「而且有點驚訝。沒錯，有點驚訝。但是事情的經過就是如此簡單，我們懷疑國際偵探社已經變了質。因此，我自告奮勇要把這事查個水落石出，看看它到底變了還是沒變。如果新任的布倫特先生確實是個間諜，他的嫌疑就很大。於是，我首先派我親愛的老友卡爾·鮑爾到這裡來，我交代卡爾行動要顯得鬼鬼祟祟，並且編造一個令人匪夷所思的故事。他依計行事，然後再由我出場。我借用馬里奧警官的名義取得了你的信任。其餘的事情便易如反掌。」

說著，他笑了起來。

湯米迫切地想說幾句話，但塞在口中的東西讓他的口舌動彈不得。不僅如此，他原想用雙手雙腳幫忙，但他們也針對這點做了防範。他的四肢都被綁得結結實實。

最令湯米震驚的是他面前這名男子的變化。假扮丁徹奇警官時，這傢伙是位典型的英國紳士。但此刻，任何人都能一眼看出他是個受過良好教育、說得一口標準英語的外國人。

「柯金斯，我的好友，」那位冒牌警官對他那位滿臉橫肉、相貌凶惡的助手說，「拿好你的救生用具站到囚犯的身邊去。我要把塞在他口中的東西取出來。我親愛的布倫特先生，倘若你大喊大叫，那可是大錯特錯的愚蠢行動，我想這點你應該明白吧？我相信你一定明白。就你的年紀而言，你算是一個非常聰明的年輕人。」

他很熟練地取出湯米口中塞著的東西，然後向後退了一步。

湯米活動了一下僵硬的下頷，在口中轉動轉動舌頭，嚥了嚥兩口水，但一語未發。

「我非常佩服你的自制力。」站在他面前的那人說，「我看得出來，你很清楚自己的處境。你沒什麼話要說嗎？」

「我要說的話暫時保留，」湯米說，「等一段時間也不會變質。」

「啊！我要說的可就不能保留了。我就用簡明的英語說吧：布倫特先生，那封信在哪兒？」

「親愛的朋友，我不知道，」湯米開心地說，「信不在我手上。這一點，你比我還要清楚。我要是你，就會繼續搜尋。我想看你和你的朋友柯金斯一塊兒捉迷藏。」

對方的臉變得陰沉起來。

「你居然還有雅興耍嘴皮子，布倫特先生。看見你身邊的那個方形箱子沒？那是柯金斯的小配備。箱子裡面有純硫酸，沒錯，純硫酸，還有可以在火裡燒得火熱的鐵……」

湯米悲傷地搖了搖頭。

「這完全是判斷失誤釀成的大錯，」他低聲道，「陶品絲和我錯估了這次的冒險行動。這不是畸形足的故事，而是鬥牛犬莊蒙德[8]。你就是那天下無雙的卡爾·彼得森[9]。」

「你在胡說些什麼？」對方吼叫道。

「啊！」湯米說，「我看這些經典小說你一點也不熟。可惜。」

「你這無知的蠢貨！你是要聽我們的話去做呢，還是怎樣？要我叫柯金斯拿出他的傢伙開始動手嗎？」

「別這麼急躁嘛，」湯米說，「我當然會聽你的話去做，你只要一說我立刻照辦。你不會認為我想被削成鰨魚排放在烤肉架上燒烤吧？我可是討厭受皮肉之苦哩。」

丁徹奇輕蔑地望著他。

「呸！英國人都是膽小鬼。」

「眾所周知，我親愛的朋友，這是眾所周知的。別管純硫酸了，我們還是言歸正傳！」

「我要那封信！」

「我已經告訴你，它不在我手上。」

「這我們知道……我們還知道誰拿了它，就是那女孩。」

「很可能你是對的，」湯米說：「她可能在你的夥伴卡爾嚇壞了我們的時候，把信悄悄塞進了她的手提包裡。」

「哦，你並沒有否認，算你聰明。很好，你寫封信給那個叫陶品絲的女孩，叫她立即把信帶到這兒來。」

「這我辦不到……」湯米口氣很硬。

對方不等他說完，立刻打斷他。

「啊！你辦不到？嗯，我們走著瞧。柯金斯！」

「別這麼急呀，」湯米說，「等我把話說完嘛。我剛才是想說，除非你給我的手鬆綁，我才能寫字。該死，我可不是那種能用鼻子、手肘寫字的畸形人。」

「那麼，你是願意寫囉？」

「那當然了。我不是一直這麼對你說嗎？我完全樂意遵照你的吩咐去做。當然，你不會對陶品絲做出任何惡劣行為。我堅信你絕對不會。她是多麼討人喜歡的女孩啊。」

「我們只要那封信。」丁徹奇口氣平緩地說，但他臉上露出了令人十分不悅的笑容。

8 鬥牛犬莊蒙德（Bull dog Drummond）是英國作家赫爾曼．西尼爾．麥克尼爾（H. C. McNeile, 1888-1937）推理系列的主角。

9 卡爾．彼得森（Carl Peterson）是《鬥牛犬莊蒙德》系列小說中的大壞蛋。

他點了點頭，那野蠻的柯金斯便蹲下身替湯米的雙臂鬆綁。湯米來回甩了甩雙手。

「啊！舒服多了。」他輕鬆地說，「請好心的柯金斯把我的鋼筆遞給我好嗎？我想，它就在桌上，和我的其他東西放在一起。」

滿面怒容的柯金斯把筆和一張紙遞給了他。

「留心你要寫的話，」丁徹奇威脅道，「你好自為之，說錯了就意味著死路一條，而且我們會慢慢地把你折磨到死。」

「如果下場是這樣，」湯米說，「我一定會盡力而為。」

他思考了一兩分鐘，然後飛快地揮筆在紙上寫著。

「這樣寫如何？」他問道，並把寫好的信遞過去。

親愛的陶品絲：

請你務必立刻過來，並帶上那封藍色信函，好嗎？我們要馬上在這兒解碼。

匆匆擱筆

法蘭西

「法蘭西？」那假冒的警官揚了揚眉毛問道，「她是這麼叫你的嗎？」

「我受洗時，你不在場，」湯米說，「所以我想，你不可能知道這究竟是不是我的教名。但我認為，你從我口袋裡掏走的那個菸盒足以證明我說的是真話。」

丁徹奇走到桌邊，拿起那個菸盒，見到上面寫著「致法蘭西，陶品絲贈」。他淡淡地一笑，又把菸盒放下。

「我很高興你這麼上道，」他說，「柯金斯，把這張便條交給瓦西里。他在外面把風。叫他立刻去辦。」

接下來的二十分鐘過得很緩慢，而其後的十分鐘則更是難熬。丁徹奇焦躁不安地在房間裡踱來踱去，臉色變得愈來愈陰沉。突然，他停了下來，凶狠地盯著湯米。

「要是你膽敢欺騙我們的話……」他咆哮道。

「假如現在有一副牌，我們就可以玩一百點來消磨時光。」湯米慢條斯理地說，「女人總是讓人等待。待會兒小陶品絲來時，你不會對她凶吧？」

「哦，不會，」丁徹奇說，「我們會安排你們到同一個地方去……一塊兒去。」

「你敢！你這頭蠢豬。」湯米暗地咬牙切齒地說道。

突然，從對外辦公室裡傳來一陣響聲。一個湯米不曾見過的男人探頭進來，用俄語嗥叫了幾句。

「很好，」丁徹奇說，「她馬上就到，她是一個人來的。」

一時之間，湯米的內心稍感不安。

不一會兒，他聽到了陶品絲說話的聲音。

「哦！我們又見面了，丁徹奇警官。我把那封信帶來了。法蘭西在哪兒？」

話音剛落，她便走進門來。這時瓦西里猛然跳到她身後，用手緊緊摀住她的嘴。丁徹奇一把從她緊握的手中奪過手提包，又把手提包裡的東西全倒出來狂亂地翻尋著。

他突然欣喜地驚叫一聲，手中高高舉起一枚貼有俄國郵票的藍色信封。柯金斯也沙啞著嗓子叫嚷起來。

正在他們歡呼叫好的時刻，通向陶品絲那間辦公室的門毫無聲響地打開了。馬里奧警官和兩位手持左輪手槍的男子悄悄地走進了房間，忽然厲聲命令道：「手舉起來！」

沒有發生任何搏鬥。一干人等處於劣勢，束手就擒。丁徹奇的自動手槍放在桌子上，另外兩個人也都赤手空拳。

「這真是個很不錯的小收穫，」馬里奧警官把最後一名罪犯銬上，嘴裡讚揚道，「希望隨著時間的推移，我們會有更多收穫。」

氣得臉色蒼白的丁徹奇狠狠地盯著陶品絲。

「你這個小惡魔，」他怒吼道，「是你讓我們栽在他們手中的。」

陶品絲大笑了起來。

「這可不是我一個人的功勞。我坦承，今天下午當你說出『十六』這個號碼時，我就應該猜到這件事。不過，是湯米的信解決了問題。我打了電話給馬里奧警官，叫艾柏帶著辦公室的備用鑰匙去和他會合，然後把空的藍色信封放進手提包獨自來到了這兒。至於信嘛，今天下午，我與你們一分手，就遵照指示把它轉交上去了。」

她提到的一個名字引起了丁徹奇的注意。

「湯米？」他問道。

剛剛從五花大綁中解脫出來的湯米朝他們走了過去。

「幹得漂亮！法蘭西兄弟。」他對陶品絲說，並握住她的雙手。隨後又面對丁徹奇說道：「我告訴過你，親愛的朋友，你實在應該好好讀一下推理經典。」

04

小牌巧勝老 K

Partners in Crime

星期三，國際偵探社內外兩間辦公室都顯得死氣沉沉。陶品絲任由手中的《每日論壇》散落到地上。

「湯米，你知道我在想什麼嗎？」

「我猜不到，」她丈夫答道，「你想的事情太多了，而且隨時能想到一堆。」

「我在想，我們應該去跳跳舞了。」

湯米倉卒地從地上拾起那份《每日論壇》。

「我們的廣告做得真不錯，」他歪著頭說道，「布倫特的超級偵探大師。陶品絲，你意識到沒有，布倫特的超級偵探大師就是你，單槍匹馬的你。你應該為此感到無比光榮，蛋頭先生[10]一定會這麼說。」

「我剛才是在談跳舞的事。」

「我觀察到這些報紙有個地方很奇怪，不曉得你是否注意到了？把這三份《每日論壇》拿去好好看一看。你能告訴我它們之間的差異嗎？」

陶品絲有些好奇地接過報紙。

「這似乎很簡單嘛，」她尖刻地說，「一份是今天的，一份是昨天的，一份是前天的。」

「親愛的華生，你真是才華橫溢。只可惜那不是我的意思。仔細看報頭『每日論壇』那幾個字，再比較一下三份報紙，你看出來其中有任何不同嗎？」

「不，我看不出來。」陶品絲說，「再說，我也不相信它們之間會有什麼差別。」

湯米嘆了一口氣，並模仿他最崇拜的福爾摩斯，把手指尖都撮在一起。

「沒錯。你每天看的報紙與我一樣多……其實，比我還多。但連我都觀察到了，而你居然沒發現。只要你留意今天的《每日論壇》（*Daily Leader*），你就會發現：在字首D的中間有一個小白點，在第二個單字的字首L的中間也有一點。而昨天的那份報紙上，Daily 這個單字上完全沒有出現白點，在 Leader 這個單字的L字母中間則有兩個白點。前天的報紙上，Daily 這個單字的字母D中又出現兩個白點。事實上，這白點，或者這幾個白點，每天都出現在不同的位置。」

「為什麼？」陶品絲說。

「這是新聞業的一個祕密。」

「這意味著你不懂，也猜不透。」

「我只能說，這是所有報紙都共有的慣例。」

「你可真是聰明啊！」陶品絲說，「特別是在轉移話題方面。好了，我們還是回到剛才的主題吧。」

「剛才我們在談什麼？」

10 蛋頭先生（Humpty Dumpty）是《愛麗絲夢遊仙境》（*Alice's Adventures in Wonderland*）裡的人物。

「三功舞廳。」

湯米呻吟道：「不，不，陶品絲，請別談什麼三功舞廳。我已經不再年輕了。我向你保證，我再也不年輕了。」

「當我還是個年輕漂亮的女孩時，」陶品絲說，「就受到傳統思想的薰陶，堅信男人，尤其是做丈夫的人，天生都是放蕩成性的，喜歡通宵達旦地酗酒、跳舞。只有美麗無比、異常聰穎的太太才能讓他們乖乖地待在家裡……只是，又一個幻夢破滅了！現在，我認識的太太們都渴望出門去跳舞尋樂，但大都只能在家裡暗自飲泣，因為她們的丈夫每天都早早就換上臥室的拖鞋，而且九點半就上了床。湯米，我親愛的，你的舞姿真的優雅極了。」

「就像奶油般輕柔，陶品絲。」

「其實，」陶品絲說，「我想去跳舞並不純粹是為了尋歡作樂。是這則廣告引發了我的興趣。」

她再次拿起《每日論壇》，並大聲唸道：「『我會出三張紅桃。十二墩。黑桃A。必須出小牌巧勝老K。』」

「以這種方式學橋牌太昂貴了。」湯米評論道。

「別傻了！這與打橋牌風馬牛不相及。我跟你說，我昨天和一個女孩在『黑桃A餐廳』吃午飯。那餐廳地處切爾西，是一個藏汙納垢的古怪小地下室。那女孩還告訴我，那地方在夜晚有舉行化裝舞會時，有不少人喜歡來湊熱鬧，吃點燻鹹肉、煎蛋和乳酪麵包，或者波希米亞式的食品等等。這被認為是一種時尚。那地下室四周到處設有用簾布緊遮的小包廂。那地方又熱鬧又刺激。」

「你的意思是……」

「三張紅桃代表三功舞廳；十二墩代表明天午夜十二點；黑桃A當然就是黑桃A餐廳。」

「那『必須出小牌巧勝老K』又是什麼意思？」

「嗯，我想這就是我們要破解的問題。」

「陶品絲，你的想法自有你的道理，我不該質疑，」湯米寬宏大量地說，「但我很不理解為什麼你要干預他人的風流韻事呢？」

「我才不干預呢！我只是提議進行一次有趣的偵探實習。我們需要磨練。」

「我們目前的業務確實太冷清了，」湯米同意道，「不過啊，陶品絲，你根本就是想去三功舞廳跳舞！還說我轉移話題哩。」

陶品絲卑劣地笑了起來。

「別這麼小心眼嘛，湯米。別老是記著你已經三十二歲，而且左邊的眉毛中間已經有了一根白毛。」

「只要碰到女人，我總是沒轍。」她丈夫嘀咕道，「我必須穿化裝舞會裝，把自己打扮得很蠢嗎？」

「當然，但這事可交給我來辦。我已經想好了一個絕妙主意。」

湯米憂心忡忡地望著她。他一向不信任陶品絲的絕妙主意。

第二天晚上，當他回到家，陶品絲從她的臥室飛奔出來迎接他。

「送來了。」她興奮地說。

「什麼送來了？」

「化裝舞會裝。走吧，去看一看。」

湯米跟隨著她走進臥室，只見一整套消防制服平展在床上，旁邊還放著一個閃閃發光的頭盔。

「我的天啊！」湯米呻吟道，「難道我已加入溫布利消防隊不成？」

「再猜一猜，」陶品絲說，「你到現在還未理解我的意圖。動動你的小腦筋吧，我的朋友華生，施展你的才華，做一回在競技場上死鬥十幾分鐘的公牛。」

「等一下，」湯米說，「我開始有點頭緒了。這其中必有隱情。陶品絲，你準備穿什麼服裝？」

「你的一套舊衣服、一頂美式禮帽和一副角質眼鏡。」

「真是粗野，」湯米說，「但我完全清楚你的意圖了，隱姓埋名的麥卡蒂；而我，當然就是賴爾登。」

「沒錯。我認為不管是英國或美國的偵探理論，我們都該加以實踐。只是這一次由我來扮演明星的角色，而你是謙卑的助手。」

「別忘了，」湯米警告道，「每逢關鍵時刻，總是老實的賴爾登提出一些天真無邪的評論，才使麥卡蒂轉到正確的思考方向。」

陶品絲不與他論高低，只是放聲大笑。她這時正精神煥發。

這是一個令人難忘的夜晚。人潮、音樂、奇裝異服，這一切讓這對年輕夫婦忘我地盡情享受。此刻的湯米早已忘記自己是那位不甘不願被硬拖到這兒來的無趣丈夫。

十一點五十分，他們倆開車離開舞廳，到了那有名……或者並不有名的黑桃 A 餐廳。正如陶品絲所說，那是個小地下室，裝潢簡陋庸俗，卻擠滿了成雙成對穿著化裝舞會裝的男女。牆的四周全是密閉的小包廂。湯米和陶品絲進入其中一間。他們故意讓門微微開著，以便能看清外面發生的一切。

「我真想馬上知道他們是誰。我的意思是，我們要找的人是誰。」陶品絲說，「會不會是那邊的那個科倫芭茵和紅色魔鬼梅菲斯特？」

「我想是那個邪惡的中國官員和那自稱是戰艦的女士……依我看，叫快速巡洋艦倒更恰當。」

「你可真是詼諧啊，」陶品絲說，「才喝了一小口酒就這樣了！這個裝扮得像紅桃皇后的是誰啊？打扮得還真不錯。」

正說著，那位女孩走進了他們隔壁的小包廂，緊隨她的還有《愛麗絲夢遊仙境》中那位全身披掛報紙的紳士。他倆都戴著面具，這顯然是黑桃A餐廳的習慣。

「我敢肯定，我們已身處在一個充滿罪惡的賊窟。」陶品絲非常高興地說，「我們身邊充斥著見不得人的事，每個人都在大嚷大叫。」

突然，一聲聽起來像是抗議的叫喊聲從隔壁的小包廂裡傳出來，但隨即就被一個男人的狂笑聲所淹沒。所有的人都在狂笑亂顫，女人們刺耳的尖叫聲壓住了男伴低沉的語聲。

「你看那個牧羊女如何？」湯米問道，「就是和那個滑稽的法國人在一起的那個。他們可能會給我們帶來點運氣。」

「這兒的任何人都可能，」陶品絲贊同道，「我才不想為此操心呢。現在最重要的是盡情享受，盡情歡樂。」

「我要是穿另外一種服裝會更盡興，」湯米抱怨道，「你根本不知道我穿這身行頭熱得有多麼難受。」

「開心點，」陶品絲說，「你看起來很可愛。」

「你這樣講，我很高興，」湯米說，「至少我比你可愛多了。你是我見過最可笑的矮冬瓜。」

「湯米，我的好孩子，你說話能不能文雅一點？喂！你看，那位披掛報紙的紳士留下他的女伴走了。你認為他要上哪兒去？」

「我想他是急著去灌幾杯，」湯米說，「我也想哩。」

「他已經去了很久了。」四、五分鐘之後，陶品絲說，「湯米，儘管你認為我是一個笨得不能再笨的蠢驢……」她突然緘口不語，雙腳一蹬。「你要是高興，就叫我一聲蠢驢吧！我馬上要去隔壁看看。」

「嘿！陶品絲，你不能……」

「我有一種預感，事情不妙了。我知道出事了，別攔著我。」

她快速走出他們的小包廂，湯米緊跟其後。隔壁包廂的兩扇門緊緊關著。陶品絲使勁把門推開，走了進去，湯米尾隨而入。

裝扮得像紅桃皇后的那個女孩坐在牆角裡，身子以奇怪的姿勢縮成一團，依偎在牆上。她的雙眼透過面具死死地盯住他們，身子卻一動也不動。她的服裝是以大塊的紅白兩色圖案組成，但左側的圖案似乎模糊不清。那紅色格外鮮紅……

陶品絲驚叫一聲撲了上去。與此同時，湯米也瞧見了她所見到的情況：那女孩的心臟下方露出一把鑲有寶石的匕首柄。陶品絲一把跪在那女孩的身旁。

「趕快，湯米！她還活著。去找經理，叫他立刻去請醫生來。」

「好的！陶品絲，千萬別碰著匕首的把柄。」

「我會小心，快去！」

湯米匆忙走了出去，隨手把門拉上。陶品絲用雙臂摟住那女孩。那女孩軟弱無力地做了個手勢，陶品絲明白她是想摘下面具。陶品絲非常小心地把面具取下，眼前立刻出現一張如花似玉的臉蛋，那雙猶如星子般的眼眸充滿了恐懼。她顯得異常痛苦，臉上露出困惑不解的神情。

「親愛的，」陶品絲輕聲地說，「你還能說話嗎？如果還可以，請告訴我是誰幹的？」

陶品絲感到對方的雙眼正凝視著自己。那女孩痛苦地呻吟著，那是一顆即將停止跳動的心臟顫抖發出的深沉嘆息。終於，她的嘴唇微微張開了。

「是賓戈幹的……」她費勁地低聲說道。

話未說完，她的雙手就慢慢地鬆軟下來，身子也懶懶地依偎在陶品絲的肩上。

這時，湯米回來了，身邊跟著兩個人。個子較大的那位一副權威姿態逕自向前走過來，一看就知道是醫生。

陶品絲放下手中的重擔。

「我想她已經死了。」她哽咽著說。

醫生迅速地做了檢查。

「是的，」他說，「已經沒救了。我們最好保留現場，等到警方來再說。這事是怎麼發生的？」

陶品絲吞吞吐吐地講了經過，含糊其辭地講了她走進這包廂的原因。

「這就奇怪了，」醫生說，「你什麼也沒聽到？」

「我只聽到她發出一聲叫喊，然後是男人的大笑聲。當然，我當時沒想到……」

「你當然沒想到，」醫生附和，「你說那男人戴著面具。你不能認出他來，是嗎？」

「我想我認不出。你呢，湯米？」

「我也一樣。他不是穿著化裝舞會裝嗎？」

「現在最重要的是確定這可憐女士的身分，」醫生說，「這之後……嗯，我想警方很快就會查個水落石出。這應該不是一樁難辨的案件。啊，他們來了。」

§

當這對疲憊不堪、內心悲傷的夫婦回到家時，已是凌晨三點過後。陶品絲躺在床上久久不能入睡。她輾轉反側，眼前老是出現那如花似玉的容貌、那恐懼萬分的雙眼。

最後，當陶品絲好不容易睡著時，黎明的曙光已透過百葉窗射進房內。異常激動之後，她睡得很沉，也沒作夢。當她醒來時已是大白天。她看見湯米已經穿好衣服站在床邊，輕輕地搖著她的手臂。

「老婆，醒一醒。馬里奧警官和另外一位先生已經來了，他們想見你。」

「幾點了？」

「十一點整。我馬上叫艾麗絲給你送茶點來。」

「好的，去吧。告訴馬里奧警官，十分鐘後我就過去。」

一刻鐘後，陶品絲急匆匆地走進客廳。表情莊嚴的馬里奧警官立刻起身迎接她。

「早安，貝里福夫人。這位是亞瑟．梅里維先生。」

陶品絲和一名眼神憔悴、頭髮花白的高瘦男子握了手。

「我們是為昨夜發生的悲慘事件來的。」馬里奧警官說，「我想讓亞瑟先生親耳聽聽你親口對我說的……那可憐的女士臨終前說的話。亞瑟先生很難相信。」

「我無法相信，」亞瑟先生說，「我也絕不會相信賓戈．赫爾會傷害薇兒一根寒毛。」

馬里奧警官接著說：「貝里福夫人，從昨晚到現在，我們已經取得一些進展。」他說，「首先，我們設法查明那位女士是梅里維夫人。我們與這位亞瑟先生取得了聯繫。他立即認出了那具屍體，當然，他的驚恐與悲憤是無法用語言來描述。然後，我問他是否知道一個名字叫賓戈的人。」

「貝里福夫人，你必須了解，」亞瑟先生說，「赫爾上尉……朋友都叫他賓戈，是我最親密的朋友。事實上，他與我們住在一起。今天上午他們逮捕他的時候，他就待在我家。因此，我不得不認為你弄錯了……我妻子臨終時說的不可能是他的名字。」

「我不可能聽錯，」陶品絲輕聲地說，「她確實是說，是賓戈幹的……」

「你聽見了吧，亞瑟先生？」馬里奧說。

那悲傷的男人跌坐進沙發上，雙手掩面。

「這簡直太令人不可置信。他的動機究竟是什麼？哦，我知道你的想法，馬里奧警官，你認為赫爾是我太太的情人。但即便如此——這點我根本不承認——那他殺死她的動機是什麼呢？」

馬里奧警官咳嗽了一下。

「先生，談這種事情確實非常令人難堪。但是近來，赫爾上尉頗心儀某位年輕的美國女士……一位相當富有的年輕女士。倘若梅里維夫人失去理智，那麼她很有可能會阻止他的婚姻。」

「警官，你說這話太過分了！」

亞瑟先生憤怒地跳了起來。警官以安慰的手勢要他鎮靜下來。

「亞瑟先生，請您原諒，您說是您和赫爾上尉兩人準備去參加這場化裝舞會。您的夫人當時正巧出去拜訪某人，所以您根本沒想到她會在那兒吧？」

「我確實沒料到。」

「貝里福夫人，請把你對我談過的那則廣告拿給我看。」

陶品絲照他的吩咐辦了。

「在我看來，這是再清楚不過了。這則廣告是赫爾上尉登的，目的是引起您夫人的注意。他們早已安排好在那兒幽會。而您是前一天才決定去那兒的，因此，他就有必要提醒她。這就是那句『必須出小牌巧勝老K』的解釋。您在最後一分鐘才從一家戲服公司訂下您的服裝，然而赫爾上尉的那套是在家裡做的。他是扮成披掛報紙的紳士。亞瑟先生，您知道我們在您夫人緊握的手中發現了什麼嗎？一張從報紙上撕下的碎片。我的手下已奉命從貴舍取走赫爾上尉的服裝。我返回蘇格蘭警場後便可查明真相。如果他的服裝上被撕掉的某一片與這塊碎片相吻合，那一切就真相大白，本案也就可以終結了。」

「您找不到的。」亞瑟先生說，「我了解賓戈．赫爾。」

他們倆對打擾陶品絲表示歉意，之後便離開了。

當夜，有人按了門鈴。警官馬里奧再次走進他們家，使得這對年輕夫婦感到有點吃驚。

「我想，布倫特的超級偵探大師們一定很想聽聽案件的最新進展。」他笑著說。

「那是當然，」湯米說，「喝一杯，怎麼樣？」

他熱情地倒了一杯酒放在警官的手邊。

「這案子一清二楚，」一兩分鐘後，警官說道：「匕首是那女士自己的……凶手的意圖是使這事看起來像是自殺。慶幸的是，你們夫妻倆在出事現場，這種造假便不可能成立。我們發現了大量的信件，顯然他們交往了一段時間，亞瑟先生被蒙在鼓裡。隨後，我們發現了決定性的一環……」

「決定性的什麼？」陶品絲敏銳地問道。

「本案件一系列事件中決定性的一環，也就是那張《每日論壇》的碎片。那是從他的化裝舞會裝上撕下來的，完全吻合。哦，是的，這案子非常清楚。對了，我帶來了那兩件物證的照片。我保證你們會感興趣。你們很少有機會接觸到這種一清二楚的案件。」

在她丈夫送走那位蘇格蘭警場的警官返回時，陶品絲問道：「湯米，為什麼馬里奧警官反反覆覆地說這案子一清二楚？」

「我不知道。我想他是太沾沾自喜罷了。」

「根本不是這樣！他是試圖要激怒我們。湯米，你知道，屠夫最熟悉刀下的肉，是不是？」

「我想是吧，但是你究竟想……」

「同樣的道理，蔬果店的老闆最熟悉各類蔬菜水果，而漁夫也最了解各種魚。那麼，偵探們，尤其是職業偵探們，必然對形形色色的罪犯瞭如指掌。在他們調查案件時，他們能分辨哪些是實質性的問題、哪些不是。馬里奧的專業經驗告訴他，赫爾上尉不是凶手，但所有的證據都對他不利。馬里奧警官是要刺激我們去找出最關鍵的證據。他最後的一線希望是，我們能夠回憶起昨晚發生的某些小細節，為整個案件帶來轉機。湯米，為什麼她不可能是自殺呢？」

「別忘了她對你說的話。」

「我當然記得。可是如果從另外一個角度去分析，正是賓戈的行為迫使她自殺，這也有可能。」

「沒錯。但這無法解釋報紙的碎片。」

「那就讓我們看看馬里奧拿來的照片吧！可惜我忘記問他赫爾對這件事的說法。」

「剛才在大廳時我已經問過他了。赫爾聲稱，在化裝舞會上他根本沒和梅里維夫人說過話。他還說，有人悄悄地往他手裡塞了一張紙條。紙條上寫道：『今晚別和我說話。亞瑟已起疑心。』雖然他不可能偽造一張紙條，但這說法聽來也不具說服力。反正，你和我都知道他和她一起在黑桃A餐廳，因為我們看見了他。」

陶品絲點了點頭，然後仔細地察看那兩張照片。一張拍的是印著「DAILY LE」字體的報紙碎片，其他部分都已撕去。另一張是從《每日論壇》頭版上方撕下來的一個小圓塊。一眼就可以看清楚，這兩部分完全吻合。

「報紙兩邊的那些斑點是什麼？」湯米問道。

「是針孔，」陶品絲說，「和其他報紙的接縫。」

「我還以為又是用小圓點來騙人的新詭計呢！」湯米說道，隨即微微地哆嗦一下。「天啊，陶品絲，這真令人毛骨悚然。你想一想，那天你和我在討論報紙上的小圓點，以及對那則廣告的真實含義苦思冥想時，心情是何等的輕鬆。」

陶品絲一聲不吭。湯米吃驚地看了看她，只見她正凝視著前方，嘴微微張著，臉上露出迷茫的神情。

「陶品絲，」湯米溫柔地說，並輕輕搖了搖她的手臂。「你怎麼啦？你是不是受到了驚嚇？還是出了什麼事？」

陶品絲仍然無動於衷。過了一會兒，她才恍恍惚惚地說：「丹尼斯·賴爾登。」

「什麼？」湯米問道，目不轉睛地看著她。
「正如你所說，這是一個天真無邪的觀點！把這個星期所有的《每日論壇》找來給我。」
「你想幹什麼？」
「我現在是麥卡蒂。我一直在絞盡腦汁地思考。託你的福，我終於得到了啟發。這張照片拍的是星期二報紙的頭版。我記得星期二的那張報紙上，LEADER 這個單字的字母 L 中有兩個小圓點。而照片上的這張報紙上，DAILY 這個單字的字母 D 中有一個小圓點，在字母 L 中也只有一個。把報紙拿來給我，我們一起來證實一下。」
兩人焦急地把照片和報紙進行比較。陶品絲的記憶力確實不差。
「你看清楚了嗎？這張碎片不是從星期二的報紙上撕下來的。」
「但是，陶品絲，我們仍然不能肯定。也許是不同版本。」
「可能是，但不管怎樣，它還是給了我一個啟迪。這不可能只是一種巧合，這一點是肯定的。如果我的想法正確，那麼就只存在一種可能。湯米，打電話給亞瑟先生，叫他立刻到我們這兒來。就說我有重要的消息告訴他。然後再和馬里奧警官聯絡。如果他回家了，蘇格蘭警場一定知道他的住址。」
亞瑟．梅里維先生接到電話後感到非常驚奇。大約半小時後，他來到了湯米的住所。陶品絲走上前去迎接他。
「以如此蠻橫的方式叫您來這兒，請您務必原諒。」她說，「但我丈夫和我已發現了重要的證據，我們認為應該讓您立刻知道。請坐！」

亞瑟先生坐下後，陶品絲繼續說道：「我明白您急於證明您的朋友清白無辜。」

亞瑟先生痛苦地搖了搖頭。

「的確如此，但面對排山倒海而來的證據，我不得不放棄。」

「如果現在我告訴您，我可以扭轉情勢，我已掌握的證據足以證明他完全無罪，那您會怎麼說？」

「我會欣喜若狂，貝里福夫人。」

「假設，」陶品絲繼續說道，「我無意中碰見了昨晚十二點真正和赫爾上尉一起跳舞的女孩……那時他應該正在黑桃A餐廳。」

「太妙了！」亞瑟先生大叫起來。「我就知道這其中有某種誤會。那麼可憐的薇兒一定是自殺。」

「絕對不是，」陶品絲說，「您忘掉了另外一個男人。」

「哪個另外的男人？」

「就是被我丈夫和我看見走出小包廂的那個男人。亞瑟先生，舞會上必定還有另一個男人披掛著報紙。對了，您在舞會上穿的是什麼服裝？」

「我嗎？我是裝扮成十七世紀的劊子手。」

「實在太吻合了。」陶品絲輕聲細語地說。

「吻合？貝里福夫人，你說吻合是什麼意思？」

「我是就您扮演的角色而言。亞瑟先生，要我告訴您我對這事的看法嗎？用報紙做成的服裝很容易穿上並罩住劊子手的服裝。在這之前，赫爾上尉的手中被人塞進一張紙條，叫他不要和某位女士說話。而那位女士對紙條的事根本不知道。她只是按約定的時間去了黑桃A餐廳，並且看見了她所企盼的人影。他們一起走進密閉的小包廂。他把她摟在懷裡，我想，他還吻了她……那是陰險的猶大之吻，在他親吻她的時候，他把匕首插入了她的心臟。她只能發出微弱的叫喊聲，而他卻高聲大笑來壓住對方的叫喊。事後，他立刻溜走。又恐懼又茫然的她，直到最後仍以為是她的情人殺害了她。

「她從對方的服裝上撕下了一塊碎片。凶手注意到了這點……他是個很注意細節的人。為了製造假象以嫁禍給那位代罪羔羊，那塊碎片必須是從赫爾上尉的服裝上撕下來的。如果這兩個人不是正巧住在同一棟房子，這恐怕非常難辦。然而這事正巧就非常簡單。他在赫爾上尉的服裝上撕下了一塊完全一致的碎片，然後把自己的服裝燒掉，最後扮演成忠誠的朋友出場。」

陶品絲停了下來。

「亞瑟先生，您看怎麼樣？」

亞瑟先生站起來向她深深一鞠躬。

「太精采了！這根本是出自一個迷人女士的生動想像。依我看，她是偵探故事讀得太多了。」

「您這樣認為嗎？」湯米說。

「還有一位聽從太太指揮的丈夫，」亞瑟先生說，「我看沒有任何人會認真看待這件事的。」

他哈哈大笑了起來，陶品絲在椅子上挺直了身子。

「我敢發誓我聽過這種笑聲，」她說，「昨天晚上我在黑桃Ａ餐廳就聽到過。您對我們有小小的誤解。貝里福是我們的真實姓名，但是我們還有另外一個名字。」

她從桌上拿起一張名片遞給他。亞瑟先生大聲唸道：「國際偵探社……」他倒抽了一口氣。「原來這就是你們的真實身分啊！怪不得馬里奧今天上午把我帶到這兒來。這是個陷阱……」

他快步走到窗戶前。

「你們這兒的視野還真不錯，」他說，「可以俯瞰倫敦全景。」

「馬里奧警官！」湯米驚叫一聲。

剎那間，馬里奧警官從對面的房間開門快步走出來。

亞瑟先生露出一絲冷笑。

「我早就料到了，」他說，「但是，警官先生，恐怕這次你抓不到我了。我寧願選擇自己的方式來了結。」

說著，他把手放在窗台上，用力一翻，跳出了窗外。

陶品絲尖叫一聲，雙手使勁地蒙住耳朵。她不願聽到她已想像到的聲音……那種遠遠地從窗戶落下、十分恐怖的撞擊聲。馬里奧警官詛咒了一聲。

「我們應該想到那扇窗戶的，」他說，「但不管怎麼說，沒有你們的幫助，這案子很難查清楚。對不起，我要下樓去……處理事情。」

「可憐蟲，」湯米慢條斯理地說，「倘若他真愛妻子的話……」

警官氣憤地打斷了他。

「他愛她？要是那樣就好了。他到處弄錢，已是智窮技絕。梅里維夫人有一大筆財產，死後全部歸他所有。但是，如果她和年輕的赫爾私奔，那他連一毛也撈不到。」

「原來如此？」

「當然，從一開始，我就覺得亞瑟先生不是個好東西，而赫爾上尉反倒令人印象不錯。在蘇格蘭警場我們就已徹底了解此事的來龍去脈。但是當你們的證詞與事實相違背時，情況很棘手。我現在要下樓去了。貝里福先生，我要是你，我就會給你太太倒上一杯白蘭地，這案子從頭至尾都讓她費心了。」

「蔬果商，」沉著冷靜的警官關門離開後，陶品絲低聲說道，「屠夫，漁夫，還有偵探，各人有各人的看家本領。我是對的，是吧？他早就了解情況。」

這時，湯米正在餐具櫃那邊忙著。他朝陶品絲走來，遞給她一個大杯子。

「喝吧！」

「這是什麼，白蘭地？」

「不，這是一大杯雞尾酒，適合大獲全勝的麥卡蒂。是的，馬里奧總是正確的，那是很合乎情理的事。好一個大膽出小牌取勝的謀略。」

陶品絲點頭贊同。

「但是他出錯牌了。」

「因此，」湯米補充道，「老K出局。」

05

女士失蹤了

Partners in Crime

國際偵探社社長西奧多・布倫特先生的蜂鳴器響起了警報。湯米和陶品絲兩人都飛快地跑到他們各自的窺視孔面前。透過窺視孔，對外辦公室的情況可以看得一清二楚。在那兒，艾柏的職責就是施展各式各樣高明的伎倆，去拖住可能是客戶的訪客。

「先生，我查一下，」艾柏說，「但恐怕布倫特先生正忙得不可開交。此刻他正和蘇格蘭警場通電話。」

「我等他，」訪客說，「我沒帶名片。我的名字叫加布里・史達凡。」

這名客戶體格健壯，足足有六英尺高。他那飽經風霜的臉龐呈古銅色，那雙十分幽藍的眼睛與他棕色的皮膚形成極為鮮明的對比。

湯米迅速做出決定。他戴上帽子，順手拿起手套，然後打開他辦公室的門。

他腳剛邁出門檻，便停了下來。

「布倫特先生，這位紳士等著要見您。」艾柏說。

湯米臉上忽然露出為難的神情，他掏出懷錶。

「我應該在十點四十五分準時到達公爵府邸。」他說道，雙眼敏銳地觀察著來訪者。

「但是，我可以給你幾分鐘時間，請隨我來。」

來訪者順從地跟著他走進了裡面的辦公室。此刻，陶品絲已一本正經地坐在那兒，手中拿著記事本和鉛筆。

「這是我的機要祕書魯賓遜小姐，」湯米說，「好，先生，或許你馬上就可以說明你的來意，對吧？除了知道這件事非常緊急，還有你是搭計程車到這兒來的，以及你剛去過北極或南極，其他我一概不知。」

訪客驚訝地看著他。

「這太神奇了！」他大喊道，「我原以為只有書裡描寫的偵探才能料事如神！你的辦公室小弟連我的名字都還沒告訴你呢！」

湯米不以為然地嘆口氣。

「嘖！嘖！這其實非常簡單。」他說，「在北極圈裡，午夜的陽光對皮膚會產生特殊的作用……化學線具有某些特性。我最近正在寫一篇與此有關的專文。但是我談的這些都離題太遠。是什麼事讓你這樣心事重重地到我這兒來？」

「布倫特先生，首先，我的名字叫加布里．史達凡……」

「啊！是啊，」湯米說，「大名鼎鼎的探險家。你最近剛從北極地區回來，我說得沒錯吧？」

「三天前，我在英格蘭上了岸。我是搭乘一位正在北部水域航行的朋友的快艇到達的。否則，在兩星期之後我都還不一定能回得來。布倫特先生，我實話實說吧。兩年前，在我尚未開始這次的探險時，我極其幸運地和茉莉．蕾戈登太太訂了婚……」

湯米突然打岔。

「蕾戈登太太結婚之前是……」

「是荷敏．克蘭，蘭徹斯特勳爵的次女。」陶品絲不假思索地說道。

湯米讚賞地看了她一眼。

「她的第一任丈夫死於戰爭中。」陶品絲又補了一句。

加布里．史達凡點了點頭。

「沒錯。我剛才說過，荷敏和我訂了婚。因此我理所當然地表示要放棄這次探險，但她不贊成。天呀！她實在很適合當探險家的妻子。嗯，這次我上岸的第一個想法便是立刻去見荷敏。我從南安普敦給她拍了電報後，就急忙搭第一班火車趕到那裡。我早已知道她暫時和她的姨媽蘇珊．克朗雷女士住在龐德街。一下火車，我便直奔那兒。令我大失所望的是，荷敏正巧去拜訪諾森伯蘭郡的幾位朋友。蘇珊女士見我突然到來感到十分驚奇，這之後，她對我非常友好。剛才我就說過，她們預計再過兩個禮拜才會見到我。她說荷敏幾天之後便會回來。然後我問荷敏那位朋友的地址，那老婦人卻支支吾吾。她說荷敏待在一個或兩個不同的地方，因此她無法確定如何與荷敏取得聯繫。我不妨對你直說好了，布倫特先生，蘇珊女士和我的關係一直不怎麼融洽。她是那種有雙下巴的胖女人。我厭惡肥胖的女人，我向來厭惡，肥胖的女人和肥胖的狗都是褻瀆上帝。而不幸的是，他們常常臭味相投，聚在一塊！這是我的怪癖，我知道，但事實就是如此，我從來沒辦法和肥胖的女人和睦相處。」

「史達凡先生，這是人之常情。」湯米冷冰冰地說，「每個人都有他自己不喜歡的東西。已故的羅伯勳爵最討厭的就是貓。」

「請注意，我並沒有說蘇珊女士不是位討人喜歡的女人，她也許是，但我對她就是沒有好感。我一向覺得，她並不贊同我們的婚事，而且我敢肯定，只要有可能，她會慫恿荷敏與我分手。我說的都是實話。你可以說這是出於偏見，隨便你。好了，還是繼續談談我自己吧，我屬於倔強得有點不講理的人，做事一向固執己見。直到我從她口中得知荷敏最可能去拜訪的朋友們的姓名和地址，我才離開了龐德街。然後我搭乘北上的郵政列車。」

「史達凡先生，我發覺你是個行動派。」湯米笑了笑。

「布倫特先生，結果令我相當震驚。我找到的那些人都說，不曾見過荷敏的人影。那三位朋友中，只有一位在期待著荷敏的到來，荷敏是在最後時刻才拍電報告訴對方，她去拜訪的時間必須延期。至於其他兩位，蘇珊女士一定是弄錯了。於是，我又匆匆忙忙趕車返回倫敦，我當然就逕自去找蘇珊女士。說句公道話，她似乎也感到苦惱。她承認她不知道荷敏會在哪裡。即使如此，她依然強烈反對去報警。她指出，荷敏不是頭腦簡單的年輕女孩，她是位有主見的女人，一向習慣自己作主。這次說不定她又是在進行自己的什麼計畫。

「我認為很可能荷敏並不想把她所有的行動都告訴蘇珊女士，但我仍然很擔憂。我有一種奇怪的感覺，這種感覺在發現有事情不對勁時都會自然冒出來。我正準備告辭，這時蘇珊女士突然接到一份電報。她看了電報內容，臉上露出了寬慰的表情，然後把電報遞給我。電報內容是這樣的：『我的計畫改變。要去蒙地卡羅待一週。荷敏。』」

湯米伸出手。

「你帶著那份電報嗎？」

「沒有。電報是從薩里郡的馬爾唐鎮發出的。當時發報的地點引起了我的注意，因為這使我十分疑惑。荷敏去馬爾唐鎮幹什麼呢？我從未聽說她在那兒有什麼朋友。」

「你沒用你迅速趕到北方的方式趕去蒙地卡羅嗎？」

「我當然想。但我決定不那樣做。布倫特先生，蘇珊女士對電報的內容非常相信，而我則正好相反。荷敏總是拍電報，從不寫信，這點我覺得很奇怪。如果能看見她親筆寫的一兩行字，我的恐懼就會消失無形。任何人都可以在電報上簽下『荷敏』這兩個字。我愈仔細想這件事，就愈忐忑不安。最後，我還是去了馬爾唐鎮。昨天下午去的。那地方並不大，交通十分方便，有兩家旅館。凡是我想得到的地方我都打聽過了，就是沒有任何人見過荷敏的蹤影。在返回倫敦的火車上，我看見了你們登的廣告，我當時就決定把這事委託你們去辦。如果荷敏果真去了蒙地卡羅，我不希望警方跟蹤她，鬧出醜聞來，但我可不願意做徒勞無益的搜索。我就待在倫敦，以防……以防發生什麼不測的事情。」

湯米若有所思地點了點頭。

「你究竟在懷疑什麼？」

「我不知道，但我覺得有事不對勁。」

史達凡以極迅速的動作從口袋裡掏出一個小盒子，然後把它打開放在他們倆的面前。

「這就是荷敏，」他說，「我把這照片留給你們。」

照片上的女人高高的個子，身材苗條，雖然已經不再年輕，但笑容嫵媚坦誠，眼睛十分迷人。

「好，史達凡先生，」湯米說，「你還有什麼沒告訴我嗎？」

「全都告訴你了。」

「沒遺漏什麼細節吧？不管它是多麼微不足道。」

「我想沒有。」

湯米嘆了一口氣。

「那就使這項工作更艱難了。」他說道，「史達凡先生，在你閱讀犯罪案例時，你一定經常注意到，小細節正是偉大的偵探走上正確方向所需要的。我可以斷定，這個案件絕對有其不同尋常的原因。我想，我已經解決了一部分。時間會證明這一點。」

他把放在桌子上的小提琴拿起來，用弓在弦上拉了一兩下。陶品絲痛苦地咬緊牙關，連那探險家也退避三舍。演奏家終於把樂器放回到桌子上。

「這是音樂家莫斯戈維肯斯基的幾個和弦。」他低聲說道，「史達凡先生，請把你的地址留給我。我隨時會把案情的進展告訴你。」

訪客一離開辦公室，陶品絲就抓起那把小提琴，將它放進櫥櫃，又立刻把門鎖上。

「倘若你一定要效仿福爾摩斯的話，」她不高興地說，「我會給你一個小巧的注射器和一瓶古柯鹼，不過看在上帝的份上，請千萬別再拉那把小提琴。如果那位探險家不是像小孩那樣頭腦簡單，早就看穿你了。難道你還想繼續模仿福爾摩斯的風格嗎？」

「到目前為止，我自認為我模仿得唯妙唯肖。」湯米說道，臉上露出自鳴得意的神情，「我的演繹和推理很厲害吧？我猜他搭計程車來，是個冒險的假設。總而言之，要上我們這兒來，搭計程車是唯一合理的方式。」

「非常幸運的是，我剛巧在今天上午的《每日鏡報》上看到他訂婚的消息。」陶品絲說。

「是的，那正好顯示出布倫特的超級偵探大師團的辦事效率。這案子顯然是福爾摩斯型的。我想，連你也看得出來，這案子和法蘭西絲．卡法克斯失蹤一案頗有異曲同工之妙。」

「那你是期望在棺材裡找到蕾戈登的屍體囉？」

「從邏輯上推斷，歷史應該會重演。而從事實上來看……嗯，你有什麼看法呢？」

「嗯，」陶品絲說，「對這件事最清楚的解釋應該是：出於某種原因，那位他稱呼為荷敏的女人，害怕與其未婚夫見面。而蘇珊女士支持她。事實上，乾脆直截了當地說吧，荷敏發生了某種不幸的事，她感到很恐慌。」

「我也這麼想。」湯米說，「但我認為，在把這個解釋告訴史達凡那種人之前，我們最好把事情確定清楚。我們去一趟馬爾唐鎮，怎麼樣，老婆？我們帶上幾根高爾夫球桿去也不錯。」

陶品絲欣然同意前往，於是整個國際偵探社便留給艾柏一人全權管理。

儘管馬爾唐鎮是個著名的住宅區，但占地面積並不大。足智多謀的湯米和陶品絲盡心做了各種查詢，其結果還是竹籃打水一場空。反倒是在他們打道回倫敦的路上，陶品絲的腦海裡突然靈光乍現。

「湯米，你說為什麼他們在拍電報時要在馬爾唐鎮前加上薩里郡？」

「那是因為馬爾唐鎮屬於薩里郡，白癡。」

「你才是白癡哩，我不是問你那個問題。我的意思是，如果有人從黑斯廷斯或從托基發出電報，他們不會在這些地名前再加上郡的名稱。但如果是從里奇蒙發出，他們就必定會在前面再加上薩里郡。這是因為英國有兩個里奇蒙。」

正在開車的湯米放慢了車速。

「陶品絲，」他深情地說，「你的想法還不賴嘛。我們不如到那邊那家郵局去打聽一下。」

他們把車停在位於村子道路中途的一座小屋前。僅花了幾分鐘，他們便得知英國有兩個馬爾唐鎮，一個在薩里郡，另一個在薩塞克斯郡。薩塞克斯郡的馬爾唐鎮雖是一個小村莊，但那兒有一家電信局。

「那就對了，」陶品絲興奮地說，「史達凡只知道馬爾唐鎮在薩里郡，因此他沒仔細分辨是薩里郡還是薩塞克斯郡。他似乎只注意到開頭的第一個字母。」

「明天，」湯米說，「我們就去薩塞克斯郡的馬爾唐鎮看看。」

薩塞克斯郡的馬爾唐鎮與薩里郡的那個同名小鎮截然不同。它離火車站有四英里，有兩家酒吧、兩家小商店、一間兼賣糖果和明信片的郵政電信局，還有大約七棟小屋舍。陶品絲到小商店去查詢，而湯米卻去了「公雞與麻雀酒吧」。半小時後，他們會合了。

「情況如何？」陶品絲問道。

「啤酒味道好極了，」湯米說，「可是一點消息也沒有。」

「你最好再到『王冠酒吧』去。」陶品絲說，「我還要去一趟郵局。那兒有個脾氣乖戾的老婦人，剛才我聽到有人粗聲粗氣地告訴她該去吃飯了。」

她返回那地方，裝模作樣地看著貨架上的明信片。一個氣色極好的女孩從後面的屋子走出來，嘴裡還嚼著食物。

「我想買這些明信片，」陶品絲說，「我還想看看這些有趣的明信片，你不介意稍稍等一會兒吧？」

她一邊在一疊明信片裡挑選著，一邊說著話。

「如果你能告訴我我姐姐的住址，我便不會感到如此頹喪。她就住在這附近，可惜我把她的信丟了。她的姓是蕾戈登。」

那女孩搖了搖頭。

「我不記得這名字。再說，很少有人從我們這兒寄信出去。如果讓我看到她的信，我就能找到她。除了格蘭奇之外，這周圍就再沒有大的房子了。」

「格蘭奇是什麼？」陶品絲問道，「它屬於誰所有？」

「屬於霍里斯頓醫師所有。現在被改造成一家小型私立醫院。大部分的病人都是精神出了問題，我想，都是些來休養的女士。唉，那兒安靜得要命，只有老天知道是怎麼回事。」她咯咯咯地笑了起來。

陶品絲胡亂地挑選了幾張明信片，並付了錢。

「那輛開過來的車就是霍里斯頓醫師的。」那女孩指著門外說。

陶品絲趕緊跑到門口，看見一輛小型的雙人座汽車剛剛開過來。開車的是一位高個子男人，皮膚黝黑，黑色鬍子剪得整整齊齊，表情嚴峻。那輛車直直沿街開過去。這時，陶品絲看見湯米正跨過馬路向她走來。

「湯米，我相信我已經知道荷敏的下落。就在霍里斯頓醫師的私人醫院裡。」

「我在『王冠酒吧』也打聽到這所醫院的一些情況，我認為這家醫院可能有問題。但如果她是精神崩潰之類的，那她的姨媽和朋友一定知道。」

「是啊。不過我不是那個意思。湯米，你看見剛才坐在那輛雙人座小汽車裡的男人了嗎？」

「我當然看見了，一個長得討人厭的混蛋。」

「那人就是霍里斯頓醫師。」

湯米噓了一聲。

「他看起來就是個詭計多端的傢伙。陶品絲，那麼現在你有什麼打算？我們應該去看一看格蘭奇宅邸嗎？」

他們好不容易找到了格蘭奇宅邸。那是一棟很大但格局雜亂無章的建築物，四周全是荒蕪的土地，屋後的一條水溝嘩嘩嘩地流著水。

「真是淒涼，」湯米說，「我全身都起雞皮疙瘩了，陶品絲。你知道嗎，我有某種預感，這事最後會變得比我們所想像的要嚴重。」

「哦，千萬不要。但願我們來得及。那女人處於極其危險的處境，我從內心深處感覺到這一點。」

「別天馬行空地亂想。」

「我無法不這樣想。我不信任那個人。我們該怎麼辦？我認為唯一有效的辦法就是由我單獨去按門鈴，開門見山地打聽蕾戈登太太的消息，看看他們如何回答我。不管怎樣說，這種做法完全合理，也光明正大。」

陶品絲依計行事。她按了門鈴，幾乎與此同時，一個臉上毫無表情的男僕開了門。

「我要見一見蕾戈登太太，假如她可以見我的話。」

她認為那男僕的眼睫毛迅速閃動了幾下，然後不慌不忙地回答：「夫人，我們這兒沒有這個人。」

「哦，一定有。這兒是霍里斯頓醫師的住宅，格蘭奇宅邸吧？」

「是的，夫人。但是，這兒確實沒有名字叫蕾戈登的太太。」

吃了閉門羹的陶品絲只好離開，並與門外的湯米再從長計議。

「也許他說的是真話，畢竟，我們不知道真實情況。」

「他沒說真話，他說謊，我確定。」

「等醫師回來再說了。」湯米說，「到時候我就冒充新聞記者去見他，藉口說非常渴望與他談談他的新療法。那樣我就有機會進去，然後仔細觀察那兒的環境。」

大約半小時之後，醫師回來了。湯米待他進去五分鐘後，就大步走到那房子的門口。然而他也碰了一鼻子灰。

「醫師非常忙，不能去打擾他。他們還說，他從不和新聞記者打交道。陶品絲，你是對的，這兒必定有什麼見不得人的事。這地方的地理位置很理想，離任何地方都有好幾英里遠。任何罪惡的勾當都可以在這兒順利進行，絲毫不會被人發現。」

「走吧！」陶品絲語氣堅定地說。

「你要幹什麼？」

「我現在決定翻牆。看看是否能在沒人發現的情況下悄悄爬進那棟房子。」

「好！那我和你一塊兒去。」

花園裡長得十分茂盛的花草樹木形成了非常理想的隱蔽處所。湯米和陶品絲溜到了房子的後面。

屋後有個露天平台，下面連著殘破的台階。房子中央有幾扇開著的落地窗，正對著露天平台。但他們不敢貿然現身，而且那些窗戶的位置很高，從他們倆蹲伏的地方無法看清屋裡的動靜。看來，他們的偵察計畫似乎沒有多大效用，這時，陶品絲那隻抓住湯米的手突然用力起來。

離他們很近的一間屋子裡有人在說話。那間屋子的窗戶開著，因此，他們可以聽清楚談話的片斷。

「快進來，快進來，然後把門關上！」一個男人煩躁地喊道，「你是說，大約一小時之前，一位女士來到這兒找蕾戈登太太嗎？」

「是的，主人。」

陶品絲聽出答話者就是那位臉上毫無表情的男僕。

「你說她已經走了，是嗎？」

「一定走了，主人。」

「隨後又來了個自稱新聞記者的傢伙。」另一人憤憤地說。

他忽然走到窗戶邊，猛地把窗簾拉下來遮住窗戶。藏在外面樹叢中的那對夫妻透過葉縫認出那人就是霍里斯頓醫師。

「我最擔心的就是那個女人。」那位醫師繼續說道，「她長得什麼模樣？」

「年輕，漂亮，穿著很講究，主人。」

湯米用手肘輕輕碰了碰陶品絲的腹側。

「沒錯，」醫師咬牙切齒地說，「這正是我所擔心的。她一定是蕾戈登那女人的朋友。事情愈來愈棘手。我不得不採取行動了……」

他沒把話說完。湯米和陶品絲聽見門砰地一聲關上，隨後便是死一般的寂靜。

湯米戰戰兢兢地領著陶品絲撤離了那片樹叢，摸索到不遠處的一小塊空地。湯米在確認屋裡的人不可能聽到他們的聲音後，說道：「陶品絲，老婆呀，這事愈來愈嚴重了。看樣子，他們要下毒手了。我認為我們應該立刻回倫敦去見史達凡。」

使他大吃一驚的是，陶品絲竟然搖了搖頭。

「我們必須待在這兒。難道你沒聽到他說要採取行動嗎？這話可能暗藏殺機。」

「最糟糕的是，我們還未找到確鑿的證據去報警。」

「聽著，湯米，你何不從村子裡打電話給史達凡呢？我就待在這附近。」

「這或許是最好的辦法了。」她丈夫同意道，「但是，我說，陶品絲……」

「什麼？」

「你千萬要小心啊！」

「我當然會小心，笨老公。快去快回！」

差不多兩小時後，湯米才回來。他找到了在大門邊等著他的陶品絲。

「情況如何？」

「我無法與史達凡取得聯繫。於是，我又試圖聯絡蘇珊女士，她也不在。最後，我想到應該給老朋友布雷迪醫師打電話。我請他在《醫藥業名錄》或者類似的資料裡查一下霍里斯頓的資料。」

「很好，那布雷迪醫師怎麼說？」

「哦，他一聽到這個名字，就立刻回答說他知道這個人。霍里斯頓曾經是一個真正的醫生，後來卻栽了不小的跟頭。布雷迪稱他為道德敗壞的江湖術士。他還說，霍里斯頓若幹缺德事，他一點也不會感到訝異。現在，問題的關鍵是，我們該怎麼辦？」

「我們必須待在這兒，」陶品絲毫不猶豫地說，「憑我的直覺，今天晚上必定會出事。對了，我今天看見園丁一直在修剪這房子周圍的常春藤。湯米，我看見了他放梯子的地方。」

「陶品絲，你真厲害。」她丈夫打心眼裡佩服。「那麼，今天晚上……」

「只要等天一黑……」

「我們就可發現……」

「我們會發現的情況。」

接下來，由湯米負責繼續監視這棟房子，而陶品絲則去村子裡吃點東西。

她回來後，兩人一起監視著屋子裡的動靜。晚上九點整，他們認為天色已黑，決定開始行動。這時，他們可以不用躲躲藏藏地在房子四周搜尋了。突然，陶品絲緊緊抓住湯米的手臂。

「你聽！」

她剛才聽到的聲音又再次響起，似乎是從夜空中飄然而至。那是一個女人痛苦的呻吟。陶品絲用手向上指了指二樓上的一個窗戶。

「是從那房間裡發出來的。」她低聲說道。

那低沉的呻吟聲再次劃破了夜晚的寂靜。

他們倆決定將原定計畫付諸行動。陶品絲帶湯米來到了園丁放梯子的地方，兩人一同把梯子扛到發出呻吟聲的那間房間下面。一樓所有房間的百葉窗都拉下來了，唯獨樓上這間屋子的窗戶還沒關。

湯米盡量不出聲響地把梯子靠在這間屋子外面的牆上。

「我爬上去，」陶品絲悄聲地說，「你待在下面。我不怕爬梯子，你比較能把梯子扶得更穩。再說，萬一那醫師從牆角走過來，你也比我有辦法對付他。」

陶品絲搖搖晃晃地爬上了梯子，在窗戶邊伸長脖子仔細往屋裡張望。她突然迅速地把頭埋下，一兩分鐘後又慢慢抬起頭來。她在上面待了大約五分鐘，便躡手躡腳地爬下了梯子。

「是她。」她氣喘吁吁、語無倫次地說，「但是，哦，湯米，太可怕了。她躺在床上，不停地呻吟著，並在床上翻來覆去，我正想看得更清楚點，忽然，一個穿戴得像護士的女人走了進去。那護士在她身邊彎下腰，往她的手臂裡注射了什麼東西，然後就走了。我們該怎麼辦？」

「她神志清醒嗎？」

「我想是的。我幾乎可以肯定她的神志是清醒的。我想她很可能被綁在床上。我準備再爬上去，如果可能的話，我就要爬進那間房間去。」

「嘿，陶品絲……」

「如果我發生任何危險，我就大聲向你呼救。待會兒見。」

陶品絲不再做更多的解釋，她再次迅速爬上梯子。湯米看見她在試著推那窗戶，然後無聲無息地把窗子向上推開。頃刻之間，她的身影便消失了。

這段時間對湯米是種煎熬。一開始，他什麼聲音也聽不到。如果陶品絲在和蕾戈登太太交談，那她們說話的聲音必定非常低沉。不久，他確實聽到一陣低語聲，因此鬆了一口氣。但突然間那微弱的聲音停止了。四周一片死寂。

湯米伸長了耳朵，還是什麼也聽不見。她們在幹什麼呢？

驀地，一隻手搭在他的肩上。

「走吧！」陶品絲的聲音從黑暗中飄進了他的耳朵。

「陶品絲！你是怎麼到這兒來的？」

「從前門。我們別插手管這事了。」

「別插手管這事了？」

「我正是這麼說的。」

「可是……蕾戈登太太呢？」

陶品絲以無法形容的辛酸語氣回答道：「變瘦了！」

湯米望著她，懷疑她在諷刺。

「你什麼意思？」

「就是字面上的意思啊。變瘦了，骨瘦如柴，體重減輕。難道你沒聽見史達凡說，他最恨胖女人嗎？在他外出探險的兩年中，他心愛的荷敏發胖了。得知他要返回的消息時，她簡直嚇壞了，只好趕緊跑到霍里斯頓醫師這兒來求助於他的新療法。他採用的方法是注射某種藥物。他對此守口如瓶，而且漫天要價。我敢打賭他是個不折不扣的江湖郎中，但他實在厲害！史達凡提早了兩個禮拜回來，這時她才剛開始接受這種治療。蘇珊女士發誓保守祕密，並由她與探險家周旋。而我們卻跑到這兒來當頭號大傻瓜！」

湯米深深地吸了一口氣。

「我想，華生，」他義正辭嚴地說，「明天在女王音樂廳有一場非常精采的演奏會。我們有足夠的時間趕回去參加。你放心，我不會把這個案件記入你的破案紀錄中。對此，你應該對我感恩不盡。這個案子絕對沒有不同尋常的原因。」

06

盲人捉迷藏

Partners in Crime

「好的。」湯米說著，把電話聽筒放回機座上。然後轉向陶品絲。

「是頭子來的電話。他似乎很擔心我們。看來我們所跟蹤的那夥人已經知道我不是真正的西奧多．布倫特先生。我們可能隨時都有危險。頭子請你幫忙回家去，老老實實地待在家裡，別再攪和這件事。顯然，我們這次捅的馬蜂窩比想像的還大。」

「叫我回家待著？真是胡說八道。」陶品絲堅決地說，「如果我回家了，誰來照顧你？而且我喜歡危險。我們最近的業務也不是很景氣。」

「唉，又不是天天都有謀殺案和搶劫案。」湯米說，「理智一點。我現在的想法是，在沒事的時候，我們每天都應該在家裡進行定量訓練。」

「你的意思是，躺在地板上、在空中踢腿？是這類的訓練嗎？」

「別太拘泥於字面的意思好嗎？我所說的訓練指的是，訓練偵探藝術，再現偵探大師們的風采。比如……」

湯米從他身旁的抽屜裡拿出一副令人生畏的深綠色眼罩，並用它罩住雙眼。他仔細地把眼罩調整好，隨即從口袋裡掏出他的懷錶。

「今天上午我把玻璃錶面摔壞了。」他說，「這反倒弄巧成拙，它變成了沒有水晶玻璃表面的錶了。現在，用我極其敏感的手指輕輕觸摸一下，我就能知道準確的時間。」

「小心點！」陶品絲說，「你差點把時針給弄下來了。」

「把你的手給我，」湯米說道，他握住陶品絲的手，一隻手指把住她的脈搏，「啊！脈搏完全正常。這位女士沒有心臟病。」

「我猜想，」陶品絲說，「你是在扮演索恩利．寇頓[11]吧？」

「正是，」湯米說，「我現在是雙目失明的解題專家。你就是那位無名無姓、頭髮烏黑、臉蛋像蘋果的祕書……」

「從河岸邊撿來、用衣服裹成一團的嬰兒。」陶品絲替他把話說完。

「艾柏自然應該是阿飛囉，外號蝦子。」

「那麼，我們必須教他學會說『哎喲』。他的嗓音不尖，嘶啞得可怕。」

「正是。現在你到門邊靠牆站著，」湯米說，「你會發現，我靈敏的手中所握著的這根細長空心手杖，會引導我自如地行走。」

他站起身來，剛一邁步，只聽嘩啦一聲，他已摔進一把椅子裡。

「該死！」湯米叫道，「我竟然忘記那兒擺著一把椅子。」

「做盲人真受罪。」陶品絲同情地說。

「說得沒錯。」湯米由衷地表示同意。「我最同情那些因戰爭致殘失明的可憐人。但我

11 索恩利．寇頓（Thornley Colton）是美國作家柯林頓．荷蘭．史塔格（Clinton H. Stagg, 1888-1916）筆下的盲眼偵探。

常聽人說，如果生活在黑暗之中，你的感官會特別敏銳。我想試一試，看看能否做得到。如果能把自己訓練得在黑暗中仍行動自如，那無疑是件快事。嗯，陶品絲，現在請你當一回心地善良的西德尼·泰晤士[12]，告訴我，我拄著手杖要走多少步才能到你那兒？」

陶品絲管他三七二十一地亂猜。

「直行三步，再左行五步。」她毫無把握地說。

湯米步履維艱地挪動著腳。陶品絲突然大叫著發出警告，要他停步，因為她發現如果他繼續向左邁出第四步，便可能猛然撞在牆上。

「事情並不如你想像的那麼簡單，」陶品絲說，「你不知道，要準確判斷出該走多少步是多麼困難。」

「哦，太有趣了！」湯米說，「叫艾柏進來。我要和你們握一握手，看看我能否分辨出誰是誰。」

「好的，」陶品絲說，「但是必須先叫艾柏好好地洗一下手。他一天到晚在嚼那種討厭的水果糖，兩隻手一定弄得黏糊糊。」

艾柏對獲邀參加這場遊戲，感到非常有趣。

在與他們都握完手後，湯米十分自信地笑著。

「沉默的鍵盤不會騙人，」他煞有介事地說，「這第一位嘛，是艾柏；第二位呢，當然就是陶品絲。」

「大錯特錯！」陶品絲尖聲喊叫道，「什麼沉默的鍵盤不會騙人！說得和真的一樣！你是以我手上的戒指來判斷的。但是我把它戴在艾柏的手指上了。」

他們接著又進行了幾項試驗，結果湯米的成功率小得可悲。

「我會成功的，」湯米鄭重其事地說，「人難免出錯嘛！這樣好了，現在剛好是吃午餐的時間。陶品絲，你和我到布利茨飯店去。我們扮成盲人和他的引路人。說不定我們會在那兒獲得有用的情報。」

「我說，湯米，我們可能會惹出麻煩來。」

「不，不會的。我會像個小紳士一樣循規蹈矩。我敢打賭，在用完午餐後，我會讓你大吃一驚。」

所有的反對意見都改變不了他的決定，十五分鐘後，湯米和陶品絲已舒舒服服地坐在布利茨飯店「黃金廳」牆角的一張桌子旁。

湯米的手指輕輕在菜單上觸摸著。

「我要法式鮮蝦燴飯和烤雞。」他低聲地說。

陶品絲也點好了，侍者便走開了。

12 西德尼．泰晤士（Sydney Thames）是索恩利．寇頓的助手，他是從泰晤士河邊撿來的孤兒。

「到目前為止，一切順利。」湯米說，「現在可以進行更為大膽的冒險行動。你看，那個穿短裙的女孩，腿真美……就是那個剛剛走進來的女孩。」

「你是怎麼知道的，索恩利？」

「美腿在地板上產生某種特殊的振動，而我那空心的手杖感應得到。說句老實話，在大餐廳總會出現一位美腿小姐站在門口找她的朋友，她一定會利用那雙美腿，穿著短裙走來走去。」

侍者端來了餐點。

「我覺得，離我們兩張桌子遠的那個人是個暴發戶。」湯米心不在焉地說，「是猶太人吧？」

「很好，」陶品絲讚賞地說，「我不懂你是如何看出來的。」

「我不可能每次都向你解釋我是怎樣判斷的，這會破壞我的表演。你看，餐廳領班正把香檳酒送到從右邊數過去的第三張桌子上；一位粗壯的女人，她穿了一身黑，正要走過我們的桌子……」

「湯米，你是如何……」

「哈哈！你開始發現我的能耐了吧。在你身後的桌子旁，一位穿著棕色衣服的漂亮女孩站了起來。」

「噓！」陶品絲說，「那是一位身穿灰色衣服的男孩子。」

「嗚！」湯米一時顯得尷尬。

這時，坐在離他們倆不遠的兩位男子站了起來，朝擺在牆角的這張桌子走來。這兩位男子饒有興致地注視著這一對年輕夫婦。

「對不起。」其中年紀較長的那名男子說。他身材高大，衣著講究，戴著一副眼鏡，留著一小撮灰色鬍子。「從你的外貌上看，我想您是西奧多．布倫特先生。恕我冒昧地問一下，我沒看錯吧？」

湯米猶豫片刻，感到被對方占了上風。最後，他還是點了點頭。

「沒錯，我就是布倫特先生。」

「這真是無巧不成書！布倫特先生，我本來打算午餐後到您的辦公室。我遇到麻煩了，非常嚴重的麻煩。哦，對不起，您的眼睛出了意外嗎？」

「我親愛的先生，」湯米十分傷感地說，「我雙目失明，完全看不見。」

「什麼？」

「你很訝異吧？但您一定聽說過盲人偵探，對吧？」

「那只會出現在小說裡，現實生活中不可能有的。再說，我從沒聽說過您是盲人。」

「許多人都不清楚這件事。」湯米低聲說道，「我今天戴著眼罩，是避免眼珠受到光線的刺激。但是如果不戴眼罩，很多人也從未懷疑我的眼睛患有疾病……如果您認為這是病的話。您看，我雖然雙目失明，不過我可以像正常人那般行動自如。好了，就別老談我的眼睛了。我們是馬上去我的辦公室呢，還是您就在這兒談談您所碰到的麻煩？我想，就在這兒談最恰當。」

他們叫侍者又搬來兩把椅子，然後坐下。那還沒開口說話的另一名男子，個子比較矮小，身材健壯，膚色非常黝黑。

「這件事很棘手。」

年長的那位壓低嗓子以信任的口氣說，同時又不放心地看了陶品絲一眼。布倫特先生似乎感覺到了他的目光。

「請讓我向你介紹我的機要祕書甘琪絲小姐。」他說，「她是在印度河邊撿來的女嬰，當時被人用衣服裹成一團。很悲慘的遭遇。甘琪絲小姐是我的眼睛，我到哪兒，她就陪伴到哪兒。」

那人對陶品絲點了點頭表示認可。

「那我就直言無妨了。布倫特先生，我有一個十六歲的女兒，出於某種特殊原因，被人誘拐了。這事我是在半小時前才知道。因為這案子的情況非常特殊，我不敢去報警。相反地，我打電話到您的辦公室。他們告訴我您已出去吃午餐，但兩點半會回來。我是和我的朋友哈克上尉一起來這兒……」

那矮個子猛地抬起頭來，嘴裡咕噥著什麼。

「我們的運氣真是太好了，碰巧你們也在這兒用餐。此事刻不容緩，您必須馬上和我一塊兒到我家去。」

湯米措詞謹慎地回絕道：「我半小時後再和你一塊去。我必須先回辦公室一趟。」

哈克上尉看了陶品絲一眼，瞥見陶品絲嘴角似笑非笑，因而感到有些驚訝。

「不，不，那可不行。您必須現在和我一塊兒去。」那灰髮男子急忙說道，並從口袋裡掏出一張名片遞給桌子對面的布倫特先生。「這上面有我的名字。」

湯米用手指摸了摸名片。

「我的手指還不夠敏銳到可以認字。」

他微笑著說，並把名片遞給了陶品絲。她低聲唸道：「布萊哥公爵。」

她興致勃勃地看著面前的委託人。眾所周知，布萊哥公爵是一位十分傲慢、難以接近的紳士。他娶了芝加哥一個豬肉販子的女兒為妻。他妻子比他年輕好幾歲，性格喜怒無常，這給他們的婚姻帶來了不祥之兆。最近不斷傳聞說兩人鬧彆扭。

「布倫特先生，您會立刻和我一塊兒去吧？」公爵說，語氣有點尖刻。

湯米拗不過他，只好讓步。

「那好，甘琪絲小姐及我和您一塊兒去。」他鎮靜地說，「你不在意我先喝上一大杯黑咖啡再走吧？他們馬上就端來。由於眼疾的緣故，我經常頭疼，一發作起來，難受得要命。每逢這時，我只好喝咖啡來抑制疼痛。」

他叫來一位侍者，點了一杯咖啡，然後對陶品絲說：「甘琪絲小姐，我明天要在這兒和一位法國探長共進午餐。把我點的菜記錄下來，通知領班要他給我預留我通常坐的位子。我要協助那位法國探長處理一樁重要的案子。費用呢……」說到這兒，他停頓了片刻。「相當可觀。你準備好了嗎，甘琪絲小姐？」

「早就準備好了。」陶品絲說，拿著筆做好準備。

「我們第一道就點這家餐廳的招牌蝦子沙拉，接下來……我想想看，接下來嘛，對，布利茨蛋餅，也許再來幾塊 Tournedos à l'Etranger[13]。」

他停了一會兒，充滿歉意地低聲說：「很對不起，希望您見諒。啊，對了，還要法式蛋奶酥。就點這些吧！那位法國探長是很有意思的人。您或許認識他？」

對方回答說不認識。陶品絲站起來去找餐廳領班。一會兒工夫，她就回來了。

這時，侍者正好把咖啡也端了上來。

湯米慢慢地品嘗完那一大杯咖啡，然後站起身來。

「甘琪絲小姐，我的手杖呢？謝謝！請指引方向。」

對陶品絲來說，這是最痛苦的時刻。

「右行一步，然後直行十八步。在大約第五步的地方，一位侍者正在招待坐在你左面桌子的客人。」

湯米輕鬆愉快地搖著手杖出發了。陶品絲緊緊地跟在他身旁，極為謙恭地為他指引著方向。一切進行順利，眼看就要穿過門廳走出大門外，突然一個男人急匆匆地走了進來。陶品

「請你們別把我的空心手杖弄丟了。」他語氣溫和地說，「那可是花了很多錢訂做。」
「你的膽量還真不小。」
那人說道，停頓了大約一分鐘後又說：「或者你只是個笨蛋。你難道還不清楚，我已經逮到你，你已經落到我的手掌心？你不知道你完全在我的掌控之中嗎？那些認識你的人不可能再見到你了。」
「你能不能省掉這些誇張的台詞？」湯米哀怨地說，「難道我還得說『你這個惡棍，我會要你好看』？那種話早就落伍了。」
「那個女孩子呢？」那人眼睛緊緊地盯著他說，「難道你不管她了嗎？」
「剛才我在嘴巴被塞住的時候推敲了情況，」湯米說，「得出了一個必然的結論：那位可愛的小夥子哈克，是這場絕命行動的幫凶。因此，我那不幸的祕書很快就會加入這個小茶會。」
「你只說對了一半。貝里福夫人——你看，我對你們瞭如指掌——貝里福夫人不會被帶到這兒來。那是我採取的一個小小防範措施。我有個想法，你那些在高層工作的朋友可能總是注意著你們的行蹤，有鑑於此，我刻意兵分兩路，這樣他們便不可能同時追查出你們兩人的行蹤。若有意外，我還能留下其中一人。現在，我在等……」
突然，門開了，打斷了他的話。開門的人是司機。
「主人，我們沒被人跟蹤。都搞定了。」

「太好了，格雷戈，你可以走了。」

門隨即又被關上。

「到目前為止，一切順利。」那位「公爵」說，「我們該怎麼處置你呢，貝里福．布倫特先生？」

「我希望你把這討厭的眼罩給我取下來。」湯米說。

「我想不必。戴著它，你就是真正的雙目失明；不戴它，你就能像我一樣看得一清二楚，這對執行我的小計畫相當不利。我有一個精心設計的計謀。布倫特先生，你喜歡聳動的小說，今天你和你太太玩的這場小遊戲就足以證明這一點。而我同樣也安排了一個小遊戲，相當巧妙的遊戲；我敢保證當我給你解釋清楚後，你一定會欣然同意。

「你腳下的這塊地板是金屬製成的，在其表面，這兒，還有那兒，都安裝有小凸球。我只要按下開關，像這樣……」四周頓時響起一陣尖銳的喀嚓聲。「電流就接通了。只要踏在其中一個小凸球上，那就意味著——死亡！懂嗎？要是你能看見……你卻身處黑暗之中，什麼也看不見。這個小遊戲嘛，就叫作『盲人與死亡捉迷藏』。倘若你能安全走到門邊，你就獲得自由！但我想，在你走到門口之前，你會踩到這些危險的機關。這對我來說，實在非常有趣！」

他走向湯米，替他雙手鬆了綁，接著把手杖遞給他，並帶著諷刺的表情微微鞠了一躬。

「聞名遐邇的盲人解題專家，讓我們看看他能否解決這個問題。我就站在這兒，手中舉著上膛的槍。只要你一伸手摘掉眼罩，我馬上就開槍。明白了嗎？」

「非常明白。」湯米說，他的臉色相當蒼白，但態度堅決。「我想，我根本不可能有活命的機會了，對吧？」

「啊！這個嘛……」對方聳了聳肩。

「你是個該死的、詭計多端的魔鬼！」湯米說，「但是你忘掉了一件事。對了，我能點根菸嗎？我可憐的小心臟怦怦怦跳個不停。」

「點根菸是可以的，但不准耍花招。記住，我正盯著你，我的槍是上了膛的。」

「我又不是專門表演的狗，」湯米戰戰兢兢地說，「我什麼花招也不耍。」他掏出菸盒，拿出了一根菸，然後手摸索著去找火柴。「請放心，我不是在摸槍。你再清楚不過了，我是赤手空拳。但不管怎樣，我剛才說過，你忘記了一件事。」

「什麼事？」

湯米從火柴盒中掏出一根火柴，擺出要擦的架式。

「我雙目失明，但你看得見，這是不爭的事實。你處於絕對的優勢。但假設我倆都同處於黑暗之中呢，嗯？那你的優勢又何在呢？」

他擦燃了火柴。

「你想射擊電燈開關，使整個房間陷入一片黑暗？你想得太美了。」

「沒錯，」湯米說，「我是無法給你帶來黑暗。但兩極相通，來點亮光如何？」

他一邊說著，一邊用火柴點著了他拿在手上的某樣東西，並隨即把那東西扔在桌上。一道令人炫目的閃光突然照得房間通明。

剎那間，「公爵」被這強烈的亮光刺激得睜不開眼，身子踉蹌著向後退了幾步，緊握槍的手也垂了下來。

他再次睜開眼睛時，發覺自己的胸口被一件尖利的東西戳住。

「把槍扔掉！」湯米厲聲命令道，「快扔掉！空心手杖是個討厭的東西，這點我同意，所以我沒有。但一根內藏利劍的手杖卻是很有用的武器。你不覺得嗎？那幾乎像鎂光絲一樣好用。扔掉那把槍！」

面對鋒利無比的杖劍，那人只好乖乖地把槍扔在地上。接著他突然往後一跳，哈哈大笑起來。

「儘管如此，我還是占了上風，」他獰笑著說，「因為我能看得見，而你卻不能。」

「這你就錯了，」湯米說，「我看得一清二楚，這個眼罩是假的。我本來打算給陶品絲戴上一副。今天一開始，我就讓你產生一兩個錯覺。然後，午餐結束後那場無可挑剔的表演，更使你確信我是真的雙目失明。哎呀，我剛才本就可以大搖大擺地走到門邊，絕不會踩到那些小凸球。可是我不相信你是個說話算話的君子。你根本不會讓我活著從這兒出去。現在，小心囉……」

聽到湯米的這番話，那位「公爵」氣得臉都變了形。他暴跳如雷地向前猛衝過去，完全忘了注意腳下之處。
突然，只見一道藍色的閃光，他的身子搖晃了幾下，撲通一聲倒在地板上。
頃刻間，房間裡充滿了燒焦肉體和臭氧的混合氣味。
「咻！」湯米噓了一聲。
他擦了擦臉上的冷汗。然後小心謹慎地一步一步走到牆邊，按了那人曾經操縱過的開關。
他快步穿過房間走到門邊，小心地把門拉開，探頭向外張望。門外一個人都沒有。然後，他下了樓，走出了房子的大門。
安全來到街上後，湯米心有餘悸地回頭望望那棟房子，同時留心看了一眼門牌號碼。隨後，他快步向最近的一個電話亭走去。
他焦急不安地等了一會兒，才聽到話筒裡傳來了他極為熟悉的聲音。
「陶品絲嗎？謝天謝地！」
「是我，我很好。我當時完全明白你的意圖。利用去與餐廳領班交涉的那一點時間，我通知阿飛……就是外號叫蝦子的，火速趕到布利茨飯店去跟蹤另外兩個陌生人。艾柏及時趕到那兒。當我坐的那一輛車剛開走，他便搭計程車緊跟其後。看清楚他們帶我去的地方後，他就趕緊打電話報警。」
「艾柏真是個好孩子，」湯米說，「具有騎士的氣概。我當時就堅信，他一定會選擇去跟蹤你。但我還是一直放心不下。我有好多話要對你說。我現在馬上回來。回來後我要辦的第一件事，就是開一張巨額的支票給聖鄧斯坦盲人中心。天啊，看不見真是可憐！」

07

霧中人

Partners in Crime

湯米的日子過得很不順心。布倫特的超級偵探大師團屢遭挫敗，荷包問題不打緊，自信心更是受到了嚴重打擊。他們以專業偵探的身分接受委託，調查艾林頓鎮的艾林頓莊所發生的珍珠項鍊竊盜案，最後卻無功而返……正當湯米喬裝成天主教神父費盡心機地跟蹤那嗜賭成性的伯爵夫人、陶品絲也竭盡全力在高爾夫球場上向那家的一位侄子獻媚取寵時，當地的警官卻不動聲色地逮捕了宅邸的二等男僕。證據顯示他是警局記錄在案的慣竊。他對自己的罪行供認不諱。

於是，湯米和陶品絲只好帶著他們殘存的那點尊嚴退出。這時，他們倆正坐在艾林頓大飯店喝著雞尾酒聊以自慰。湯米仍然穿著那身神父的服裝。

「唉！那樣根本沒有發揮布朗神父[14]的機智。」湯米沮喪地說，「不過，我帶的傘倒是對了。」

「這不關布朗神父的事。」陶品絲說，「從一開始就需要一種特定的環境。人必須先從最為普通的事做起，然後怪事才會顯現。這才是辦事的規律。」

「不幸的是，」湯米遺憾地說，「我們必須返回倫敦。或許到車站的途中會發生怪事。」

他剛把手中的酒杯舉至唇邊，杯中的酒突然濺了出來，因為一隻有力的手使勁在他肩頭上拍了一下。接著他便聽到一個與那隻手一般有勁的低嗓在向他打招呼。

「哎呀，真是的，湯米老兄！還有湯米夫人。你們從哪兒來的呀？好多年都不曾見到你們，也不曾聽到你們的任何消息了。」

「哎喲，原來是巴爾杰！」湯米喊道。

他將殘留的雞尾酒放在桌上，轉過臉來看著這位不速之客。這人三十多歲，有寬闊健壯的肩膀，圓圓的臉上泛著紅光，身著高爾夫球裝。

「老巴！」

「我說啊，好傢伙，」巴爾杰（對了，他的真實姓名是馬文・艾斯特）說，「我根本不知道你加入了教會。想不到你居然成了該死的神父。」

陶品絲忍不住哈哈大笑起來，而湯米卻顯得很尷尬。這時他們忽然發現還有另外一個人在場。

那是一位亭亭玉立的高個女子，一頭亮麗的金髮，一雙又圓又藍的眸子，身披一件價值昂貴的黑色貂皮大衣，耳朵上掛著一對碩大的珍珠耳環，美得簡直無法形容。她在微笑，那笑容說明許多事。其中一件是，她非常清楚她一定是全英國也可能是全世界最值得人們仰慕的大美人。儘管她對自己的美貌並不自負，然而她深信事實就是如此。

湯米和陶品絲立即認出她來了。他們在《內心的祕密》那場戲中三次目睹她的風采；在

14　布朗神父（Father Brown）是英國推理作家吉爾伯特・基思・切斯特頓（G. K. Chesterton, 1874-1936）筆下的著名偵探。

轟動一時的《火柱》上演時，他們欣賞過三次她的表演；還有其他的戲，不可勝數。或許，英國再沒有其他女演員能像吉爾妲．格倫小姐這樣牢牢地拴住所有觀眾的心。據說她是全英國第一號大美人，同時也有謠傳說她是全英國天字第一號大傻瓜。

「格倫小姐，他們是我的老朋友。」艾斯特說。他的語氣帶有幾分歉意，似是他不該冷落了這位光彩照人的佳麗，哪怕一會兒工夫也是罪過。「湯米和湯米夫人，這位是吉爾妲．格倫小姐。」

他的口氣明顯流露著驕傲。單憑他有幸在公共場合陪伴格倫小姐就使他備極榮耀。

那位女演員興致勃勃地望著湯米。

「你真的是個神父嗎？」她問道，「我的意思是，一個羅馬天主教神父？我想他們是沒有太太的。」

艾斯特也忍俊不禁。

「那真是妙極了！」他毫無顧忌地說，「湯米，你這偷雞摸狗的傢伙。湯米夫人，他一向那麼自負和愛慕虛榮，我很高興他沒拋棄你。」

吉爾妲．格倫小姐一直緊盯著湯米，眼神困惑。

「你真是個神父嗎？」她又問道。

「很少有人表裡如一。」湯米輕聲地說，「我的職業，和神父的工作有幾分相像，我不赦免別人的罪，卻聽別人告解，我……」

「你千萬別聽他的，」艾斯特突然插嘴道，「他是在愚弄你！」

「如果你不是神父，我就不知道你為什麼要穿戴得像個神父了，」她還是弄不明白。

「莫非你……」

「我讓任何罪犯都難逃法網，」湯米說，「也履行其他類似的職責。」

「哦！」她皺著眉頭，睜大那雙迷人的眼睛，迷惑地盯著湯米。

「我懷疑她是否真明白我是幹什麼的。」湯米暗自思忖。「我想得一個字一個字地對她說，她才能明白。」

他大聲問道：「巴爾杰，你知道開往倫敦的火車班次嗎？我們必須盡快趕回去。這兒離火車站有多遠？」

「走路只要十分鐘。但不用著急。下一班火車六點三十五分發車，現在才五點四十分。你剛錯過一班車。」

「從這兒到車站應該走哪條路？」

「走出這家飯店後，直接朝左走。然後讓我想一下……沿著摩根大道走是最近的路，應該不會錯吧？」

「摩根大道？」格倫小姐大叫起來，兩眼充滿恐懼地望著艾斯特。

「我知道你在想什麼，」艾斯特笑著說道，「鬼。摩根大道的一側是一片墳地。傳說一名警察在那兒受暴力襲擊致死，但事後他居然站起來沿著他經常巡邏的路線行走，就在摩根大道上來來回回。幽靈警察！你相信嗎？可是許多人都發誓親眼見過他。」

「警察？」格倫小姐問，她的聲音有點顫抖。「那兒不會真有什麼鬼魂吧？我是說……那兒沒有這種東西吧？」

她站了起來，用大衣裹緊身子。

「好了，再見吧。」她含糊地說。

她從頭到尾都不曾與陶品絲打招呼，即使此刻，她連正眼也不看一下陶品絲。但她回頭疑惑地看了湯米一眼。

她剛走到飯店大門，就迎面碰上了一位白髮、圓臉的高個男子。那人驚喜地大叫起來，隨後扶著她的手臂，一同走出了大廳，兩人極為親切地交談著。

「真是個絕世美人，對吧？」艾斯特說，「卻長了一個蠢兔的腦袋。謠傳說她就要嫁給雷康伯勳爵了。剛才在大廳裡的那位就是雷康伯勳爵。」

「他看起來可不像個值得下嫁的良人。」陶品絲評價道。

艾斯特聳了聳肩。

「我想，爵位的誘惑力還是挺大的。」他說，「再說呢，雷康伯還不至於是個窮困潦倒的貴族。嫁給他後，她便可以養尊處優生活無虞。說句實話，沒人知道她的出身。我敢說八成是出自下層社會。不管怎麼說，她必定有什麼不可告人的祕密。她沒住在這家飯店。我曾試圖打聽她究竟住在什麼地方，而她卻冷冰冰地拒絕回答……她拒絕我的態度相當粗魯，也只有她才會那樣。搞得我一頭霧水哩。」他看了一下錶。「啊」地叫了一聲。「我必須走了。真高興與你們再次相見。我們應該找個晚上在倫敦相聚痛飲一次才對。再見了！」

他急匆匆地走了。這時，一個門僮手持托盤向他們走來。盤內放著一張未落款的便箋。

「先生，這是給您的，」門僮對湯米說，「是吉爾妲．格倫小姐叫人送來的。」

湯米把便箋拆開，十分好奇地看著。內頁上歪歪扭扭地寫著幾行字：

我不能肯定，但我想您也許可以幫助我。您去火車站會經過那條路。您能否在六點十分去一趟摩根大道邊的白屋？

順致敬意

吉爾妲．格倫

湯米對那位門僮點了點頭。門僮走後，他把便箋遞給了陶品絲。

「太好了！」陶品絲說，「這是因為她還認為你是神父？」

「不，」湯米沉思著說，「我想這是因為她最後確定我不是神父。嘿！這個人是誰呀？」

湯米講的「這個人」是一名紅髮青年，他看起來桀驁不馴，穿著一身破舊的衣服。他已進入室內，此刻正不停地來回踱步，口中唸唸有詞。

「真是活見鬼！」那紅頭髮的年輕人大聲吼道，「我就是要說，真是活見鬼了！」

他跌坐在靠近這對年輕夫婦旁邊的一張椅子上，極不高興地瞪著他們。

「女人都去死吧，這是我說的。」那年輕人惡狠狠地看了陶品絲一眼。「哦！好啊，你要是喜歡就大吵大鬧啊。把我趕出飯店啊，反正這也不是第一次了。難道人與人之間就不能推心置腹交談一下嗎？為什麼我們必須像其他人一樣控制自己的感情，裝笑臉說話呢？我並不認為這是討人喜歡或者是出於禮貌的舉動。我想掐住某人的咽喉，讓他慢慢窒息而死。」

他停下來喘了一口氣。

「你這話是針對特定的對象呢？」陶品絲問道，「還是針對任何人而言？」

「針對特定的對象。」那年輕人冷酷無情地說。

「這非常有趣，」陶品絲說，「你能再給我們講詳細一點嗎？」

「我的名字叫賴利，詹姆斯．賴利，」紅髮男子說，「你們應該聽說過這個名字。我曾寫過一部宣傳和平主義的詩集，很棒的詩，不是我自誇。」

「和平主義的詩？」陶品絲顯然很吃驚。

「沒錯，有什麼疑問嗎？」賴利先生挑釁地反問道。

「哦！沒有。」陶品絲倉卒地回答道。

「我這人酷愛和平。」賴利先生語氣堅定地說，「讓戰爭下地獄去吧！還有女人，女人也該下地獄！你們剛才看見了在這兒晃來晃去的那個人嗎？她自稱吉爾妲．格倫。哼！吉爾妲．格倫！天啊！我以前是多麼崇拜那個女人。我告訴你們，倘若她的心是肉做的，她早就是我的了。她以前曾經喜歡我，我可以讓她重新喜歡我。但如果她要把自己賣給那個臭糞堆雷康伯的話，哼！那我就立刻親手殺死她。上帝來救她吧！」

說到這兒，他突然站起來，飛快地跑了出去。

湯米揚了揚眉毛。

「真是個感情衝動的紳士。」他小聲地說，「好了，陶品絲，我們可以走了吧？」

他們出了飯店，外面空氣非常涼爽，一陣薄霧慢慢襲來。根據艾斯特指引的方向，他們直接向左轉。幾分鐘後，他們來到一個拐角處，路牌上標著「摩根大道」。

霧愈來愈濃。輕飄飄、白茫茫的霧氣形成小小的漩渦匆匆從他們身邊漂流而過。他們的左側是墓園的高牆，右側是一排矮小的房子。這時，他們停住了腳步。一排高高的灌木樹籬橫在他們面前。

「湯米，」陶品絲說，「我開始發毛了。霧這麼濃，這地方又這樣寂靜。我們似乎到了一個前不著村、後不著店的地方。」

「任何人都會產生這種感覺，」湯米同意道，「看似與世隔絕。這是濃霧和無法看清前景所造成的效果。」

陶品絲點了點頭。

「現在只能聽到我們的腳步踩在人行道上的回音。那是什麼聲音？」

「什麼什麼聲音？」

「我彷彿聽到我們身後響起了其他人的腳步聲。」

「你再這樣神經緊張，待會兒，你就會真看見鬼了！」湯米和藹地說，「不要緊張。你是不是害怕那個幽靈警察會把手搭在你肩上？」

陶品絲發出一聲刺耳的尖叫。

「湯米，不要再說了。你的話使我想起一件令人毛骨悚然的事來了。」

她伸長脖子回過頭去，竭力望向緊緊包圍著他們的濛濛濃霧深處。

「那腳步聲又響起來了，」她悄悄說道，「不對，現在在我們前方。哦！湯米，這一次你不會說你沒聽見了吧？」

「我確實聽到有個聲音。是的，是從我們身後發出的腳步聲。其他人走這條路去趕火車時，不曉得……」

他突然停下腳步，一動不動地站著。陶品絲也嚇得屏住了呼吸。

他們倆面前的濃霧猶如被人嘩地一聲拉開，在離他們不到二十英尺處，突然出現一個巨人般的警察。這似乎是鬼魂從煙霧中猛然現形，一會兒不見，一會兒又出現，這也可能是這兩位觀眾極度恐懼所造成的幻覺。隨著那濃霧滾滾後退，背景漸漸清楚，恰似舞台效果。

兩人眼前出現一個身材高大、身穿藍色制服的警察，和一個直立式的猩紅色郵筒，路的左側還慢慢出現了一棟白色樓房的輪廓。

「紅色、白色和藍色，」湯米說，「還真她媽的搶眼哩。陶品絲，別害怕，沒有什麼好怕的。」

這時他確確實實已看清那是個真正的警察，他根本不如剛才在迷霧中隱現時那般高大。

正當他們準備繼續前進時，身後響起了一陣腳步聲。一個男人倉卒地從他們身旁走過。

他到了那棟白色樓房的大門前，上了台階，抓起門環連續咚咚地敲打著。門終於開了，他走了進去。這時候，湯米夫婦正好走到那位警察站立的地方，他一直在注視著那名男子。

「剛才那位紳士似乎有急事。」那警察說道。

他說話的語氣顯得緩慢而嚴肅，似乎是經過深思熟慮才做出這樣的結論。

「他是那種永遠匆匆忙忙的紳士。」湯米說。

那警察慢慢轉過頭來，用疑惑的目光打量著湯米。

「他是你的朋友？」他問道，語氣中透露出明顯的懷疑。

「不，」湯米說，「他不是我的朋友。我只是偶然認識他，他叫賴利。」

「是嗎？」那警察說，「好了，我該走了。」

「請您告訴我白屋在哪兒？」湯米問道。

那警察的頭向旁邊一歪。

「這兒就是。這是韓妮可太太的住宅。」他停頓了一下，又補充道，顯然是想給他們提供點有價值的信息。「她是個神經質的女人，總是懷疑她的周圍有竊賊，常要求我監視她房子的四周。中年婦女就是如此。」

「中年婦女？」湯米問道，「您是否知道有一位小姐也住在這兒？」

「一位小姐？」那警察沉思片刻後說，「一位小姐？不，我不太清楚。」

「湯米，她大概不住在這兒。」陶品絲說，「不管怎樣，她或許還沒到，她可能在我們動身之前才出發。」

「啊！」那警察突然說道，「我現在想起來了，是有一位小姐走進這個大門。當我沿著這條路走過來時，我見過她，那大約是三、四分鐘以前的事。」

「穿著一件貂皮大衣？」陶品絲急切地問道。

「她的脖子上是圍著一件有點像灰白色兔皮的東西。」那警察坦承道。

陶品絲笑了笑。那警察朝著他們來的方向走去，他們正準備去那棟白屋。

這時候，從那房子裡忽然發出一陣微弱而壓抑的叫聲。幾乎與此同時，房子的前門打開了。詹姆斯．賴利慌慌張張地跑下台階。他那扭曲的臉顯得很蒼白，雙眼茫然地看著前方，步履蹣跚，就像一名醉漢。

他與湯米和陶品絲擦肩而過，卻似乎沒看見他們，只是口裡反反覆覆地低聲自語道：

「我的天啊！我的天啊！哦，我的天啊！」

他雙手抓住門柱，好像要穩住身子。緊接著，他似乎遭到驚雷轟頂似的，拔腿便朝著與那警察相反的方向狂奔而去。

§

湯米和陶品絲困惑地相互看了一眼。

「看來，」湯米說，「那棟房子裡發生了某件事，嚇得我們的賴利魂不附體。」

陶品絲的手指漫不經心地在門柱上移動著。

「他的手一定摸到剛剛漆過紅漆的東西。」她慵懶地說。

「嗯！」湯米說，「我們應該趕快到那棟房子裡去。我還真好奇那兒發生了什麼事。」

屋子門口站著一位戴白帽的女傭，她氣憤得連話也說不出來。

「您見過剛才那個人嗎，神父？」正當湯米走上台階時，她突然大聲地說，「他來到這兒，說要找那位年輕女士，不說明原因，也不管你同不同意，就自己跑上樓去。不一會兒工夫，她就像野貓似地怪叫起來……真奇怪，可憐的小美人。緊接著，他倉皇跑下樓梯，臉色慘白，好像碰到鬼似的。這究竟是怎麼回事？」

「你和誰在前門說話，愛倫？」大廳裡傳來尖銳的質問聲。

「太太，有人來了。」愛倫答道，顯得多此一舉。

她往旁邊一站，湯米發現面前站著一位白髮中年婦女。她那藍色的眼睛藏在不搭調的夾鼻眼鏡後面，令人不寒而慄；骨瘦如柴的身子罩著一件飾有長形玻璃珠的黑衣。

「韓妮可太太嗎？」湯米說，「我來這兒是要見見格倫小姐。」

韓妮可太太眼神犀利地瞥了他一眼，隨後非常仔細地打量著陶品絲。

「哦，是你要見格倫小姐吧？」她說，「那麼，進來吧。」

她領著他們走進門廳，而後進入房子後面的一間房間裡。那間房間正對著花園，並不很大，裡面排放著幾張碩大的椅子和桌子，把裡面擠得滿滿的，使空間顯得更為狹小。壁爐裡的火燃得正旺，旁邊擺著一個印花布罩的沙發。壁紙的圖案由灰色的細線條組成，沿天花板四周飾有下垂的玫瑰花圖形。牆上掛滿了版畫和油畫。

這個屋子的陳設與吉爾妲．格倫小姐那驕奢淫逸的個性極不相配。

「請坐。」韓妮可太太說，「首先，如果我說我並不信奉羅馬天主教，還請你們原諒。我從未想過會在家裡接待羅馬天主教的神父。但如果說吉爾妲成了淫婦，實在不足為怪，她那種生活方式遲早會發生這種事，我敢說她的生活比我們想像的糟。她應該沒有任何宗教信仰。如果天主教的神父可以結婚，她是有可能選擇這種宗教……我這人說話總是很坦率。想想那些女修道院吧！有多少美貌年輕的女孩被關在裡面，沒有任何人知道她們的下場如何。唉，想到這些就讓人無法忍受。」

韓妮可太太終於停住那滔滔不絕的演講，深深地吸了一口氣。

湯米並未奮起為神父們的禁欲精神辯護，也未反駁她話中帶有爭議性的論點，而是直接切入主題。

「韓妮可太太，據我所知，格倫小姐就住在這棟房子裡。」

「她是住在這兒，但我不很高興。婚姻就是婚姻，嫁雞隨雞，嫁狗隨狗，既然你自己釀了苦酒，就得自己喝下去。」

「我不大懂。」湯米茫然說道。

「我想也是，這也是我把你們帶進這兒來的原因。等我講完憋在心裡的話後，你們可以上樓去找吉爾妲。她來找我——事隔這麼多年之後，你們想想看——請求我幫助她，要我去見她的丈夫，勸他同意離婚。我開門見山地對她說，對這種事，我是絕對不會參與的。離婚是種罪惡。但話又說回來，我是不會拒絕給自己的妹妹一塊棲身之地的。」

「您的妹妹？」湯米感到很驚奇。

「是的，吉爾妲是我的妹妹。她難道沒對你說過？」

湯米目瞪口呆地看著她。事情的發展竟如此讓人始料未及。這時，他忽然想起吉爾妲・格倫天使般的美貌已揚名許久。在他很小的時候，曾多次去看她的演出。是的，她們可能是姐妹。但是，她們之間的對比竟是如此鮮明。原來吉爾妲・格倫出身在這樣一個中下階級的家庭。而她對自己的出身卻守口如瓶！

「但我還是有點不清楚，」他說，「您的妹妹已經結過婚了嗎？」

「十七歲就私奔成婚。」韓妮可太太簡明地說，「她丈夫是個地位低下、與她極不相配的普通人。而我們的父親是個牧師。因此，這事有辱門風。最後她離開了丈夫，登上舞台演起戲來了！我一生中從未進過劇院，也從不與邪惡打交道。現在，這麼多年後的今天，她居然要與那人離婚。我猜想，她是想嫁給某位大人物。但她的丈夫立場很堅定，既不怕威脅，也不受利誘，這點我很欽佩他。」

「他叫什麼名字？」湯米突然問道。

「說來真不可思議，但我記不起來了！她私奔是二十年前的事了，您明白嗎？我父親不准我們提這件事，而我也不願意和吉爾妲談。她知道我的想法，對她來說，這就足夠了。」

「不會是賴利吧？」

「也許是吧，但我可不確定。我是完完全全忘記了。」

「我說的那個人剛才來過了。」

「那個人啊！我還以為他是哪裡逃出來的精神病患呢。我當時正在廚房裡交代愛倫事情，才剛回到這間房間，正在想吉爾妲回來了沒有（她有前門鑰匙）。這時，我聽到了她的聲音。她在門廳裡遲疑了一兩分鐘，然後就直接上樓。大約三分鐘後，我就聽到一陣如老鼠過境的巨大嘈雜聲。我急忙走進門廳，正好看見一個男人衝上樓去。接著便聽到樓上發出了喊叫聲，幾乎與此同時，那人又匆匆忙忙地下了樓，像個瘋子似地跑出去了。一切都發生得很突然。」

湯米站起身來。

「韓妮可太太，我們立刻上樓去。我擔心……」

「擔心什麼？」

「擔心您這屋裡沒有紅色油漆。」

韓妮可太太的眼睛緊盯著他。

「我當然沒有！」

「那正是我所擔心的事。」湯米沉重地說，「請立即讓我們去您妹妹的房間。」

沉默片刻之後，韓妮可太太終於上前帶路。這時，他們瞥見一直站在門廳裡的愛倫忽然急忙退進一間房間裡去。

上了樓，韓妮可太太打開第一個房間的門。湯米和陶品絲緊隨她走了進去。

突然，她呼吸急促，向後退了幾步。

只見沙發上躺著一個裹著貂皮大衣的軀體，四肢伸展著，一動也不動。那張臉蛋依然漂亮如故，卻毫無表情。正像一個成熟的小孩在酣睡似的安詳。傷口在頭的一側，顯然是用鈍器猛擊頭部所致。血正慢慢地滴到地板上，但傷口已不再流血……

湯米的臉色變得十分蒼白，他仔細檢查那具平臥著的軀體。

「看來，」最後，他說道，「她的脖子沒被他勒過。」

「你在說什麼？他是誰？」韓妮可太太叫喊道，「她死了嗎？」

「是的，韓妮可太太。她已經死了，是被人謀殺的。問題是……是誰幹的？真奇怪，他揚言要親手殺死她，但我倒認為他不會真的動手。」他停頓了一會兒，才神情堅定地看著陶品絲。「你能出去找個警察來，或者是找個地方報警嗎？」

陶品絲點了點頭，她的臉色同樣也非常蒼白。湯米攙扶著韓妮可太太下了樓。

「我想盡可能弄清楚這件案子。」他說，「您知道您妹妹回來的準確時間嗎？」

「是的，我當然知道。」韓妮可太太說，「因為每天晚上我都要把鐘調快五分鐘，那座鐘一天會慢上五分鐘。那時我的手錶是六點過八分，我的錶絕對準確，一秒不多，一秒不少。」

湯米點了點頭。這與那名警察所說的話完全相符。那警察說他看見一個圍著灰白色毛皮的女人走進前門，那可能是在他和陶品絲趕到同一地點的三分鐘之前。他當時曾看了一下自己的錶，知道比便箋上約定的時間晚了一分鐘。

這就存在著一種可能性。那就是吉爾妲・格倫未回家之前，就有人在樓上她的房間裡等她。倘若這種推論成立，那人必定還藏在房子裡，因為只有詹姆斯・賴利離開了這棟房子。

湯米快步跑上樓，對所有房間進行了迅速而徹底的搜查，但是連個人影也沒搜到。

隨後他決定與愛倫談一談。在他把格倫被謀殺的消息告訴她之後，她先是悲傷地慟哭起來，接著便祈禱乞求天堂眾天使接受死者的靈魂。好不容易等她痛哭和祈禱完畢之後，他便問了她幾個問題。

當天下午還有其他人來這兒打聽格倫小姐嗎？什麼人也沒有。當天晚上她本人曾經上過樓嗎？是的，像往常一樣，她在六點上樓去把窗簾拉上……當然也可能是六點過幾分。但有一點可以肯定，她是在那粗野的傢伙幾乎要把門環敲碎之前上樓的。聽到敲門聲，她趕緊跑下樓梯去開門。那傢伙一定是個滅絕人性的凶手。

湯米不再追問，但他心中仍對賴利懷有一種莫名其妙的同情心，不願相信他是個壞蛋。但是，沒有其他人可能謀殺吉爾妲·格倫。房子裡剩下的也只有韓妮可太太和愛倫兩個人。

他聽到門廳傳來一陣響動，走過去開門一看，是陶品絲和那位警察在外面敲門。那位警察拿出一本筆記本和一枝粗大的鉛筆，接著鬼鬼祟祟地舔了舔那枝鉛筆。他上了樓，無動於衷地檢查了受害者，他唯一的說法是，如果湯米動了現場的任何東西，警官一定會讓他吃不了兜著走。接著警察聽取韓妮可太太那歇斯底里的發言，還有語無倫次的解釋，不時在本子上寫著什麼。他的在場讓人感到鎮定、安慰。

湯米終於在這名員警打電話通報總部之前，在門外台階上和他單獨談了一兩分鐘。

「聽著，」湯米說，「你曾看見死者走進前門，對吧？你確定她當時是單獨一個人嗎？」

「哦！她是單獨一個人沒錯，沒人和她在一起。」

「在你看見她，以及你與我們相遇這段時間之內，沒有人從前門走出來嗎？」

「連個鬼也沒有。」

「如果真有人從前門走出來，你應該看得見，對吧？」

「那是當然。除了那個瘋子似的傢伙外，就再也沒有其他人走出那棟房子。」

那位高傲的執法者趾高氣揚地走下台階，在那根白色門柱旁停了下來。門柱上留著一個刺眼的紅色手印。

「他一定是個業餘殺手，」他以憐憫口吻說，「居然會留下這樣的痕跡。」

然後，他大搖大擺地沿街走去。

§

謀殺案發生的第二天。湯米和陶品絲仍然住在艾林頓大飯店裡，但湯米認為脫掉那身神父的行頭應是聰明之舉。

詹姆斯‧賴利已被逮捕入獄。他的律師馬維爾先生剛剛與湯米就謀殺案的相關情況進行了冗長的交談。

「我絕不相信凶手是詹姆斯‧賴利。」他直言不諱地說，「他說話總是很極端，但也僅此而已。」

湯米點了點頭。

「花費過多的精力誇誇其談，到真要付諸行動時，反而會沒有勁道。我很清楚我是指控他的主要證人。就在謀殺案發生之前，他與我談及的那番話就是定罪的確證。但不管怎麼說，我倒滿喜歡他這個人。如果還有第二個人有嫌疑，我一定會說賴利是清白的。那麼他對這事是怎麼說的？」

那位律師噘了噘嘴。

「他聲稱，他看見她時，她已躺在那兒死了。那當然是不能令人信服的。這是他設計好的謊言。」

「如果他說的是真話，那不就等於說，那位喋喋不休的韓妮可太太是凶手……但這完全是無稽之談。看來，他必定脫不了關係。」

「請別忘記，那女僕聽過她的慘叫聲。」

「那女僕……是的。」

湯米沉默了一會兒，然後若有所思地說：「我們太容易輕信他人了。我們把所謂的證據當作上帝的福音來信奉。但這證據的真實性又如何呢？那也僅僅是憑感覺在頭腦中形成的印象，但倘若這些印象是錯誤的呢？」

律師聳了聳肩。

「哦！大家都明白，證人有時也是靠不住。隨著時間的推移，證人會回憶起更多情況來，但這並不能說他是有意欺騙。」

「我的意思還不僅如此。我是說，有時我們陳述的事情並不是真相，而可怕的是，我們卻不曾意識到這一點。比方說，你和我，無疑都說過『郵件來了』。但我們的真實含義是什麼呢？那表示我們聽到了兩下敲門聲和信箱裡傳出的格格響。十次有九次我們是正確的，郵件確實來了。但恰好就在第十次，極有可能只是某個小淘氣鬼在和我們開玩笑。你明白我的意思嗎？」

「是……的……」馬維爾先生慢吞吞地說，「但我還是不明白你指的是什麼？」

「你真的不明白？當然，此刻連我自己也不是很清楚，但我的頭腦漸漸開始清醒了。這就像一根棍子。陶品絲，你應該知道。棍子的一端指向一個方向，而另一端則必然指向完全相反的方向。要確定正確的方向，應該以棍端的正確指向為根據。門可以打開，當然也可以關上；人上了樓，自然也會下樓；箱子被關上了，必然也曾被打開。」

「你究竟是什麼意思？」被他弄得糊里糊塗的陶品絲問道。

「真的，這容易到幾近可笑的程度。」湯米說，「我也是剛剛才明白過來。一個人走進屋內時，你是怎麼知道的？那是因為你聽見了開門聲和關門聲。如果你知道有某人要來，你便會如此認定，不過那也可能是代表有人出去啊！」

「但是格倫小姐並沒有走出那棟房子！」

「當然沒有，我知道她沒有走出那棟房子。但是，有其他人確實走出去過……那就是凶手。」

「那麼她又是如何走進房子呢？」

「她走進房子時，韓妮可太太正在廚房裡和愛倫談話。她們沒有聽見她的聲音。韓妮可太太回到了客廳，很納悶為何她的妹妹還不回來。接著，她便開始把那個鐘調準。這時，正如她所以為的，她聽到她妹妹回來了，並且上了樓。」

「那麼，這又做何解釋？那陣上樓的腳步聲。」

「那是愛倫上樓去拉窗簾。你應該還記得，韓妮可太太說過，她妹妹上樓之前曾耽擱了極短暫的時間。而在這極短暫的時間內，愛倫正從廚房出來準備走進門廳，因此她恰巧沒看見凶手。」

「但是，湯米，」陶品絲大聲說，「她發出的慘叫聲呢？」

「那是詹姆斯．賴利的聲音。難道你沒留意到他的嗓音很尖銳？當情緒處於異常激動的時候，男人也會像你們女人那般尖聲怪叫。」

「那凶手呢？我們應該看見他的，不是嗎？」

「我們的確見過他。我們甚至還站在那兒和他談話呢。那位警察突然出現在我們面前的情景，你應該終生難忘吧？那是因為當他走出房子大門時，正巧濃霧慢慢地從路上消失了。

「那真使我們毛骨悚然，你記得嗎？總而言之，儘管我們從未想過他們會幹這種事，然而，警察畢竟和常人別無兩樣。他們也需要愛，也會懷恨，也需要娶太太……根據我的推斷，吉爾妲意外地與她丈夫在大門外相遇，便帶著他一同進了房子，目的是要了結他們之間的婚姻關係。他沒有聽到賴利發洩情感的激烈言辭，只看見留在門柱上的紅色手印，而他手中又隨時提著那根又粗又短的警棍……」

08

假鈔

Partners in Crime

「陶品絲，」湯米說，「我們應該換一間比較寬敞的辦公室。」

「胡說，」陶品絲說，「我看你是頭昏腦脹了吧！就因為你碰到天上掉下來的好運氣，破了兩三樁只值兩個半便士的案子，就自以為成了百萬富翁。」

「有人會說是憑運氣，但也有人會說那是技術。」

「如果你真以為你已經集偵探大師福爾摩斯、宋戴克、麥卡蒂及奧克伍兄弟為一身，那我也沒什麼好說了。但就我而言，我寧願運氣常來光顧我，也不要任何技巧。」

「或許你的話有幾分道理。」湯米表示讓步。「總而言之，陶品絲，我們確實需要一間寬敞些的辦公室。」

「為什麼？」

「就為那些偵探經典作品，」湯米說，「如果我們再把艾德格・華萊士[15]的著作陳列在專櫃裡，我們就需要添加幾百碼長的書架才行。」

「我們沒接過類似艾德格・華萊士的案子。」

「恐怕我們永遠也不會，倘若你曾注意到他從不給業餘偵探任何機會的話。他寫的全是蘇格蘭警場那類嚴謹的辦案過程，全是真實的案例，沒有捏造的故事。」

這時，辦公室小弟艾柏出現在門口。

「馬里奧警官要見你們。」他鄭重其事地說。

「蘇格蘭警場的神祕人物。」湯米低聲說道。

「他是最忙碌的偵探。」陶品絲說，「喂，是偵探還是密探？我總是把偵探和密探混為一談。」

警官神采奕奕地向他們走來。

「嘿，你們最近好嗎？」他輕鬆活潑地問候。「我們那天的小小冒險沒出任何差錯吧？」

「啊，一切順利。」陶品絲說，「簡直好得不能再好了，對吧？」

「嗯，我倒沒把握那麼說。」馬里奧謹慎地說。

「馬里奧，今天是什麼風把你給吹到這兒來？」湯米問道，「該不會只是掛念我們的神經系統是否正常吧？」

「不是，」警官說，「我是來找傑出的布倫特先生談公事的。」

「哈！」湯米說，「讓我擺出個傑出人士的架式。」

「貝里福先生，我專程趕來向你提出一個建議。如果讓你去追捕一個真正的大犯罪集團，你意下如何？」

「真有這樣的事？」湯米不相信自己的耳朵。

15 艾德格・華萊士（Edgar Wallace, 1875-1932），英國小說家、劇作家、記者，被喻為當代驚悚之王，作品無數，代表作為《13號房》（*Room 13*）。

「你說『真有這樣的事』是什麼意思？」

「我一向認為犯罪集團只會出現在小說裡，比如竊盜高手和超級罪犯什麼的。」

「竊盜高手確實很少見，」警官贊同道，「但是，先生，確實有很多犯罪集團在猖狂地活動。」

「對付犯罪集團，我還真沒把握如何發揮我的聰明才智，」湯米說，「至於對付業餘水準的犯罪，比方平靜家庭生活中偶然出現的犯罪行為，那倒是我的拿手把戲，也是我引以為榮的。處理帶有強烈家庭色彩的戲劇性犯罪，我是絕對得心應手。因為有陶品絲隨時提供婦道人家的瑣碎見解，那些見解非常重要，常是愚鈍的男人容易掉以輕心的地方。」

陶品絲將一個座墊向他猛地扔去，這才打斷了他那口若懸河的演講。她叫他少在那兒油嘴滑舌。

「先生，你們夫妻倆是在嬉鬧吧？」馬里奧警官說道，他以父執輩慈祥的目光看著他們倆。「倘若你們不介意，我是否可以這樣說：看到你們這樣的年輕夫婦如此盡情地享受生活，真是人生一大快事。」

「你覺得我們很享受人生嗎？」陶品絲的眼睛睜得大大的。「大概是吧。我從來沒想過這一點。」

「還是回到你剛才談到的犯罪集團吧！」湯米說，「儘管我個人的主要業務通常僅是涉及公爵夫人、百萬富翁，還有最忠實的女僕，但我也不妨紆尊幫你處理這件事。我不想看到蘇格蘭警場發生失誤。《每日郵報》一定會盯上你們，弄得你們灰頭土臉。」

「我剛才說過，你們一定會覺得很好玩。好了，事情是這樣的，」警官再次把他的椅子向前挪動了一下。「最近我們發現了大量的假鈔，有成百上千張！你們絕對想不到市面上流通的假鈔竟然那麼多。這些假鈔製造得十分精緻。我這兒就有一張。」

他從口袋裡掏出一張一英鎊假鈔遞給湯米。

「看起來像真的一樣，對吧？」

湯米興致盎然地看著那張鈔票。

「天啊！我根本看不出假在哪兒呢。」

「大部分的人都看不出來。這兒有一張真的。我來告訴你它們之間的差別……這種差別非常細微，但你馬上就可以學會鑑別真偽。拿著這個放大鏡。」

在警官的指導下，五分鐘之後，湯米和陶品絲兩人都成了鑑別假鈔的專家。

「馬里奧警官，那你要我們做什麼呢？」陶品絲問道，「叫我們睜大雙眼留意這些假鈔嗎？」

「貝里福夫人，要辦的事情比那還多著呢！我寄予厚望，希望你們去把這事查個水落石出。告訴你們，我們已調查清楚，這些假鈔是從倫敦西區流通到市面上。某位社會地位極高的人正在源源不斷地發散假鈔。他們還把假鈔也傳送到英吉利海峽對岸去。現在，某個人引起了我們很大興趣，一個叫賴德洛少校的人，你們也許聽過這個名字？」

「我好像聽過。」湯米說，「是和賭馬有關的那位仁兄嗎？」

「正是他。眾所周知，賴德洛少校與賽馬關係甚密。目前我們尚無對他不利的確切證據，但我們普遍認為他極其狡猾、隱祕地進行過一兩樁假鈔交易。一提到他的名字，熟悉內情的人士表情就很怪異。沒人知道他的過去，也沒人知道他從哪兒來。他的妻子是一位非常迷人的法國女郎，所到之處總跟著成群結隊的崇拜者。賴德洛夫婦一定花錢如流水，我要知道他們的錢從哪兒來。」

「可能是來自那些成群結隊的崇拜者。」湯米提出了自己的看法。

「一般人都這樣認為，而我卻不一樣。有很多假鈔不斷從一家很時髦的小賭場裡流出來，而這家賭場正是賴德洛夫婦及同黨經常出入的地方。這也許僅是一種巧合。那些賭馬、賭牌的賭徒可以成批地脫手這些假鈔，再沒有比這更好的流通假鈔的方法了。」

「那麼，我們應該從何著手呢？」

「你們可以從這兒開始。年輕的聖文森和他的太太是你們的朋友，我沒說錯吧？他們與賴德洛那夥人交往甚密，雖然他們現在不像以前那樣來往密切了，但透過他們，你們可以非常方便地接近那夥人。這是我們無法做到的。他們絲毫也不會懷疑你們，你們擁有最佳的機會。」

「我們必須查清楚什麼呢？」

「如果他們是在洗錢，就查清楚他們是從何處得到那些假鈔。」

「沒錯，」湯米說，「賴德洛少校出門時總帶著一個空箱子，回來時箱子都快漲破了，裡面塞滿假鈔。這是怎麼辦到？我暗地跟蹤他，然後查出結果。這就是你要我們做的吧？」

「差不多。但是，別忽略了他太太和他岳父赫魯拉先生。別忘了假鈔正在英吉利海峽兩岸不斷流通。」

「我親愛的馬里奧，」湯米略帶幾分責備的口氣說，「布倫特的超級偵探大師們從不知道有『忽略』這個詞語。」

警官站起身來。

「那麼，祝你們好運。」

說完話，他便起身走了。

「贓款。」陶品絲激動地說。

「什麼？」湯米感到困惑不解。

「假鈔啊。」陶品絲解釋道，「假鈔一向也叫作贓款，我知道我是對的。啊！湯米，我們總算正式接手一樁艾德格．華萊士所描述的案件了。我們終於可以正式地做一回偵探了。」

「的確如此，」湯米也興奮起來。「我們就要出發去捉拿『啪啪嚓嚓的人』，我們一定要給他們好看。」

「你說的是『咯咯尖笑的人』還是『啪啪嚓嚓的人』？」

「啪啪嚓嚓的人。」

「我怎麼沒聽過這種說法。」

「這是我創造的新詞語，」湯米說，「用來形容把假鈔流入市面的人。點鈔票時會發出啪嚓聲，因此我把這種人叫作『啪啪嚓嚓的人』，再也沒有什麼比這簡單明瞭的了。」

「那倒是一個滿不錯的創意，」陶品絲說，「這種說法可以唯妙唯肖地形容這種人。我自己喜歡把他們稱為偷牛賊，這樣比較生動，也挺邪惡的。」

「不行，」湯米說，「是我先說『啪啪嚓嚓的人』，而且我堅持用這種說法。」

「調查這個案子，過程一定很愉快。」陶品絲說，「可以去各種各樣的夜總會，喝許許多多的雞尾酒。明天我得去買點黑色睫毛膏。」

「你的眼睫毛已經夠黑了。」她丈夫反對道。

「可以再黑一點。」陶品絲說，「櫻桃色的口紅也很有用處，最好是最鮮豔的那種。」

「陶品絲，」湯米說，「看來，你本性屬於放蕩不羈。你嫁給我這樣一個因循守舊、嚴肅有餘的中年男人，真是太好了。」

「你等著瞧，」陶品絲說，「只要你在巨蟒夜總會多待上幾次，我看你就不會再這麼因循守舊了。」

湯米從壁櫥裡拿出幾瓶酒、兩個玻璃杯和一個雞尾酒雪克杯。

「我們就從現在開始吧！」他說，「我們要緊緊追蹤那些『啪啪嚓嚓的人』，我們發誓，一定要將他們逮捕歸案。」

§

事實證明，結識賴德洛夫婦是件輕而易舉之事。這時的湯米和陶品絲年輕，穿著講究，渴望新鮮生活，口袋裡有的是錢可揮霍，因此很快便打入賴德洛夫婦那個特別的小圈子。

賴德洛少校高大白皙，一副典型的英國紳士派頭，舉手投足就好像一個精神飽滿的運動員。遺憾的是，他的眼睛裡微微流露出幾分衰色。他不時會斜眼向兩側警惕地瞟來瞟去，不過這種表情倒也恰恰與他那做作的性格相吻合。

他是一個非常精明的賭牌高手，湯米注意到，當對方下了大賭注時，他很少是輸錢離開牌桌的。

瑪格麗特．賴德洛的性格卻完全兩樣。她魅力四射，身材苗條宛若森林仙子，臉蛋嬌美就如法國畫家格羅茲筆下的美人。她那一口不純正的英語十分迷人。在湯米看來，很多男人心甘情願做她的奴隸，實在不足為怪。從初次見面起，她似乎就迷上了湯米，為了逼真地演好他的角色，湯米也讓自己加入了她的崇拜者行列。

「我親愛的湯米，」她常常說，「非常明顯，我已完全離不開我的湯米了。他的頭髮就像日落前的晚霞，太漂亮了！」

她的父親是個陰險的人物。而從表面上看，他卻是非常正直和誠實。他蓄著黑色的短鬍，雙眼銳利。

陶品絲首戰告捷，她拿著十張一英鎊的鈔票向湯米走來。
「你仔細看著這些鈔票，都是假的吧？」
湯米非常細心地檢查了那些鈔票，最後認定陶品絲的判斷是正確的。
「你從哪兒弄到手的？」
「從那個叫吉米．福克納的年輕人那裡。瑪格麗特．賴德洛叫他用這些錢替她在一匹馬上押注。我對他說，我需要一點零錢，就用一張十英鎊票面的鈔票換過來了。」
「全都是嶄新的，」湯米沉思道，「它們不可能經過很多人之手。我想年輕的福克納不會有問題吧？」
「你說吉米？啊，他做人太好了。他和我快成了好朋友。」
「這我已經注意到了。」湯米冷冰冰地說，「你真的認為有這必要嗎？」
「哦，這可不是在辦公事。」陶品絲興高采烈地說，「這是一種樂趣。他是個非常好的男孩子。我真高興讓他擺脫那女人的控制。你無法想像，他在她身上花了多少冤枉錢。」
「陶品絲，在我看來，他好像愈來愈迷戀你啦。」
「有時我自己也這樣認為。知道自己仍然年輕迷人是多麼讓人高興的事，不是嗎？」
「陶品絲，你一向揭櫫的道德高調現在已可悲地一落千丈。你以錯誤的觀點來看待眼前的事情。」
「這麼多年來，我都沒有這樣快活過了。」陶品絲毫無顧忌地說，「不管怎麼說，你自己呢？這幾天我見到過你的人影嗎？你自己不是一直黏著瑪格麗特．賴德洛嗎？」

「那是辦公事。」湯米的口氣很嚴厲。

「但是，她非常迷人吧？」

「她不是我喜歡的類型，」湯米說，「我並不崇拜她。」

「撒謊！」陶品絲笑了起來。「但我總認為，嫁給一個撒謊的人要比嫁給傻瓜要好。」

「我想，」湯米說，「我未必就是其中一種吧？」

陶品絲只向他投去愛憐的目光，然後便走了。

在賴德洛太太那群崇拜者之中，有一個名叫漢克．萊德的紳士。他的性格質樸，但卻非常富有。

萊德先生來自美國的阿拉巴馬州。在初次見面之後，他就有意要結交湯米，並爭取湯米的信任。

「先生，她是一個棒透了的女人。」萊德先生讚嘆道。他以虔誠的目光盯著美麗的瑪格麗特。「她絕對是文明的象徵。有誰能不拜倒在俏麗的法國女神的石榴裙下，你能嗎？每當我靠近她身邊，就感到自己是萬能上帝最初的實驗品。我猜想，萬能的上帝在創造像她這樣十全十美的麗人之前，一定嘗試了很久。」

湯米彬彬有禮地同意了對方的觀點。萊德先生更感到無拘無束了。

「像她這樣花容月貌的佳人居然會為錢發愁，這簡直是一種侮辱。」

「真有這種事？」湯米問道。

「你不會相信她的日子有多難過。賴德洛簡直是個怪人。她曾對我提過，她怕他怕得要命，根本不敢跟他要一點錢。」

「是小錢嗎？」湯米馬上問了一句。

「是的……我得說是小錢！女人嘛，總是講究穿戴。時髦的服裝，布料愈少就愈是值錢，這一點，我是再清楚不過了。像她這樣美貌的女人可是不愛穿著上一季的服裝到處跑。玩牌也一樣，這可憐的小東西玩起牌來賭運特別差。哎呀，昨天晚上她輸了我五十英鎊。」

「但她前天晚上贏了吉米．福克納兩百英鎊。」湯米毫無表情地說。

「真的？那就讓我感到寬慰點了。順便問一下，聽說最近有不少假鈔在你們國家氾濫成災。今天上午我去銀行存了一筆錢，但是其中的百分之二十五被退了回來。銀行那位先生很有禮貌地把這事告訴了我。」

「啊！那是一個很大的比例。那些假鈔看上去很新嗎？」

「全新的，就像剛做出來的一樣。那些錢都是賴德洛太太付給我的。不曉得她是從哪兒弄來的。很可能是從賽馬場上的一個惡棍手中拿到的。」

「有道理，」湯米說，「這很有可能。」

「您知道嗎，貝里福先生，我對這類奢侈的生活完全陌生。周圍全是漂亮的女人和豪華的娛樂設施，會使我兩手空空地回去。我來歐洲是想長長見識的。」

湯米點了點頭。在瑪格麗特・賴德洛的協助之下，萊德先生必定可以增長許多見識，花的錢也勢必可觀，這點湯米銘記在心。

同時，他第二次證實，那批假鈔就近在咫尺，並且極有可能是瑪格麗特・賴德洛親手流散出來的。

隔天晚上，他又親自獲得證實。

事情發生在馬里奧警官提及的那個隱祕小賭場。那兒正在舉行舞會，而真正使人感興趣的地方是那兩扇堂皇的摺門。那裡面是兩個暗室，分別擺著幾張用綠色呢布罩著的桌子。在這些桌面上，每夜都有巨額的鈔票被轉手。

瑪格麗特・賴德洛終於站起身來準備走人，她將一大把小面值的鈔票塞進湯米的手中。

「它們太占地方了，湯米。你會和我換吧？大鈔就可以了。你看我這手提包多小巧、多可愛，這些錢會把它漲破。」

湯米按照她的要求，給了她一張面額一百英鎊的鈔票。然後他找到一個僻靜的角落，仔細地檢查她所給的鈔票。至少有四分之一是假鈔。

然而，她從哪裡弄來這些假鈔？對此，他仍然找不到答案。根據艾柏所提供的情報，他可以肯定賴德洛不是提供假鈔的人。賴德洛的一舉一動都被嚴密地監視著，卻毫無所獲。

湯米懷疑瑪格麗特的父親，那位沉默寡言的赫魯拉先生。他頻繁地來往於英國和法國之間。帶著這些假鈔渡過海峽豈不易如反掌？他是個徹頭徹尾的騙子，反正就是這類壞傢伙。

湯米漫不經心地走出夜總會，腦袋裡裝滿了問題，只是理不出個頭緒來。他突然回想起存在於這些問題中的某些必然聯繫。這時，他看見漢克・萊德先生也走出夜總會來到街上。一看即知對方並不十分清醒。萊德先生這時正在把手中的帽子往汽車引擎的散熱器上掛，但是每次都掛不上去，就差那麼幾吋。

「討厭的帽架，討厭的帽架，」萊德先生抱怨著說，「不像我們美國的那種，即便在晚上也很容易把帽子掛上去，每次都很容易。先生，您戴了兩頂帽子，我以前從未見過哪個男人戴著兩頂帽子。一定是氣候的緣故吧。」

「也許我有兩個腦袋。」湯米正經八百地說。

「一定是的，」萊德先生說，「奇怪了，那張臉一定很嚇人。我們一塊兒喝杯雞尾酒吧！禁酒……就是禁酒把我整垮的。我想我醉了……但還沒有完全醉。雞尾酒……混合天使的吻……那是瑪格麗特……可愛的人兒，也對我很多情。喂，兩杯馬丁尼，三杯『通向毀滅之路』……不，是通向房間之路……把它們統統倒進……大啤酒杯裡……混起來。我敢打賭我不會……我說……該死……我說……」

湯米打斷了他。

「沒關係，」他安慰道，「你現在是否可以回家了？」

「我無家可回。」萊德先生悲傷地說，並哭泣起來。

「那你住在哪家旅館？」湯米問。

「不能回家。」萊德先生說，「要去尋寶。很棒的事情，她做了。白教堂[16]，白色的心肝，白色的頭，悲傷死了……」

這時萊德先生突然變得莊嚴起來，他挺直了身子，說話也突然奇蹟般地流暢起來。

「年輕人，我告訴你，是瑪姬帶我去的，坐的是她的車。去尋寶，英國的貴族都這麼做。在大塊的鵝卵石下，有五百英鎊。簡直不可思議，太不可思議了。我告訴你，年輕人，你一直對我很好。先生，我出自內心地感謝你，真的，是完全出自內心。我們美國人……」

湯米又打斷了他，這次可不再那麼講究禮節了。

「你說什麼？是賴德洛太太開車帶你去的？」

那美國人一本正經地點了點頭。

「去了白教堂。」他又嚴肅地點了點頭。

「你在那兒發現了五百英鎊？」

萊德先生思索了一會兒。

「是她發現的。」他更正道，「她讓我留在外面，待在門外。老是待在外面，有點可悲……待在外面……總是待在外面。」

16　白教堂為倫敦市東部一區的俗稱，該區多為猶太人居住。

「你還能認得去那兒的路嗎？」

「我想沒問題。漢克．萊德從不迷失方向……」

湯米二話不說，拉著萊德先生朝他自己停車的地方走去。不一會兒，他們倆便駕車向東疾馳而去。涼爽的空氣使萊德先生清醒多了，他靠在湯米的肩膀上昏昏沉沉地睡了一陣，醒來之後神清氣爽。

「喂，年輕人，這是哪裡啊？」他問道。

「白教堂。」湯米簡潔地說，「這就是你和賴德洛太太今晚一起來過的地方嗎？」

「看起來有點眼熟。」萊德先生坦承道，並向四周看了看。「我們好像是在這附近左轉的。就是那兒，就是那條街。」

湯米按照萊德先生指引的方向轉了過去。

「就是那條街，我敢肯定。現在再朝右轉！嘿，這兒的氣味真難聞。沒錯，過了那家拐角的酒吧，急轉彎，把車停在那條小巷口。我們來這裡的用意是什麼？告訴我吧。那裡還有錢嗎？我們要再藏一點嗎？」

「沒錯，」湯米說，「我們是要再藏一點。只是開個玩笑，你說呢？」

「好！到時候，我會鄭重宣布。」萊德先生贊同道，「儘管我有一點搞不清楚狀況。」他茫然地補了一句。

湯米先下了車，然後把萊德先生也扶了下來。他們走進那條小巷。街的左邊是一排破舊的房子後部，大部分的房子都有一扇門通向小巷。萊德先生走到一扇門前停住了腳步。

「她就是從這兒進去的，」他很認真地說，「就是這扇門。我不會看錯的。」

「這些門看起來都很像。」湯米說，「使我想起士兵和公主的故事來。你還記得嗎？他們在一扇門上畫了一個十字以免認錯。我們也照他們那樣做，可以嗎？」

他微笑著從口袋裡拿出一枝白色粉筆，在門的下方畫了個粗略的十字。然後他抬起頭來看著小巷兩側高高的牆頂，那上面有許多不同形態的疏影在移動著，其中一個人正發出令人毛骨悚然的嚎叫。

「這附近的貓還真不少。」他歡快地說，「下一步該怎麼辦？」萊德先生問道，「我們要不要走進去？」

「最好進去看看，但要謹慎小心。」湯米說。

他警敏地看了看巷子的兩頭，然後試著輕輕推了推那扇門。門動了！他把門推開，探頭窺視昏暗的院子。

他躡手躡腳地走了進去，萊德先生緊隨其後。

「糟了！有人走進巷子裡來了。」萊德先生說。

他匆忙退出門外。湯米一動不動地站在院子裡，仔細一聽，什麼聲音也沒有。他隨即從衣袋裡掏出一把手電筒，迅速地往院內照了一下。他借助那一剎那間的閃亮看清了前面的路。他快步向前走去，試推了他面前的門。這扇門竟也動了，他輕輕地推開門走了進去。

他停住腳步，仔細地聆聽動靜，再次開亮了手電筒。亮光一閃爍，彷彿接到特定信號似的，四周突然重重包圍了他。他面前站著兩個人，身後也有兩個人。他們一步步向他逼近，粗暴地將他按倒在地。

「快點燈！」只聽得一聲吼叫。

一盞煤氣白熾燈點亮了。湯米這時才看清四周全是些凶神惡煞的面孔。他不慌不忙地打量了一下屋內，發現裡面擺著一些物品。

「啊！」他興奮地說，「如果我沒猜錯，這兒就是製造假鈔的總部了。」

「閉上你的臭嘴！」其中一人大喝道。

湯米身後的門開了，隨即又被關上。

這時，他聽到一個極為和藹、熟悉的說話聲。

「這下他可跑不掉了，小夥子們。很好。偵探先生，現在讓我告訴你，你的麻煩大囉。」

「聽聽這可愛的老套，」湯米說，「真把我嚇死囉。沒錯，我是蘇格蘭警場的神祕人物。嘿，是漢克．萊德先生呢！這真讓我大吃一驚呀。」

「這是必然。整個晚上我一直忍不住要捧腹大笑……把你當個小孩似地帶到這兒來。而你卻自以為聰明，為自己的傻氣沾沾自喜。哎呀，小傢伙，從一開始，我就懷疑你了。你混入那夥人之中不是尋求舒暢身心。我讓你開開心心地玩了一陣子。當你懷疑上可愛的瑪格麗特時，我就對自己說：『該是引誘他上鉤的時候了。』從現在起，恐怕你的朋友在一段時間內不會聽到你的任何消息了。」

「想解決我嗎？這樣的措詞才對嘛。要殺要剮隨便你。」

「你的膽子還不小嘛。不，我們不會使用暴力。我們只是要監禁你一段時間。」

「恐怕你押錯了馬。」湯米說，「我可沒打算如你所願的『被監禁一段時間』。」

萊德先生和藹可親地微笑起來。這時，屋外一隻野貓昂頭向月亮淒厲地叫了一聲。

「你是指望你畫在門上的那個十字吧，嗯，小夥子？」萊德先生說，「我要是你，就根本不會指望它，因為我小時候也聽過你提到的那個故事。我退出門外到了小巷的路上，就扮演起那隻眼睛有車輪大的狗。倘若你還有機會再去小巷走一趟，一定會發現，所有的門都畫上了一模一樣的十字。」

湯米沮喪地垂下了頭。

「你以為你是絕頂聰明，對吧？」萊德先生嘲諷道。

他的話音剛落，屋後便響起一陣急促的敲門聲。

「怎麼搞的？」他大聲吼叫起來，他被這突如其來的敲門聲嚇了一跳。

與此同時，房子的前門也響起了猛烈的撞擊聲。屋後那震耳欲聾的響聲不過是虛張聲勢而已。只聽得嘩啦一聲，前門被撞開了，馬里奧警官隨即出現在門口。

「幹得好，馬里奧，」湯米說道，「你真是找對地方了。我來給你介紹漢克．萊德先生，他對所有引人入勝的童話故事都耳熟能詳！」

「你知道吧，萊德先生，」他輕聲補充道，「我早就懷疑上你了。我命令艾柏（那個盛氣凌人、長著兩個大耳朵的小夥子）只要看到你和我開車出去兜風，就得騎上摩托車尾隨在後。我刻意誇張地用粉筆在門上畫上十字來引起你的注意，而與此同時，我還把一小瓶纈草汁全都倒在地上。氣味很難聞，但貓兒很喜歡。於是，這附近的貓都集中到這棟房子的外面來了，這等於是個標誌，所以艾柏和警察趕到這兒來就不會認錯地方了。」

他微笑著看看啞口無言的萊德先生，然後從地上站了起來。

「我曾說過，我要將那些『啪啪嚓嚓的人』逮捕歸案。你看，我可沒有食言。」他鄭重其事地說。

「你他媽的到底在講什麼？」萊德先生氣急敗壞地問道，「啪啪嚓嚓的人，你這是什麼意思？」

「你會在下一部犯罪詞典中查到的。」湯米說，「其詞源無從考證。」

他開心地笑著，向四周看了看。

「我們可不是僥倖取勝的。」他喜氣洋洋地說，「晚安，馬里奧！我得告辭了，還有圓滿的結局等著我呢！還有什麼獎賞比一個好女人的愛更有價值呢？有一個好女人正在家裡等著我去接受她的愛……但願如此，只是世事難料。馬里奧，這項任務非常危險。你認識吉米・福克納上尉嗎？他的舞跳得棒極了，至於他對雞尾酒的品味嘛……是的，馬里奧，這項任務可真危險！」

09

陽光山谷之謎

Partners in Crime

「陶品絲，你知道今天我們要上哪兒吃午餐嗎？」

貝里福夫人想了一下。

「麗緻飯店嗎？」她滿懷希望地說。

「再想一下。」

「蘇活區那家小巧舒適的餐館？」

「不對，」湯米的語氣很慎重。「一家ABC餐館。你瞧，就是這一家。」

他手腳俐落地將她拉進他指的那家餐館，並領著她走到擺在屋角的一張大理石桌面前。

「這兒好極了。」湯米一坐下便非常滿意地說，「再好不過了。」

「你為何突然發神經，嚮往起簡樸的生活來了？」陶品絲感到不解。

「華生，你簡直是視而不見。不曉得這些傲慢的小姐們是否會放下身段注意到我們？啊，太好了，她向我們走來了。她似乎在想著其他事情，但毫無疑問，她的腦子裡正下意識地忙著安排火腿啦、蛋啦、幾壺茶啦等等的東西。小姐！我要一份炸薯條、一大杯咖啡、一個小圓麵包和奶油，請給這位女士來一盤牛舌肉。」

那位女侍口氣輕蔑地重複了他點的菜。這時陶品絲忽然向前傾了傾身子，並打斷了她。

「不，不要炸薯條。請給這位先生來一塊乳酪蛋糕和一杯牛奶。」

「一塊乳酪蛋糕和一杯牛奶。」

女侍以更加輕蔑的語氣說道，接著，她又輕盈地離開了，好像仍在想著別的事情。

「我可不想點那些東西。」湯米冷冷地說。

「可是我沒弄錯吧？你是角落的老人[17]吧？你的那條繩子在哪兒？」

湯米從衣袋裡拿出一長條搓好的繩子，接著便開始在上面打了幾個結。

「簡直是吹毛求疵嘛。」他咕噥地說。

「你在點菜時犯了一個小小的錯誤。」

「女人最缺乏的就是想像力。」湯米說，「我最討厭喝牛奶，還有那種乳酪蛋糕的顏色黃得讓人噁心，看起來又是黏黏的。」

「假裝是個藝術家嘛。」陶品絲說，「你看我是怎樣大吃大嚼這些冷舌肉的。嗯，這冷舌肉味道好極了。現在，我已準備好要扮演寶莉．波頓小姐了。打一個大的結，我們就開始吧！」

「首先，」湯米說，「我要從完全非正式的角度指出：我們最近的業務不是太蓬勃。既然業務不會自動找上門，那我們就必須主動出擊。我們可以針對目前家喻戶曉的大謎案多動動腦筋。這使我想起……陽光山谷之謎。」

17 角落的老人（The Old Man in the Corner）是艾瑪．奧希茲（Baroness Orczy, 1865-1947）推理小說中的主角，他從不親臨犯罪現場蒐證，只借助聳動的新聞報導及偶爾到法院旁聽取樂，便得知破案關鍵。他將得來的線索告知經常在同一茶館出現的記者寶莉．波頓小姐，一邊敘述的同時，手上總是拿著一條細繩不停地打著繩結。

「啊！」陶品絲突然興奮起來。「陽光山谷之謎！」

湯米從口袋裡掏出一張皺巴巴的報紙，放在桌子上。

「這是塞斯爾上校最近登在《每日論壇》上的照片。」

「沒錯。」陶品絲說，「我很納悶，為什麼沒有人偶爾控告一下這些報紙。很清楚，這只是一個普通男人罷了。」

「我剛才提到陽光山谷之謎時，本來應該說『所謂的』陽光山谷之謎。」湯米很快地說道，「或許對警察是一個謎，但對聰明的人來說可就不是了。」

「再打一個結。」陶品絲說。

「我不知道你對這個案件還記得多少。」湯米平靜地說著。

「前前後後的情況我都記得，」陶品絲說，「但你可別受我的影響，以致不能正常發揮你的聰明才智。」

「這案件是三個禮拜前才發生的。」湯米說，「那可怕的屍體是在一家有名的高爾夫球場發現的。那天清早，俱樂部的兩名會員正在熱鬧地進行一局比賽，突然在第七洞開球區發現一具屍體，臉朝下躺在那兒，兩人被嚇得魂飛魄散。在他們還沒把屍體翻過來之前，就已猜出死者是塞斯爾上校。他是這個球場的知名人物，總穿著一套淺藍色高爾夫球裝。

「塞斯爾上校經常一大早就到球場練習，所以一開始，大家以為他是心臟病突發而死。但是，醫生的檢驗報告表明了一個殘酷的事實：他是被謀殺的，心臟被一件特別的凶器所刺穿——女人用的帽針。檢驗結果證明他死了至少十二個小時。

「醫生的檢驗報告使這件事的發展有了變化。接著，一些有趣的事實逐漸暴露出來。最後一位見到塞斯爾上校的人是他的朋友兼業務上的搭檔，也就是刺蝟保險公司的霍拉比先生。他的說法是這樣的：

「那天塞斯爾和他提前打完了一局球。在用過茶點後，塞斯爾提議在天色黑下來之前再打幾洞。霍拉比對他的提議表示贊同。塞斯爾顯得精神抖擻，體能狀況也很好。那兒有一條供人行走的小路穿過球場。正當他們要打到第六洞果嶺時，霍拉比看見一個女人正在那條小路上走著。那女人個子頗高，穿著棕色衣服，但他並沒有特別留意。他認為，塞斯爾根本沒有注意到那個女人。

「剛才講到的那條小路正好經過第七洞開球區的前面。」湯米繼續說道，「那女人走過該處，然後又走了較長一段距離後停下腳步，似乎在等人。塞斯爾上校首先到達第七洞開球區，這時霍拉比正在六號球洞旁插旗杆。當後者向第七洞開球區走來時，他驚訝地發現，塞斯爾正與那女人在交談。在他愈走愈近時，他們兩人突然轉身走了，塞斯爾扭過頭來大聲說道：『我一會兒就回來。』

「他們肩並肩走著，仍然非常認真地交談著。那條小路穿過高爾夫球場，經過相鄰花園那兩排窄窄的樹籬，最後與溫德橡路相通。

「塞斯爾上校說話算話，在一兩分鐘內他就返回了，這使霍拉比感到非常高興。這時，另外有兩位球手正向他們後方走過來，夜幕也漸漸降臨。他們又繼續打球。霍拉比覺得好像發生了什麼不愉快的事情，使得他的同伴心煩意亂。他的動作反應遲鈍，而且滿臉愁雲、眉頭緊鎖著。他幾乎不回答同伴的任何問題，球也打得很糟。很顯然，剛才發生的事害他無心再比賽下去。

「他們打完第七和第八洞後，塞斯爾上校忽然說光線太差，他必須回家去了。在他們站的地方正好有另外一條狹窄的小徑通向溫德橡路。塞斯爾上校離開時就走那條路，這也是他回家的捷徑。他住在剛才講到的那條路旁的一棟小平房裡。這時，另外那兩個球手也走過來了，一位是巴納德少校，另一位是雷基先生。霍拉比曾向他們提到塞斯爾上校的情緒突然發生變化。他們也同樣看到塞斯爾上校與那位穿棕色衣服的女人說過話。但是，因為離得太遠而沒看清她的臉。這三個人都很納悶，那女人到底說了些什麼，才使得他們的朋友心煩到那種程度。

「他們一起回到俱樂部。就當時的情況而言，他們三個是最後看到塞斯爾上校的人。那天正好是星期三。每逢星期三，到倫敦的車票都降價。為塞斯爾上校管理那棟小平房的夫婦去了城裡。按照慣例，那夫婦都搭最後一班火車返回。他們回到那間小平房時，料想他們的主人也像往常一樣正在他的小房間裡睡覺……當天，塞斯爾太太外出拜訪朋友去了。

「上校被謀殺這件事轟動一時。誰也猜不出凶手的做案動機。那位穿棕色衣服的高個女人一直是大家議論的焦點，但也查不出個眉目來。在這種情況下，警方受到公眾輿論的譴責，說他們辦事無力……當然，這很不公平，時間會證明這一點。一星期之後，警方逮捕了一個名叫桃麗絲．伊文斯的女孩，她被指控涉嫌謀殺安東尼．塞斯爾上校。

「警方所掌握的線索十分有限。他們只在死者手指縫裡發現了一根頭髮和掛落在死者淺藍色運動服鈕釦上的幾絲鮮紅色羊毛絨線。但經過在火車站和其他地方的明察暗訪，終於得到如下事實：

「那天晚上大約七點，一位身穿鮮紅色外套和裙子的年輕女孩搭火車到達該地火車站，她曾打聽過去塞斯爾家的路。兩小時後，這個女孩再次出現在火車站。當時她的帽子歪歪扭扭，頭髮也是亂七八糟，神情顯得非常焦躁不安。她一邊詢問回城的火車，一邊不停地回頭朝後張望著，似乎在害怕什麼。

「我們的警察還是很有能耐的。就憑這一點支離破碎的情報，他們竟也找到了那女孩，並查清她的名字叫桃麗絲．伊文斯。她被指控涉嫌這宗謀殺案。警方警告她，她所說的一切都可能作為定罪的證據。然而她卻堅持要發表辯護聲明。她反反覆覆發表的辯護聲明非常詳盡，並且在後來的審訊中，也絲毫未曾更動。

「她所陳述的情況是這樣的：她是個專職打字員。某天晚上，她在一家電影院結識了一個人。那人穿著非常講究，他對她說他很喜歡她。他告訴她，他的名字叫安東尼，建議她到他在陽光山谷的房子去玩玩。她當時以及後來都不知道他有太太。兩人約定在下一個星期三去他那兒。就是在那一天，我想你應該還記得，他的傭人會去倫敦，而且他的太太也要出遠門。分手時，他把他的全名——安東尼．塞斯爾也告訴了她，還對她說了那間房子的名字。

「到了約定的那個晚上，她準時趕到了他家，剛從高爾夫球場回來的塞斯爾接待了她。儘管他聲稱見到她非常高興，但那女孩肯定地說，從一見面開始，他的態度就很反常。這使她產生了莫名其妙的恐懼，她真後悔走了這一趟。

「在用完早已準備好的簡單晚餐後，塞斯爾提議出去散散步。那女孩同意了。於是他帶她走出屋子上了街，然後沿著那條捷徑走進高爾夫球場。正當他們經過第七洞開球區時，他突然喪失了理智，從口袋裡掏出一把左輪手槍在空中揮舞著。他瘋狂地吼叫說他已是山窮水盡。

「『一切都要失去了！我毀了，徹底地完蛋！你應該和我一起去。我先打死你，然後再打死我自己。明天上午，人們會發現我們的屍體緊緊地挨在這裡……同歸於盡。』

「除了這些話，還有其他一堆。他一把抓住桃麗絲．伊文斯的手臂。此刻，她已經意識到她面對的是一個瘋子，她必須竭盡全力掙脫他，或從他手中奪過槍來。於是他們扭打成一團。就在扭打的過程中，他應該是扯下了她的一根頭髮，他衣服的鈕釦也從她的外衣上掛落幾絲絨毛。

「最後，經過一番殊死的搏鬥，她終於掙脫他，慌慌張張地跑出高爾夫球場以求活命，她每一秒鐘都擔心他手槍中的子彈會從身後射來將她擊倒。她被石南樹絆倒了兩次，好不容易才返回通向火車站的道路，這時她發現身後沒人追上來。

「這就是桃麗絲・伊文斯所陳述的情況，從頭到尾說法一致。她矢口否認在自衛反抗時曾用帽針襲擊過塞斯爾。儘管在那種情形下這是很自然的行為，也可能是事實。警方在屍體躺著的荊豆樹叢中找到一把左輪手槍。據查，這把手槍沒有射擊過。

「桃麗絲・伊文斯已被送去審訊，然而謎還是謎。如果她講的故事是可信的，那麼又是誰刺死了塞斯爾上校呢？是另外那個女人嗎？那個身穿棕衣、使他如此心煩的高個子女人？到目前為止，還沒有任何人解釋過她與這個案件的關聯。她就像突然從天而降似的出現在穿越球場的小路上，又沿著那條小徑消失得無影無蹤，再沒有人看過她。她是誰？一個當地的居民？或是來自倫敦的訪客？如果她來自倫敦，那她是坐汽車還是搭火車來的？至於她的長相，除了個子高之外，就再也沒有其他任何顯著的特徵了。總之，沒有人能說清楚她究竟是什麼模樣。她也完全不可能是桃麗絲・伊文斯，因為桃麗絲・伊文斯長得嬌小玲瓏，而且那段時間她才剛到火車站。」

「他太太呢？」陶品絲提醒他。「他太太怎麼樣？」

「這是一個很自然的想法。但遺憾的是，塞斯爾太太也同樣身材矮小。再說，霍拉比先生對她的長相應該非常熟悉。毫無疑問，她確實是不在家。案情的發展逐漸有了眉目，那就是刺蝟保險公司瀕臨破產，正進行停業清產。查帳的結果顯示，有人大膽地侵吞了資金。塞斯爾上校對桃麗絲・伊文斯說出那一番瘋言瘋語的原因，現在看來非常清楚。過去幾年以來，他必定有計畫、有步驟地盜用了大量公款。霍拉比父子都不明白這是怎麼回事。他們徹底破產了。

「這件事情的結論應該是這樣的：塞斯爾上校的罪行隨時可能暴露，最後會落得身敗名裂的下場，所以自殺是最自然的解決方式。但致他於死的傷口又排除了這種可能性。那麼到底是誰殺死了他呢？是桃麗絲．伊文斯？還是那位身穿棕色服裝的神祕女人？」

講到這兒，湯米停了下來，喝了一口牛奶，露出不悅的表情，接著又小心翼翼地咬了一口乳酪蛋糕。

§

「當然囉，」湯米低聲說道，「我立刻便發現了這件特殊案件的癥結，這也正是警方誤入歧途的地方。」

「真的？」陶品絲熱切地說。

湯米傷心地搖了搖頭。

「要是這樣就好了。陶品絲，要扮演角落的老人至某種程度並不難。但是要找到破案方法可就難倒了我。究竟是誰謀殺了那個傢伙？我仍然沒有答案。」

他從衣服口袋裡又掏出了好幾張剪報。

「這些是最新照片，包括霍拉比先生、他的兒子、塞斯爾太太以及桃麗絲．伊文斯。」

陶品絲忽然抓起最後一張，仔細地端詳了一會兒。

「她不可能是凶手，」她終於說道，「也根本不可能用帽針。」

「你為什麼這樣肯定？」

「茉莉女勳爵[18]的推斷。你看，她一頭短髮。現在只有二十歲上下的女人才會用帽針，長髮也好、短髮也好。戴帽子既合適也方便，完全沒有必要用那種玩意兒。」

「但是，她很有可能隨身帶著一根。」

「我可愛的小弟，我們女人不會把這種東西當作傳家寶似地隨身帶著！她為什麼非要帶著一根帽針去陽光山谷呢？」

「那麼一定是另外一個女人幹的，就是那位穿棕色衣服的女人。」

「要是她的個子不高就好了，那她就有可能是塞斯爾太太。我一向懷疑那些在關鍵時刻不在家的太太們，因為這樣，她們才不會被牽扯進去。如果她發現丈夫與那個女孩關係不正常，那她用帽針找他算帳是非常合情合理的事。」

「我明白了，以後我可千萬得小心又謹慎。」湯米開了句玩笑。

這時，陶品絲聚精會神地思考著，毫不理會他的玩笑。

18 茉莉女勳爵是艾瑪．奧希茲的推理小說《蘇格蘭警場的女勳爵》中的主角。

「塞斯爾夫婦為人如何？」她突然問道，「人們對他們的評價怎麼樣？」

「就我目前所知，他們很有人緣。一般人公認他和太太相當恩愛，因此他和那女孩之間的事情委實令人不解。像塞斯爾這樣的男人根本不會做這種事。你知道，他以前是軍人，退役後，有了一大筆錢，他便步入保險業。顯然，他是世界上最不可能當騙子的人。」

「你確定他是騙子嗎？可不可能是另外那兩個人拿了那筆錢呢？」

「你是指霍拉比父子嗎？他們說他們被毀了。」

「哦，這只是他們說的！或許他們把那筆錢以別人的名字轉存入某家銀行。當然啦，我的這種假設可能很愚蠢，但你明白我的意思。假設他們瞞著塞斯爾用這筆錢去做投機生意，結果全部蝕了本。而且就在塞斯爾發現他們的所作所為時，他卻死了。這對他們來說，是再方便不過了。」

湯米用手指甲敲了敲老霍拉比先生的照片。

「看來，你是準備指控這位受人尊敬的紳士謀殺了他的朋友和合夥人囉？請別忘了，他是在巴納德和雷基兩人親眼目睹下與塞斯爾在球場上分手的。並且，當晚他一直待在多米酒吧。除此之外，還有那根帽針呢！」

「你又提那根帽針了，」陶品絲不耐煩地說，「你認為有了那根帽針，就表示這個凶殺案一定是某個女人所為嗎？」

「這是順理成章的事。難道你不同意嗎？」

「不同意。眾所周知，男人們總是落後於時代。要讓他們擺脫古人之見，得花上好幾十年才行。他們固執己見，總把什麼帽針啦、髮夾啦與女性聯想在一塊，並把這類東西稱為『女人的武器』。這在過去也許有幾分道理，而在今天，這兩件東西早已過時了。你看我在過去的四年中用過帽針或是髮夾沒有？」

「那麼你認為……」

「殺死塞斯爾的是一個男人。那根帽針只是用以製造凶手是女人的假象罷了。」

「陶品絲，你說的似乎有點道理。」湯米慢吞吞地說，「你還真不簡單，許多錯綜複雜的事物，一經你的分析倒是曲直分明了。」

陶品絲點了點頭。

「一旦你看問題的方式是正確的，你就能發現其中的邏輯關係。你應該還記得，關於業餘偵探的觀點，馬里奧是怎麼說的……有其親切性。比如，我們對塞斯爾上校夫婦這樣的人多少有點了解，知道他們喜歡做什麼，不喜歡做什麼。對此，你我各自都有特殊的見解。」

湯米笑了笑。

「你的意思是說，」他說，「你是研究短髮女人擁有什麼飾物的權威人士？而且你還對做太太的感覺和愛好瞭如指掌？」

「差不多。」

「那我呢？我的特殊見解是什麼？做丈夫的都會拈花惹草等等的嗎？」

「不是，」陶品絲嚴肅地說，「你熟悉高爾夫球場，你去過那個地方……去打高爾夫，而不是以偵探身分去那兒尋找線索。你懂高爾夫，也知道在哪種情況下才會使一個球手中止他的比賽。」

「那必定是發生了十分嚴重的事情。他一開始先讓對手兩桿，但從第七洞開球區開始，他的球打得就像個小孩一般糟，他們是這樣說的。」

「誰說的？」

「巴納德和雷基先生。你應該記得，他們當時正在他的後面打球。」

「那是在他碰見那位穿棕色衣服的高個子女人之後。他們看見他在和她說話，是這樣的嗎？」

「是的，至少……」

湯米突然停頓。陶品絲抬頭望著他，感到不解。只見他正凝視著纏在他手指上的那條繩子，他的眼神卻像是盯著其他東西似的。

「湯米……怎麼啦？」

「別出聲，陶品絲。我正在陽光山谷打第六洞。塞斯爾和老霍拉比正在我前方的第六洞果嶺站著。此刻，天色漸漸暗下來，但我能看清塞斯爾穿的那身淺藍色運動服。一個女人正沿著我左邊的那條小路走來。她並沒有穿過專供女士用的球場——那是在我的右邊——如果她穿過那個球場，我應該看得見她。這就非常奇怪了，在這之前，我怎麼沒看見她在那條小路上走過呢？比如說，從第五洞果嶺。」

他停頓了一下。

「陶品絲，你剛才說我熟悉高爾夫球場。在第六洞開球區的後方有一小間用草皮搭成的小屋，或者叫遮棚。任何人都可以隱蔽在那兒……一直等到適當時機到來。他們可以在那裡易容。我的意思是，陶品絲，這是再次發揮你特殊才能的好機會，告訴我，一個男人先裝扮得像個女人，然後再恢復男人的模樣，這是很困難的嗎？比方說，他可以在燈籠褲外面再套上一條裙子嗎？」

「當然可以。只不過那看起來會很臃腫罷了。一條稍長的棕色裙子，一件男女都可穿的棕色毛線衫，一頂女用氈帽，再在帽子兩側黏上幾綹鬈髮，這些行頭就足以使一個男人喬裝成女人。

「當然，我得說清楚，這必須在遠處才能騙得了人，我想這就是你想出的答案吧！然後，脫掉裙子，摘下帽子和那幾綹鬈髮，再戴上事先捲在手中的男帽，這樣就會再現男人的模樣。」

「變過去又變回來大概需要多少時間？」

「如果是在戶外，從女人變成男人也就一分半鐘左右，也可能再短一點。但如果從男人變為女人，時間就要長得多，你可能得整理一下帽子和鬈髮，而且套上裙子的時候也可能會卡住燈籠褲。」

「那點我倒不擔心。我關心的是所需的時間。我剛才說，我正在打第六洞。那位身穿棕色服裝的女人現在已到達第七洞開球區，她走過該處後就停住腳步。這時，身穿藍色運動服的塞斯爾向她走去。他們一塊兒在那兒站了一會兒，然後沿著圍繞樹叢的那條小路走去，直到消失蹤影。霍拉比一個人單獨站在那個開球區。兩分鐘或三分鐘之後，我到達了果嶺。這時，那身穿藍色運動服的男人返回了球場，又接著打球，打得糟透了。光線愈來愈差。我和我的夥伴繼續打球。在我們前方是那兩個人，塞斯爾老是把球打歪，要不就打在球的上部，失誤連連。在第八洞果嶺，我看見他匆匆地沿著那條小徑往下走，隨即他的身影便消失了。到底發生了什麼事才會使他打起球來判若兩人呢？」

「是那位身穿棕色服裝的女人……或是男人，如果你認為凶手是男人的話。」

「沒錯，記住，他們站的那個地方，是在他們後面打球的人所看不見的，那兒的荊豆樹叢長得又深又密。要把一具屍體塞進裡面去藏起來很容易，就算藏到第二天上午也絕對沒有問題。」

「湯米！你認為凶殺案就發生在那個時候。但是，一定有人會聽見……」

「聽見什麼？醫生們的檢驗報告證實他的死亡是瞬間致命。我在戰爭期間也親眼看見不少人是在瞬間就死亡的。他們沒有像平常那樣大喊大叫，只是從喉嚨裡發出很低的咯咯聲，或者只是呻吟一聲，甚至僅僅只是嘆一口氣，或是奇怪地小聲咳嗽一下。當塞斯爾來到第七洞開球區時，那女人走過來與他說話。他識破她是男的，也許因為他是男人，所以他知道對方男扮女裝。由於想知道來人為何喬裝並想帶他上哪兒去，他乖乖地與來者一道沿著那條小路走去，直到不見蹤影。正當他們一塊兒走著時，一根帽針出乎意料地刺進塞斯爾的致命處。他倒下了……即刻喪命。另外的那個男人立即把屍體拖進荊豆樹叢之中，再剝下死者身上的藍色運動服，迅速地扯下自己身上的裙子和黏有鬈髮的女帽。然後，穿戴上塞斯爾那人盡皆知的藍色運動服和帽子，接著就大步走回那個開球區。這前前後後的動作只要三分鐘就夠了。在後面的人只看見那件熟悉的藍色運動服，卻看不清楚他的臉。他們絕對不會懷疑那人不是塞斯爾……但是，他打起球可完全沒有塞斯爾的風格。他們一致認為他打球的動作像是另外一個人。這是當然的，因為他就是另外一個人。」

「但是……」

「第二點，把那位女孩帶到陽光山谷的也是另外一個人。在電影院遇見桃麗絲・伊文斯並誘使她來陽光山谷的不是塞斯爾，而是一個自稱塞斯爾的人。請別忘記，桃麗絲・伊文斯是在案發後的兩星期才被逮捕的。她從未見到那具屍體。假若她真的看見了，很可能會宣稱，那天晚上把她帶到高爾夫球場並且狂叫亂吼要自殺的那個人，根本不是死者。她的話必然會使所有的人都瞠目結舌。總之，這是一個精心策畫的陰謀。那位女孩被邀請到陽光山谷的時間是星期三，那一天正好塞斯爾家中沒人，再加上發現一根帽針，那凶殺案無疑便被認為是女人所為。凶手和那女孩碰頭，把她帶進那間房子，又請她吃晚餐，然後再領著她走出房子到了高爾夫球場。一到犯罪現場，他就掏出左輪手槍一邊瘋狂地揮舞著，一邊大聲地胡言亂語。那女孩被嚇得魂不附體。在她拚命逃走後，他唯一要做的就是把屍體從樹叢中拖出來，讓他躺在那個開球區。他把左輪手槍扔進樹叢，然後用裙子把所有的道具都裹好，打成一個小包——接下來的部分我承認是用猜的——事後，他極有可能去了沃金，那地方離犯罪現場僅有六、七英里遠，然後又從那兒回到鎮上。」

「等等，」陶品絲說，「有件事你還沒交代清楚，那就是你如何解釋霍拉比的證詞？」

「霍拉比？」

「是的，我承認跟在後面的人確實不能辨清那人是否真是塞斯爾，但你不至於對我說，和他一起打球的人被那件藍色的運動服迷惑得恍恍惚惚，連看也不看他的臉一眼。」

「我親愛的老婆，」湯米說，「那正是問題的關鍵所在。霍拉比對此事一清二楚。你看，我正採用你的理論和推斷……也就是霍拉比父子是真正侵吞公款的人。凶手應該是對塞斯爾非常了解的人。比如，他早已知道每逢星期三塞斯爾的傭人都會到倫敦去，而且當天塞斯爾太太也不在家。除此之外，有個人可能已複製了塞斯爾家的鑰匙。我的看法是，小霍拉比可以獨力完成這些任務。他與塞斯爾年紀相仿，個頭也差不多，兩人的臉也總是刮得一乾二淨。也許桃麗絲．伊文斯看過登在報紙上的死者照片，但她也正如你剛才一樣……只注意到那僅僅是個男人罷了。」

「難道她從未在法庭上見過霍拉比父子？」

「在整個案件審理過程中，那做兒子的從未露過面。他為什麼要露面呢？他又沒有證據可提供。從頭到尾都是擁有完美不在場證明的老霍拉比成為眾人注目的焦點。沒有人想到問起他的兒子在那個晚上幹了些什麼。」

「這完全符合邏輯。」陶品絲坦承道。停了一會兒她又問道：「你準備把你對整個案件的分析結果都告訴警方嗎？」

「我不敢保證他們會相信我的話。」

「他們會的。」

一個出乎意料的聲音從他身後傳來。

湯米迅速轉過身來，說話的人竟然是馬里奧警官。他就坐在鄰桌，面前擺著一個水煮荷包蛋。

「我經常來這兒吃午餐。」馬里奧警官說，「我剛才說過了，我們會相信你的分析結果……事實上，我一直在聆聽。不妨告訴你，我們始終對刺蝟保險公司的那些成員感到懷疑。儘管我們也懷疑霍拉比父子，卻找不到任何證據去指控他們。他們太狡猾了！可是後來發生了這件謀殺案，似乎又完全推翻了我們原來的想法。先生，託你和這位女士的福，我們會安排小霍拉比與桃麗絲．伊文斯見面，看看她是否認得出他。我相當肯定她會的。你們對於那件藍色運動服的見解真是頗具獨創性。依我之見，布倫特的超級偵探大師為此應該獲得特殊獎勵。」

「馬里奧警官，你真是個大好人。」陶品絲感恩不盡地說。

「在蘇格蘭警場，我們常叨念著你們兩位。」那不卑不亢的紳士說，「你們一定嚇了一跳吧。先生，能否允許我問你一個問題，你手中的那根繩子有何用途？」

「沒什麼，」湯米說著，一邊把繩子塞進他的衣袋裡，「這只是我的一個壞習慣。至於乳酪蛋糕和牛奶嘛……我在節食，神經性消化不良。忙碌的男人總是為此受盡折磨。」

「啊！」警官說，「我還以為你一直在讀……算了，這反正不重要。」

但馬里奧警官眨了眨眼睛。

10

暗藏殺機之屋

Partners in Crime

「你這是……」陶品絲剛一開口，又馬上閉嘴。

她剛從隔壁那間寫著「職員辦公室」的房間出來，一走進布倫特先生的私人辦公室，就驚奇地看到她的丈夫兼老闆正把一隻眼睛緊緊地貼在窺視孔上，聚精會神地觀察著對外辦公室的情況。

「噓，」湯米悄聲地制止了她。「你難道沒聽到蜂鳴器響了嗎？來人是個女孩，相當漂亮，事實上在我看來，她簡直太漂亮了。艾柏正在對她胡謅，說我正忙著和蘇格蘭警場通電話。」

「讓我看一眼。」陶品絲懇求道。

湯米不太情願地往旁邊挪開了身子。陶品絲依樣把眼睛緊緊貼在窺視孔上。

「她長得不錯。」陶品絲坦承道，「而且她那身衣服是最新流行的。」

「她可愛得無可挑剔，」湯米說，「就像梅遜筆下描繪的女孩，既有天使般的美貌，又有菩薩般的心腸；不僅聰穎過人，而且善解人意。我認為……對，就這樣，我今天上午應該扮演偉大的哈納得[19]。」

「嗯！」陶品絲說，「依我看，如果說有哪位偵探大師是你扮起來最不像的，那就是哈納得。你能閃電般地變換成不同的人物嗎？你能在短短五分鐘內接連變成偉大的喜劇演員、貧民窟的小孩以及嚴肅又富同情心的朋友嗎？」

「這我知道，」湯米說著，並猛地在桌上拍了一下。「但請你別忘了，陶品絲，這兒可是我在發號施令。我決定讓她進來。」

他按了一下桌上的蜂鳴器。艾柏領著那位客戶走了進來。

那女孩在門口停住了腳步，似乎有點猶豫不決。這時，湯米走上前去。

「請進，小姐。」他和藹可親地招呼道，「請在這兒就座。」

陶品絲嗆了一聲。湯米轉過身面對她，態度一百八十度轉變。他以威脅的口氣說：「魯賓遜小姐，是你在說話嗎？哦！不對，我想不是。」

說完，他又轉過身來對著那女孩。

「我們不必一本正經，或者拘泥於禮節。」他說，「請把來意告訴我，然後，我們再從長計議，找出最好的辦法來幫助你。」

「你的心地真好。」那女孩說，「對不起，你是外國人嗎？」

陶品絲又有點忍俊不禁了。湯米斜瞪了她一眼。

「不完全是，」他為難地說，「但過去幾年來我在國外工作了很長時間。我的辦法就是法國保安局的風格。」

19 哈納得（Hanaud）是英國小說家阿佛列・愛德華・伍德利・梅遜（A. E. W. Mason, 1865-1948）所創造的性格警探，梅遜最著名的作品有《箭屋》（*The House of Arrow*）、《玫瑰山莊》（*At the Villa Rose*）等。

「哦！」那女孩表露出十分敬佩的神情。

正如湯米所述，她確實是位非常迷人的女孩，身材苗條，充滿青春活力，一雙大而認真的眸子，幾綹金色的秀髮垂在她那頂小巧的棕色氈帽下。

她的臉上露出焦急的神色，那雙纖細的小手不時緊緊地攥在一塊兒，不時啪嚓一聲打開、又噠嚓一聲闔上漆皮手提包的吊釦。

「布倫特先生，我必須先告訴你，我的名字是蘿伊絲．哈格里夫。我住在一棟叫作特恩利．格蘭奇的房子裡。那是一棟老式建築，位於該地區的中心地帶。附近有個名叫特恩利的小村莊，但是很小又不太出名。冬天，那是個打獵的好去處；夏天，我們就打網球。我在那兒從未感到寂寞過。說句實話，我偏愛鄉間生活，不太喜歡住在城裡。

「我告訴你這些是想讓你明白，在像那樣的鄉間小村落，無論發生什麼事都特別引人注目。大約一星期前，我收到從郵局寄來的一盒巧克力。盒內沒有東西表明是誰寄來的。我自己並不喜歡巧克力，而我家裡的其他人卻很喜愛。那盒巧克力很快便被分吃乾淨了。結果，凡是吃了巧克力的人都感到不舒服。我們趕快叫人去請醫生來。醫生多方面調查那些人還吃了別的什麼東西，然後就帶著剩餘的巧克力走了。布倫特先生，醫生的化驗結果證明那些巧克力含有砒霜！雖然不足以要人的命，但也可以讓人生一場大病了。」

「真是不可思議。」湯米評論道。

「伯頓醫師對這件事感到非常激動。這似乎是村子裡第三起類似案件了。每一次都發生在大宅院裡，同屋的人凡是吃了這種神祕的巧克力都病得不輕。看來好像是某個神志不健全的當地人別有用心的惡作劇。」

「很可能是如此，哈格里夫小姐。」

「伯頓醫師將此事歸咎於社會主義者的煽動行為，我認為這非常荒謬。但在特恩利村裡是有那麼一兩個對現實不滿的人，他們很有可能和這件事有關。伯頓醫師竭力主張我把這事交給警方去查辦。」

「這是個非常合理的建議。」湯米說，「但我猜測你並沒有這樣做，對吧，哈格里夫小姐？」

「我當然沒有，」那女孩承認道，「我最恨的就是遇事大驚小怪，鬧得風風雨雨，而且啊，我認識我們當地的警官，根本無法想像他會查出任何事情！我經常看到你們的廣告。我告訴伯頓醫師，我認為把這事交給私家偵探來辦是最明智的選擇。」

「我懂。」

「你們的廣告中特別強調你們會謹慎行事。我想那就表示……那個……那個，嗯，沒有經過我的同意，你們不會把情況公諸於眾，對吧？」

湯米好奇地看著她。這時，陶品絲開口說話了。

「我認為，」她不動聲色地說，「哈格里夫小姐最好把所有情況都告訴我們。」

她說到「所有情況」四個字時特別加重了語氣。這時，蘿伊絲．哈格里夫小姐緊張得面紅耳赤。

「對，」湯米馬上反應過來。「魯賓遜小姐說得沒錯。你必須告訴我們所有的情況。」

「你們不會……」她吞吞吐吐地說。

「你所說的任何事我們都絕對嚴格保密。」

「謝謝！我知道我應該對你們坦誠相待。我不去找警察是有原因的。布倫特先生，那盒巧克力是住在我們房子裡的某個人寄來的！」

「你是如何得知的，小姐？」

「這事很簡單。我有畫漫畫小魚的習慣，三條小魚相互交叉在一塊，無論什麼時候，只要手中有了一枝筆，我就會畫。不久前，從倫敦一家商店裡寄來了一包絲襪。當時我們正在吃早餐，我便在報紙上用筆做記號。按照我的習慣，我自然而然地就在包裹的標籤上畫了幾條小魚，那時連捆包裹的繩子都還沒剪斷，包裹也沒打開。事後我就忘了這回事。但是，當我後來仔細檢查包在巧克力盒子外面的那張棕色包裝紙時，居然發現了原來那張標籤剩下的一角……大部分都被撕掉了。我畫的那些可笑小魚還在上面。」

湯米向前挪動了一下椅子。

「那事情可就嚴重了。正如剛才你所說的，這提供了非常有力的證據推斷送巧克力的人就是你家裡的某個成員。不過請你原諒，我還是不懂為什麼你不願意去找警察呢？」

蘿伊絲．哈格里夫小姐直視他的臉。

「布倫特先生，我會告訴你原因，但我不想把這事聲張出去。」

湯米很優雅地坐正了身子。

「這樣啊，」他低聲地說，「我們明白該怎麼做了。哈格里夫小姐，你不願意告訴我你所懷疑的對象是誰嗎？」

「我沒懷疑誰……只是覺得有多種可能性。」

「說得很對。現在你能否詳細地對我談談你家裡的成員？」

「傭人嘛，除了客廳女傭之外，其他都是跟了我們很多年的老傭人。布倫特先生，我必須解釋一下，我是由我的姨媽拉克里夫人帶大的。她非常非常富有。她的丈夫發了一大筆財，而且被封為爵士。是他買下了特恩利．格蘭奇這棟房子，但才住進去兩年他就去世了。這之後，拉克里夫人便叫我來與她同住，這兒就成了我的家。我是她唯一活在世上的親戚。住在同屋的另外一個人叫丹尼斯．拉克里，是她丈夫的侄子。我總叫他表哥。事實上，我們之間沒那層關係。我姨媽露西常常公開說，除了給我一小部分財產外，她要把所有的錢都留給丹尼斯。她說這錢是拉克里家的，當然就該歸拉克里家族的成員所有。然而丹尼斯二十二歲的時候，他們倆曾大吵大鬧過一場。我想是他欠了很多債。一年後，她逝世了。使我意想不到的是，她立下遺囑把她所有的錢都留給了我。我知道，這無疑對丹尼斯是青天霹靂。而我因此也感到很難過。倘若有辦法讓他得到這筆遺產，我一定會讓給他。但是，這種事情似乎又不可能。於是我一滿二十一歲，馬上就立下遺囑把這筆錢留給他。那是我至少辦得到的。如果我被汽車撞死或死於非命，那筆錢立即歸丹尼斯本人所有。」

「沒錯，」湯米說，「我能冒昧地提一個問題嗎？你是在什麼時候滿二十一歲？」

「就在三個星期前。」

「啊！」湯米說，「現在你能否再把你家裡成員的情況詳細地告訴我一下，好嗎？」

「傭人，還是……其他人？」

「全部。」

「剛才我已說過，傭人們都跟了我們很長一段時間。包括哈洛威太太，她是廚師，以及她的侄女羅絲，她是廚房助手。再來就是兩位年紀較長的女僕和我姨媽的貼身女僕漢娜，她一向對我都很忠心。那位客廳女僕叫艾絲·匡特，看來也是個品行良好、性格內向的女孩。至於我們自己人方面，有洛根小姐，過去由她陪伴我姨媽露西，現在她為我管理家務。其次是拉克里上尉，就是丹尼斯，我剛才已對你提過他。再來就是叫瑪麗·齊科特的女孩，她是我的同學，現在和我們住在一起。」

湯米沉思了片刻。

「哈格里夫小姐，看來他們都很清白和正直。」一兩分鐘後他說，「我想，你不會對他們之中的某個人特別懷疑吧？你擔心最終的事實證明……嗯，不是傭人幹的，對吧？」

「正是如此，布倫特先生。坦白說，我確實不知道是誰使用了那張棕色的包裝紙。再者，那上面的地址全是用打字機打的。」

「看來，只有一件事可以確定，」湯米說，「那就是我必須親自到現場去。」

那女孩不解地看著他。

思考了一會兒之後，湯米接著往下說：「我建議你回去準備迎接兩位朋友的到來……就說是范杜森先生和小姐，你的兩位美國朋友。你能讓人看不出破綻、從容不迫地做好這項安排嗎？」

「哦，沒問題，一點困難也沒有。那你們什麼時候來，明天還是後天？」

「如果你同意，就定在明天。這事刻不容緩。」

「那就說定了。」

那女孩站了起來，向湯米伸出了手。

「還有一件事，哈格里夫小姐，你必須牢記，對任何人，不管是誰，都不能透露我們的真實身分。」

§

「陶品絲，這宗案子你有什麼看法？」他送走來訪者後，返回辦公室時問道。

「我不喜歡，」陶品絲語氣堅定地說，「尤其不喜歡那些含有少量砒霜的巧克力。」

「你這話是什麼意思？」

「難道你不懂嗎？寄那些巧克力給周圍的鄰居只是一種障眼法。讓人以為是個本地的瘋子幹的。然後呢，等那女孩真的中了毒，就會被認為是同一個人下的手。你明白了嗎？這純屬僥倖，沒人會料到那些巧克力實際上是由屋裡的某個人寄來的。」

「純屬僥倖。你的看法是正確的。你認為這是蓄意陷害那女孩的一場陰謀嗎？」

「恐怕是的。我記得我看過報紙報導過拉克里夫人的遺囑內容，那女孩得到了一筆令人咋舌的鉅款。」

「是的，三個星期之前，她到達了法定年齡而立下了遺囑。這對丹尼斯·拉克里來說可不太妙，他只有等她死了才能得到那筆錢。」

陶品絲點了點頭。

「最糟糕的是，她也這麼想！這也是她不願報警的原因。她已經對他產生了懷疑。而她立遺囑把財產留給丹尼斯，十之八九一定是因為愛上了他。」

「如果是這樣，」湯米若有所思地說，「那他為什麼不乾脆娶了她？這豈不更簡單、更安全。」

陶品絲瞪了他一眼。

「我看你說得夠多的了。」她說，「哦，乖乖！我已準備好去當范杜森小姐了呢。」

「合法的手段近在咫尺，為什麼要急著犯罪呢？」湯米仍在思考。

陶品絲想了想。

「我懂了。」她宣稱道，「很顯然，他在牛津念書時娶了個酒吧女侍。這是他與他嬸嬸吵架的根由，而且也解釋了一切。」

「那他為何不把攙了毒的巧克力寄給那個酒吧女侍呢？」湯米反問道，「這更切合實際。陶品絲，你不要匆忙歸納出這種毫無根據的結論。」

「這叫推理。」陶品絲義正辭嚴地說，「這是你的首場鬥牛表演，我的朋友，一旦你在鬥牛場中站足了二十分鐘……」

湯米猛然抓起辦公室椅的椅墊向她扔去。

§

「陶品絲，陶品絲！快來這兒一下。」

這是次日早晨吃早餐的時候。陶品絲迅速跑出臥室，進了飯廳。湯米正在那兒踱來踱去，手上拿著一張翻開的報紙。

「什麼事？」

湯米轉過身來，把那張報紙往她手上一放，指了指標題。

陶品絲趕緊察看下面的內容。這一起突發的食物中毒案發生在特恩利・格蘭奇宅邸。據報導，死者有屋主蘿伊絲・哈格里夫小姐以及客廳女僕艾絲・匡特。據報導，一位拉克里上尉和洛根小姐病情十分嚴重。引起這樁突發性中毒的肇因，應該是塗在三明治上的無花果醬，因為一位名叫齊科特的小姐沒吃三明治，所以安然無恙。

「我們必須立刻動身到那兒去。」湯米說，「那女孩真可惜！多麼漂亮的女孩啊！我他媽的為什麼昨天不直接和她一塊兒回去呢？」

「如果你真去了，」陶品絲說，「你很可能也在喝茶時吃了無花果三明治，那麼你早已一命嗚呼了。好了，我們馬上出發吧！我看報紙上說丹尼斯・拉克里病情也很嚴重。」

「很可能是掩人耳目。那該死的惡棍！」

大約在中午時分，他們趕到了特恩利小鎮，來到特恩利・格蘭奇宅邸時，一位紅著雙眼、上了年紀的女士替兩人開了門。

「聽好，」那女人尚未開口，湯米就趕緊說，「我不是記者，也不是新聞界的人。哈格里夫小姐昨天與我見過面，她要我來這兒一趟。我能與這兒的哪個人談談嗎？」

「伯頓醫師目前在這兒，假如你想和他談的話。」那女人一臉狐疑地說，「或者你要和齊科特小姐談一談，事情全都是她在安排。」

湯米立刻附和對方的第一個建議。

「那就伯頓醫師吧。」他以命令的口氣說，「如果他是在這兒，我立刻就要見他。」

那女人把他們帶進一間小小的客廳內。五分鐘後，門開了，一名年邁的高個男子走了進來，他的背脊微駝，臉上一副愁容。

「伯頓醫師，您好。」湯米打了個招呼，隨即把他的名片遞了過去。「哈格里夫小姐昨天來找我，談了有關巧克力攙毒的事。依據她的要求，我專程趕來調查此事……唉，可惜太晚了！」

那位醫師目光敏銳地望著他。

「你就是布倫特先生本人？」

「是的。這是我的助手魯賓遜小姐。」

醫師向陶品絲欠了欠身。

「鑑於目前這種情況，我也毋須保留什麼了。倘若沒有那起巧克力事件，我很可能會相信造成死亡的原因是嚴重的食物中毒，但這是一種罕見的劇毒，引起腸胃內部急性發炎和大出血。所以，我正要把這些無花果醬帶回去化驗。」

「那您懷疑是砒霜中毒了？」

「不是。如果真是使用了毒藥，這種毒藥比砒霜更為厲害，並且藥效也更快。看起來，它比較像是某種劇毒型的植物類毒素。」

「我知道了。伯頓醫師，我想問您一下，您是否認為拉克里上尉也受到同類毒藥的毒害呢？」

醫師望著他。

「拉克里上尉現在不會再受到任何毒藥的毒害了。」

「啊，」湯米說，「我……」

「拉克里上尉今天清晨五點去世了。」

湯米驚訝得目瞪口呆。醫師準備離開。

「那另外一位受害者洛根小姐的情況怎麼樣？」陶品絲問道。

「她目前已脫離險境，我相信她會康復的。因為她上了點年紀，這種毒藥對她的作用反而小得多。布倫特先生，我會讓你知道化驗結果。同時，我也相信齊科特小姐會把你想了解的一切告訴你。」

他正說著，門開了，一位女孩走了進來。她個子頗高，臉曬得黝黑，一雙藍眼睛露出沉著的神色。

伯頓醫師為他們彼此做了簡要的介紹。

「布倫特先生，您來了我很高興，」瑪麗．齊科特說，「這事太恐怖了。您想了解什麼情況呢？凡是我知道的，我都會告訴您。」

「那些無花果醬是哪兒來的？」

「是從倫敦送來的一種特製果醬，我們經常吃，沒有任何人會認為它與其他果醬有什麼不同。我個人不喜歡無花果的味道，所以這次才能幸免於難。我弄不清楚丹尼斯怎麼也會中毒，當時他出外吃茶點去了。我想他回家後一定吃了一塊三明治。」

這時，湯米感到陶品絲的手輕輕地按了自己的手臂一下。

「他是什麼時候回家的？」他問道。

「我不太清楚，我可以去問一問。」

「謝謝您，齊科特小姐，這沒多大關係。另外，我希望你不會反對我向傭人們提幾個問題吧？」

「布倫特先生，你請便吧。我的精神都快崩潰了。請告訴我，你不會認為……這是謀殺吧？」

在提出這個問題時，她顯得很焦急。

「現在我的看法還不成熟，但我們很快就會弄清楚。」

「是的，我想伯頓醫師會化驗那些果醬。」

她說了聲「抱歉」，便迅速走了出去。她站在屋外的窗邊和園丁說起話來。

「陶品絲，你去對付那些女僕。」湯米說，「我到廚房去。齊科特小姐也許感到精神快崩潰了，但她看起來還不至於那樣。你說呢？」

陶品絲並未回答，只是點了點頭表示贊同。

半小時後，這對夫婦又碰頭了。

「現在把調查結果整合一下，」湯米說，「吃茶點時，三明治被端上了桌子，客廳女僕吃了整整一塊……那就是她一命嗚呼的原因。廚師明確地告訴我，茶點都收拾乾淨時，丹尼斯·拉克里還沒回到家。怪了，他是怎麼中毒的呢？」

「他是在六點四十五分回家的，」陶品絲說，「女僕從一個窗口看到他。晚餐前他喝了一杯雞尾酒，是在書房裡喝的。剛才她正在收拾那個酒杯。很幸運的是，在她還未清洗它之前，我就從她手中拿了過來。也正是在喝完雞尾酒之後，他就開始叫苦連天，說覺得很不舒服。」

「很好，」湯米說，「我要拿這個酒杯去找伯頓醫師，立刻就去。還有其他什麼情況？」

「我要你去見見漢娜，就是那個女傭。她很古怪，真的很古怪。」

「古怪？你說這話什麼意思？」

「在我看來，她的精神似乎很不正常。」

「那我去看看。」

陶品絲領著他上了樓。漢娜自己有一間單獨的客廳。這時，她正挺直身子坐在一把高高的椅子上，她的膝蓋上擺著一本翻開的聖經。當陶品絲他們走進房內時，她看也不看這兩位陌生人。相反的，她卻自顧自地大聲朗讀著：

讓那灼熱的煤將他們淹沒，
讓那熊熊的烈焰將他們熔化，
他們將入地獄永世不得翻身。

「我能和你談一會兒嗎？」湯米問道。

漢娜做了個不耐煩的手勢。

「沒有時間了。時間正在流逝。」

我要追擊我的仇人，
我要將他們打翻在地，
我要將他們徹底毀滅，
否則我絕不善罷干休。

「聖經上就是這樣寫的。上帝的話給了我力量，我就是上帝用來懲罰罪孽的工具。」

「簡直是個瘋子。」湯米的聲音很低。

「她最近一直就是這副模樣。」陶品絲也悄聲說道。

湯米把擺在桌上翻開的一本書拿起來，看了一眼書名，然後把書悄悄塞進衣袋裡。

突然，那位老女僕站了起來，怒氣沖沖地瞪著他們。

「快出去，時機已經成熟！我是上帝的連枷。狂風肆虐……我要毀滅一切邪惡之徒。所有褻瀆神靈的人都將消失。這棟房子充滿了邪惡，我告訴你！充滿了邪惡！當心啊，上帝已經發怒，我是他的侍女。」

她凶猛地衝向他們倆。湯米認為在這種情況下最好是別招惹她，迴避為妙。他走出去關上門時，看見她又再次拿起那本聖經。

「不曉得她是否一直這樣。」他喃喃自語道。

他從口袋裡掏出那本剛才從桌子上拿來的書。

「你看看這個。真奇怪，一個無知的女僕竟會讀這種書。」

陶品絲接過那本書。

「《藥物學》，」她小聲唸道，接著又翻開書的襯頁。「愛德華·洛根。這是一本舊書。湯米，我們是否應該與洛根小姐見見面？伯頓醫師說她已經好多了。」

「我們要不要先徵求一下齊科特小姐的意見？」

「用不著。我們先找個女傭問一下。」

一會兒之後，他們得知洛根小姐願意與他們見面。他們被帶進一間面朝草坪的大臥室。一個頭髮花白的老婦人躺在床上，蒼白的臉上顯得很痛苦。

「我的病非常嚴重，」她有氣無力地說，「不能談太久。但艾倫對我說，你們是偵探。

那麼蘿伊絲找你們商量過了？她告訴過我會去找你們。」

「是的，洛根小姐，」湯米說，「我們不想讓你感到太疲倦，但也許您能回答我們幾個問題。漢娜，就是那個女僕，她的精神一向很正常嗎？」

洛根小姐看看他們，顯然非常吃驚。

「哦，當然很正常。她是個很虔誠的教徒，但她的頭腦正常得很。」

湯米把那本從桌子上拿來的書遞過去。

「這書是您的嗎，洛根小姐？」

「是的，這是我父親寫的書。他是個了不起的醫生，是血清治療學的先驅。」

說起她的父親，那老婦人感到很自豪。

「確實了不起。」湯米說道，「我想我聽說過他的大名。」他又試探著問了一句：「這本書，您把它借給漢娜了嗎？」

「借給漢娜？」洛根小姐從床上起身憤怒地說，「沒有，根本沒那回事。她連第一個字都理解不了。這是一本很專業的書。」

「是的，我看也的確如此，不過我是在漢娜的房間裡發現它。」

「太可恥了！」洛根小姐憤然說道，「我不許傭人碰我的東西。」

「那它應該是放在哪兒的呢？」

「應該是放在我客廳的書架上……哦，等一下，我把它借給瑪麗了。那可愛的女孩對藥草很感興趣。她在我的小廚房裡做過一兩次實驗。我告訴你，我有一小塊屬於我自己的地方。在那兒，我常以傳統的方法釀酒和做點蜜餞之類的食品。親愛的露西，你知道吧，就是拉克里夫人，她過去常稱讚我做的艾菊茶好喝，那可是治療感冒頭疼的好東西。啊，可憐的露西，她常常感冒。丹尼斯也一樣。可愛的孩子，他的父親是我的表哥。」

湯米急忙打斷了她的回憶。

「您有一間小廚房嗎？除了您和齊科特小姐之外，還有其他人使用嗎？」

「漢娜負責打掃那兒的衛生。她也在那兒燒水為我們準備早茶。」

「謝謝你！洛根小姐，」湯米說，「目前，我沒有什麼要問您的了，但願我們沒有讓您太累。」

他們離開了那間房間下了樓。湯米一直皺著眉頭。

「我親愛的里卡多先生[20]，這其中有些事情我還是弄不明白。」

「我討厭這棟房子。」陶品絲的身子哆嗦了一下。「我們出去散步一會兒，把這些事情從頭到尾整理一下。」

湯米表示贊同，兩人於是離去。他們首先把那雞尾酒杯送到伯頓醫師家裡，然後沿著鄉村小道走著。他們一邊散步，一邊像往常那樣討論著案情。

「如果能裝傻，事情就簡單多了。」湯米說，「扮演哈納得探長真麻煩。有的人會認為我不在意，但是，我確實在意，在意極了。我感到某種程度上，我們應該可以制止這件慘案發生。」

「我看你是傻得出奇。」陶品絲說，「我們並沒有建議蘿伊絲・哈格里夫別去找蘇格蘭警場，或者其他單位。你也應該看得出來，她無論如何都不會去找警方來處理這件事。即使她沒來找我們，也沒辦法避免這場災難。」

「是的，結果終歸都一樣。陶品絲，你是對的，為一些無法挽回的事責備自己，確實是病態的行為。我現在最想做的，就是破案。」

「這可不容易。」

「是的，是不容易。這兒存在著許多可能性，而它們似乎又是荒誕不經。假設是丹尼斯・拉克里把毒藥放進三明治裡，他自然知道該出去吃茶點。那事情就會順利達成了。」

「沒錯，」陶品絲說，「到目前為止這沒什麼疑點。我們可以除去他服毒自殺的說法。這樣就可將他排除在外了。但是，有一個人我們絕對不能忽視，那就是漢娜。」

「漢娜？」

「當一個人信奉宗教達到狂熱的程度時，常會做出許多令人費解的事來。」

「她也未免太過狂熱了。」湯米說，「你應該和伯頓醫師談一下這件事。」

20 里卡多先生（Mr. Ricardo）是與哈納得探長一同出現在梅遜所著《玫瑰山莊》的華生型人物。

「這事必須盡快去做。」陶品絲說，「如果我們要採納洛根小姐的看法。」

「反正我相信是那宗教狂幹的。」湯米說，「我的意思是，多年來你都習慣讓臥室的門開著，你就在裡面靜心地誦詩讀經，之後你突然失去控制而變得狂暴……這種事是有可能的。」

「必定有更多證據對漢娜不利。」陶品絲沉思道，「不過我有個想法……」她突然停了下來。

「請說吧！」湯米期待著她往下說。

「也許這個想法還不成熟。我認為只是某種偏見。」

「對某人抱有偏見？」

「湯米……你喜歡瑪麗・齊科特嗎？」

陶品絲點了點頭。

湯米想了一下。

「是的，我想我喜歡她。她給我的印象是非常能幹，辦事井井有條……或許有點太過了，但很可靠。」

「你不認為她那麼心平氣和很奇怪嗎？」

「嗯，從某種程度而言，這正是對她有利之處。如果她真做了什麼壞事，她可能會假裝心煩意亂，並且大肆誇張這種感覺。」

「我想也是如此。」陶品絲說，「總之，似乎看不出她有做案動機。這種大規模的謀害事件會給她帶來什麼好處呢？」

「我看所有傭人都是清白的，對吧？」

「有可能。她們看起來都非常平靜，非常靠得住。不曉得艾絲・匡特，就是那個客廳女僕，是怎樣一個人。」

「你是說，如果她既年輕又漂亮，就有可能在某種程度上涉及此案。」

「我正是這樣想的。」陶品絲嘆了一口氣。「目前的情況實在讓人洩氣。」

「唉，我想警方會偵破這樁案子。」湯米說。

「也許吧，我倒希望是我們破的案。對了，你注意到洛根小姐的手臂上有許多小紅點嗎？」

「我沒注意到。有什麼問題嗎？」

「那些小紅點看起來好像是使用皮下注射器造成的。」陶品絲說。

「很可能是伯頓醫師給她注射了什麼藥物吧。」

「哦，很有可能，但他絕對不可能給她注射四十次吧。」

「古柯鹼毒癮。」湯米充滿希望地提醒道。

「我也那樣想過，」陶品絲說，「但她的眼神很正常。對古柯鹼或是嗎啡上癮的人，你一眼就能辨別。再說，她看起來不像是那種老太太。」

「她看起來備受尊敬，對上帝也很虔誠。」湯米贊同道。

「這事太錯綜複雜了。」陶品絲說，「我們討論來討論去，似乎還是一籌莫展。我們在回家的路上別忘了去拜訪伯頓醫師。」

醫師家的門開了，一個大約十五歲、骨瘦如柴的男孩出來迎接他們。

「是布倫特先生嗎？」他問道，「醫師出去了，但他給您留了張字條。他說，萬一您來的話，叫我交給您。」

他把一枚信封遞給了他們，湯米隨即將其打開。

布倫特先生：

確證使用的毒藥為蓖麻毒素，這是一種毒性極強的植物蛋白。對此情況，請暫時絕對保密。

便條從湯米手中掉到地上，他迅速地將其撿了起來。

「蓖麻毒素，」他低聲地說，「陶品絲，你知道這玩意兒嗎？你過去對這類東西可是挺在行的。」

「蓖麻毒素嘛……」陶品絲思索片刻後說，「我想是從蓖麻油中提取的。」

「我一向討厭蓖麻油，」湯米說，「現在我對它更加反感了。」

「這種油本身沒問題。蓖麻蛋白是從蓖麻類植物的種子中提煉出來的。我敢肯定，今天上午我看見花園裡有一些蓖麻樹，長得又高又大，樹葉也是綠油油的。」

「你的意思是，是房子裡的某個人提煉出毒素。漢娜會不會做這種事？」

陶品絲搖了搖頭。

「看起來不太可能。她對這種事不可能知道得太多。」

突然，湯米大叫：「那本書！它還在我衣袋裡面嗎？太好了，還在。」他把書掏了出來，飛快地翻著。「果然不出我所料，這就是今天上午翻開的那一頁。陶品絲，你看見沒有？正是蓖麻蛋白！」

陶品絲一把從他手中抓過書來。

「你看出什麼名堂了嗎？我可是不行的。」

「我看這再清楚不過了。」陶品絲說。

她把手搭在湯米的手臂上，一邊走著，一邊迅速看著。突然，她砰地一聲把書闔上。這時，他們正好返回了那棟房子。

「湯米，你能把這事交給我來辦嗎？就此一回。你知道吧，我是一頭已經在競技場內憋了二十多分鐘的困獸。」

湯米點了點頭。

「陶品絲，由你全權指揮。」他一本正經地說，「我們非把這案子查個水落石出不可！」

「首先，」他們一進門，她說，「我必須親自再問洛根小姐一個問題。」

她跑上了樓，湯米緊跟其後。她砰砰砰敲響了那位老太太的門，然後走了進去。

「親愛的，是你嗎？」洛根小姐說，「你太年輕、太漂亮了，不適合當偵探。你發現了什麼情況嗎？」

「正是，」陶品絲答道，「我確實發現了一點情況。」

洛根小姐疑惑地望著她。

「我不知道我究竟漂亮到什麼程度，」陶品絲接著說道，「但一次大戰期間，年輕的我在醫院裡工作過，對血清治療法多少有點了解。我碰巧知道，當皮下注入小劑量的蓖麻蛋白液時，人體就會產生免疫力，具體地說，也就具有了抗蓖麻毒素的能力。這為血清治療法奠定了基礎。洛根小姐，你對此非常清楚。你隔一段時間就給自己注入少許的蓖麻蛋白，然後你讓自己和其餘的人一塊中毒。你曾協助過你父親，自然對蓖麻蛋白非常了解，也知道如何從蓖麻籽中去提取。你選擇丹尼斯·拉克里外出吃茶點的那一天下手。這樣他就不會同時中毒而喪失性命……你不想他死在蘿伊絲·哈格里夫小姐之前。只要她先死，他就可以繼承那一大筆錢。而他死亡之後，這筆錢自然就落到你……他最近的親屬的手中。我想你不至於忘記，你今天上午告訴我們，他的父親是你的表哥。」

老太太的雙眼陰險地瞪著陶品絲。

正在這時，一個狂怒的人突然從隔壁房間衝了進來！竟是漢娜！她手中舉著一個熊熊燃燒著的火把，瘋狂地揮舞著。

「真理終於說話了！就是這邪惡的老巫婆幹的。我看見她仔細地讀過那本書，於是我找到了那本書，還翻開到她讀的那一頁，但我一點也看不懂。然而，上帝的聲音讓我明白了。她恨我的女主人，那位令人崇敬的女士。她的內心總是充滿嫉妒。這老巫婆竟怨恨我那甜美可人的蘿伊絲小姐。不過邪惡注定要滅亡，上帝的正義之火必將他們燒成灰燼！」

話音一落，就見她揮舞著手中的火把猛然朝那張床撲過去。

老太太發出一聲慘叫。

「快把她拉走……快把她拉走！是我下的毒沒錯……但趕快把她拉走！」

陶品絲趕緊幾步搶到漢娜身旁，她還來不及從那女人手中奪過火把踏滅，床帳早已被火點著。然而湯米飛快地從外面的樓梯平台奔了進來。他一把扯下著火的床帳，又趕緊用地毯蓋上，這才把火撲滅。他又急速地跑去助陶品絲一臂之力，兩人好不容易才將狂怒的漢娜制服，這時，伯頓醫師匆匆地走了進來。

不必多問，他立刻就明白眼前所發生的一切。他急忙走到床邊，拿起洛根小姐的手，摸了一下脈搏，隨之便驚叫起來。

「她死了，這火把她嚇壞了。也許在這種情形下突然死去最好。」他停頓了一下，接著又補充道：「那個雞尾酒杯裡也沾有蓖麻毒素。」

「結果證明你是完全正確的。」在把漢娜交由伯頓醫師照料、以至於有時間獨處在一塊時，湯米說：「陶品絲，你真是太不簡單了。」

「哈納得可沒派上多大用場。」陶品絲說。

「拿這個案子來表演實在太沉重了。我仍然忘不了那個女孩。我決定不再想她了。但是我剛才說過，你很了不起，榮譽應該歸屬於你。套用一句老話：『大智若愚是個很大的優點。』」

「湯米，」陶品絲說，「你是個畜生。」

11

完美的不在場證明

Partners in Crime

這天，湯米和陶品絲正忙著分類整理寄來的信函，突然陶品絲驚喜地叫了一聲，把一封信遞給了湯米。

「一個新的客戶。」她慎重地說。

「哈！」湯米說，「華生，我們能從這封信推斷出什麼呢？沒什麼。只知這位……呃，蒙哥馬利・瓊斯先生並非頂尖的拼寫單字高手，由此可證，他接受的是學費昂貴的教育。」

「蒙哥馬利・瓊斯？」陶品絲說，「我好像在哪裡聽過這個人。哦，對了，我記起來了。珍妮・聖文森曾提到過他。他母親是艾琳・蒙哥馬利女勳爵。她非常高傲，渾身珠光寶氣，還是高教會派的成員呢。她嫁給了一個叫瓊斯的大富翁。」

「又是那類老生常談的故事，」湯米說，「等一會兒，這位瓊斯先生什麼時候想與我們見面？啊，十一點半。」

十一點半，一位和藹可親、坦率天真的高個青年走進了對外辦公室，並對辦公室小弟艾柏說：

「喂，我能見見……嗯，布倫特先生嗎？」

「先生，您事先有約時間嗎？」艾柏問道。

「我不太清楚。啊，我想我是事先約好的。我的意思是說，我曾寫過一封信……」

「先生，您尊姓大名？」

「蒙哥馬利・瓊斯先生。」

「我立刻把您的名字告訴布倫特先生。」

一會兒工夫，他就回來了。

「先生，請您稍等幾分鐘。此刻，布倫特先生正忙著開一個重要會議。」

「哦，呃，好的，沒問題。」蒙哥馬利．瓊斯說。

湯米在確認他已有效地給來訪者造成深刻印象後（希望如此），便按響了桌上的蜂鳴器。艾柏立刻帶著蒙哥馬利．瓊斯先生走進了裡面的辦公室。

湯米站起身來迎接他，熱情地與他握了握手，並示意他坐在一張空著的椅子上。

「蒙哥馬利．瓊斯先生，」他簡潔地說，「我們有幸為你做點什麼？」

蒙哥馬利．瓊斯先生有點不放心地看看坐在辦公室內的第三個人。

「這是我的機要祕書魯賓遜小姐。」湯米說，「你有什麼事都不妨當著她的面說。我想你是為某種關係微妙的家庭瑣事來的吧？」

「嗯，不完全是。」蒙哥馬利．瓊斯先生說。

「真是出乎我意料，」湯米說，「我希望不是您本人遇上任何麻煩吧？」

「哦，不是。」蒙哥馬利．瓊斯先生說。

「那好，」湯米說，「也許你願意……嗯，簡明扼要地告訴我您的問題。」

對蒙哥馬利．瓊斯先生來說，這似乎是個難以回答的問題。

「這件事怪得要死，我必須求教於您。」他吞吞吐吐地說，「我……嗯……我真不知道應該怎樣著手解決。」

「我們從不接辦離婚案件。」湯米試探性地說。

「哦，天啊，不是的。」蒙哥馬利・瓊斯先生慌忙說，「我不是那個意思。這只是……唉，一個非常滑稽愚蠢的玩笑罷了。」

「是不是有人故弄玄虛，對您惡作劇？」湯米又進一步試探道。

但是蒙哥馬利・瓊斯先生再度搖頭。

「那麼，」湯米說，悠然地往椅子後背一靠。「您先慢慢想想，想好了再對我說吧。」

接下來雙方都默不作聲。

「是這樣的，」瓊斯先生終於說道，「那是一次晚宴，我坐在一位女孩身旁。」

「是嗎？」湯米示意對方接著往下說。

「她是那種……哦，嗯，我真的無法描述她，她簡直是我見過最大膽的女孩。她是澳洲人，與另外一個女孩來到這兒，兩人同住在克拉奇斯街的公寓。她做任何事情都很大膽。我實在說不清那女孩對我產生了多大影響。」

「瓊斯先生，這我們能想像得到。」陶品絲這時插了一句。

她清楚地發現，要讓蒙哥馬利・瓊斯先生吐露出他遇到的麻煩，需要借助女性的同情心，布倫特先生那套公事公辦的方式顯然行不通。

「我們完全能理解。」陶品絲又極為關切地說。

「嗯，這件事對我打擊太大了。」蒙哥馬利．瓊斯先生說，「想不到一個女孩竟能讓人如此為之傾倒。在她之前，我曾結交過另一位女孩，啊，事實上應該是兩位。其中一位非常活潑，但我很不喜歡她的下巴，不過她舞跳得很好，而且我和她太熟了，這使人有安全感。另一位是我在那種不正經的場所中認識的。她非常有趣，當然，為了這件事，我一定得和我母親經常爭論。但不管怎麼說，我實在不想娶她們其中任何一個，可是呢，我有在考慮結婚的事。然後呢，一個突如其來的巧合，我坐到這個女孩的身旁，於是……」

「整個世界都發生了變化。」陶品絲感性地說。

湯米不耐煩地在椅子上磨來蹭去。他對蒙哥馬利．瓊斯先生那些枯燥無味的愛情故事感到很厭煩。

「你簡直把我心裡的話都說出來了，」蒙哥馬利．瓊斯先生激動地說，「事情正是如此。只是，我認為她不大在意我。您可能不以為然……但其實我不是很聰明。」

「哦，你別太謙虛。」陶品絲說。

「哦，我確實了解到我不太像個男子漢。」瓊斯先生笑著說，臉上露出了可愛的笑容。「配不上這樣一位十全十美的漂亮女孩。但也正因為如此，我認為非把這事辦好不可。這是我唯一的機會。她是那種敢做敢當的女孩，因此她絕對不會說話不算數。」

「嗯，我們真心祝您好運，但願你心想事成。」陶品絲和藹可親地說，「可是我實在不明白您要我們幫什麼忙。」

「喔，天啊！」蒙哥馬利．瓊斯先生說，「難道我還沒講這件事嗎？」

「是的，你沒有。」湯米說道。

「啊，事情是這樣的。我們曾在一起探討過偵探故事，尤娜——這是她的名字——和我一樣很喜歡偵探故事。我們曾討論了一個特別的案例。那是一個以罪犯的不在場證明做主軸的偵探故事。接著我們又討論不在場證明，以及如何去偽造完美的不在場證明。然後我說……不對，是她說……到底是我們哪一個說的呢？」

「是誰說的都無所謂。」陶品絲說。

「我說這種事很難辦到。但她不同意我的看法，她說只要動動腦筋就可以。我們爭論得面紅耳赤，最後她說：『我向你提出一個大膽的賭注。如果我能偽造一個無人能識破的不在場證明，那你拿什麼打賭？』

「『隨便你要什麼。』我對她說。我們當時就那麼說定了。

「她對這件事太有自信了。『我一定是贏家。』她說。

「『你別太肯定了。』我說，『如果你輸了，我就可以向你索求我喜歡的任何東西，對吧？』

「她大笑起來，並說她出身賭博世家，我一定會輸的。」

這時，瓊斯先生停了一會兒，他用懇求的目光看著陶品絲。

「然後呢？」陶品絲說。

「唉，你難道不懂嗎？這件事決定在我。這是我唯一一次機會能贏得她這種女孩的青睞。你根本無法想像她是多麼膽大包天。去年夏天，她搭船出海，船上有人打賭說她絕對不敢穿著衣服從船上跳進水裡，再游到岸邊去，但她竟然照做了。」

「這個提議很奇怪，」湯米說，「我不太懂。」

「這再簡單不過了。」蒙哥馬利．瓊斯先生說，「調查不在場證明是否真實，並查出它的破綻，你們必定一直在做這類工作。」

「哦，呃，是的，那是當然，」湯米說，「這方面的工作我們確實做了不少。」

「一定得有人幫我辦這件事，」蒙哥馬利．瓊斯先生說，「我自己是完全一竅不通。你們只要找出她的破綻，一切就沒問題了。我敢說這對你們來講是小事一樁，對我卻很重要。我已準備好支付，嗯……支付一切必要的費用。」

「沒問題。」陶品絲一口應承。「布倫特先生一定會為您處理這件事。」

「一定的，一定的。」湯米忙不迭地說，「這是一個令人耳目一新的案子，真是新鮮極了。」

蒙哥馬利．瓊斯先生如釋重負地嘆了一口氣。接著，他從衣袋裡扯出一大疊文件，又從中挑出了一張。

「就是這一張，」他說，「她告訴我：『我給你送來證據，證明我在不同的兩個地方同時出現。首先，我獨自一人在蘇活區的好時光餐廳用了晚餐，然後去了公爵劇院，這之後又和朋友樂馬雄先生一起在薩伏飯店吃了消夜。但同時，我又一直待在托基的城堡飯店裡，直到第二天上午才返回倫敦。你必須查清這兩個證詞哪一個是真的，哪一個是假的，以及我又是如何把假的安排得和真的一樣。』

「情況就是這樣，」蒙哥馬利．瓊斯先生說，「現在你該明白我要請你們做的事了吧？」

「真是妙極的小問題，」湯米說，「非常好玩。」

「這是尤娜的照片，」蒙哥馬利．瓊斯先生說，「我想你們用得著。」

「這位女士的全名叫什麼？」湯米問道。

「尤娜．德雷克小姐。她住在克拉奇斯街一八〇號。」

「謝謝你。」湯米說，「好啦，蒙哥馬利．瓊斯先生，我們會為你調查此事。我希望很快就會給你帶來好消息。」

「嗯，我實在感激不盡。」瓊斯先生站起身來與湯米握了握手說，「這讓我卸下了心頭重擔。」

湯米送走了他的委託人，回到了裡面的辦公室。陶品絲正在那裝滿偵探經典著作的壁櫥前忙著。

「法蘭奇警探[21]！」陶品絲說。

「嗯？」湯米大惑不解。

「這一次當然應該效仿法蘭奇警探才對。」陶品絲說，「他一向擅長查證不在場證明。

我知道他辦事的標準程序。我們要把所有情況都摸清楚，然後再逐一調查。剛開始，這些證詞似乎都無懈可擊，但只要我們進一步仔細分析和調查，就能發現其中的破綻來。」

「這事不會有多大困難。」湯米贊同道，「我是說，一開始就知道其中的一個證詞是偽造的，所以剩下的不過是手到擒來的事。這反倒使我感到很擔憂。」

「我看不出這有什麼好擔憂。」

「我是擔心那女孩。」湯米說，「不管她願意還是不願意，最後她都可能被迫嫁給那個年輕人。」

「親愛的，」陶品絲說，「別傻了。女人不會隨便亂打賭的。除非那女孩已做好準備嫁給那個討人喜歡但腦袋空空的年輕人，否則她不可能冒險拿自己當賭注。可是湯米，相信我，假如他打贏了，她會以更熱切、更尊敬他的心情嫁給他，這遠好過用其他方式讓他輕易得手。」

「看來，你自認為料事如神。」她丈夫說。

「那當然。」陶品絲說。

21 法蘭奇警探（Inspector French）是愛爾蘭推理作家福里曼・威爾斯・克勞夫茲（Freeman Wills Crofts, 1879-1957）小說系列中的主角，以其為主角的作品接近三十部。

「好吧，現在應該是檢查分析現有材料的時候了。」湯米說著，把那一疊文件拿了過來。「我們先從這張照片開始，嗯，這女孩長得還真漂亮，照片也照得相當不錯，又清楚又容易辨認。」

「我們還應該弄到幾張別的女孩的照片。」陶品絲建議道。

「為什麼呢？」

「你沒看到那些偵探大師都是這樣做的嗎？」陶品絲說，「你把四、五張照片一起遞給侍者們，他們準能指出哪一個是你要找的人。」

「你真認為他們這樣精明？」湯米說，「我的意思是，他們一定能指出我們要找的人？」

「是的，至少書上是這樣描述的。」陶品絲說。

「遺憾的是，真實生活和小說情節相去甚遠。」湯米說，「好了，我們先來看看手上有什麼資料。對了，我們先從倫敦碰碰運氣……七點半在好時光餐廳吃晚餐，然後去公爵劇院看《藍翠雀》這齣戲。你看，連票根都保存完好呢。這之後，和樂馬雄先生一塊兒在薩伏飯店吃了消夜。我認為我們可以先和樂馬雄先生見面。」

「那根本沒用。」陶品絲說，「因為如果他有心幫她，自然會守口如瓶。他說的任何話我們只能當耳邊風。」

「那好，再來是托基。」湯米接著說，「十二點從派汀頓出發，在餐車裡用了午餐，附有一張用餐付帳收據。然後在城堡飯店住了一晚。這兒也有一張收據。」

「我認為這些證據都相當薄弱。」陶品絲說，「任何人不用去劇院就能買到票。那女孩必定去了托基，而在倫敦發生的一切全是虛假的。」

「倘若情況真如你所推斷，那這事就易如反掌了。」湯米說，「嗯，我想我們乾脆去找樂馬雄先生談一談。」

他們發現樂馬雄先生是一位朝氣蓬勃的年輕人，而且對他們的來訪一點也不意外。

「尤娜耍了一場小把戲，是吧？」他問道，「你們永遠無法知道那個小妞在搞什麼名堂。」

「樂馬雄先生，」湯米說，「我聽說德雷克小姐上星期二晚上和你在薩伏飯店一塊吃了消夜。」

「沒錯，」樂馬雄先生說，「我清楚地記得那天是星期二，因為尤娜當時特別強調了這個日期。不僅如此，她還硬要我在一個小本子上把日期寫下來。」

他驕傲地指著小本子上用鉛筆寫的淡淡一行字給湯米看。

「與尤娜共進消夜，薩伏。星期二，十九號。」

「那天晚上早一點的時間，德雷克小姐在哪兒，你知道嗎？」

「她去看了一場爛戲，叫《粉紅牡丹》什麼的。大爛戲，她是對我這樣說的。」

「你確定那天晚上德雷克小姐是和你在一起嗎？」

樂馬雄先生盯著他看。

「怎麼啦？那是當然！我不就是對你這樣說的嗎？」

「也許是她要你這樣對我們說的吧。」陶品絲說。

「哦，她確實說了些讓人摸不著頭腦的話。她說了什麼呢？啊，她說：『吉米，你以為你正和我坐在一塊兒吃消夜，但事實上，我正在兩百英里之外的德文郡吃消夜呢。』她說這番話真令人困惑不解，對吧？難道她會分身不成？更使人百思不得其解的是，我的老朋友迪奇．賴斯居然說他在那兒看見她。」

「賴斯先生是誰？」

「哦，只是我的一位朋友而已。他早就搬到托基去和他姑媽住了。說也奇怪，他老兄總是說自己就要進墳墓了，但到現在仍然活得好好的。迪奇一向對他姑媽很孝順。他對我說：『有一天我看見那位澳洲女孩，那個叫尤娜什麼的。我想去和她聊聊，但我姑媽硬把我拉去見一位坐在輪椅上的老太婆。』我問他：『那是什麼時候的事？』他回答說：『嗯，是星期二，大約是吃下午茶的時候。』接著我說他一定弄錯了。可是這事很怪，對吧？我是指尤娜那天晚上說她出現在德文郡的那番話？」

「是很怪。」湯米說，「樂馬雄先生，請你告訴我，在薩伏飯店吃消夜時，你周圍有沒有你認識的人？」

「我們鄰桌坐著奧格蘭一家。」

「他們認識德雷克小姐嗎？」

「是的，他們認識她，但不是很熟。」

「好吧，樂馬雄先生，如果你沒有其他事要對我們說，我們就告辭了。」

「那傢伙要不是說謊高手，」在他們倆來到街上時，湯米說，「要不就說的是真話。」

「沒錯，」陶品絲說，「我現在改變了我原來的看法。我有某種感覺，尤娜·德雷克那天晚上是在薩伏飯店吃消夜。」

「我想我們該去好時光餐廳了。」湯米建議道，「我們兩個饑腸轆轆的偵探也該吃點東西。在去之前，我們最好設法弄到幾張其他女孩的照片。」

結果事情比他們想像的要困難。他們找到一家照相館，請老闆給他們幾張合適的照片，結果遭到對方斷然拒絕。

「為什麼所有的一切在書中都是那麼簡單容易，而在現實生活中卻如此困難。」陶品絲哀叫道，「他們看起來滿腹狐疑。你想他們會不會懷疑我們拿這些照片是去幹不可告人的勾當呢？我們最好到珍兒的住處去突襲。」

陶品絲的朋友珍兒是個隨和的人，她讓陶品絲在一個抽屜裡任意地挑來選去。最後，陶品絲選中了四張較為合適的照片，那都是珍兒過去的一些朋友留下的，珍兒當時把這些照片隨手塞進那個抽屜就不管了。

帶著這些光彩奪目的美人照片，兩人向好時光餐廳出發，全然不知新的難題、昂貴的代價正在那兒等著他們。湯米費勁地逐一與那兒的侍者周旋，笑容滿面地塞給他們小費，再請他們辨認那幾張照片。結果令他相當失望。至少有三張照片上的女孩被指認星期二在那兒吃過飯。

隨後兩人回到辦公室，陶品絲又忙於從最原始的資料著手。

「十二點在派汀頓。三點三十五分在托基。這是火車票。樂馬雄先生的朋友薩戈先生或者是塔皮奧卡先生，反正是某個人大約在吃下午茶的時候看見她在那兒。」

「別忘了，我們還沒查證樂馬雄先生的說法。」湯米說，「正如你一開始說過的，如果樂馬雄先生是尤娜．德雷克的朋友，他很可能編了剛才那個故事。」

「嗯，我們要緊緊跟蹤賴斯。」陶品絲說，「我總覺得樂馬雄先生說的是真話。不對，我現在的想法是這樣：尤娜．德雷克也許搭十二點的火車離開了倫敦，到達托基後，在某家旅館訂了個房間，並把行李打開。然後再搭火車返回倫敦，及時趕到薩伏飯店。四點四十分有一班車發出，九點十分到派汀頓。」

「然後呢？」湯米問道。

「然後，」陶品絲緊鎖著眉頭。「就很難講清楚了。午夜十二點有一班從派汀頓南下的火車，但她幾乎不可能搭那班車，因為對她來講那班車太早了。」

「她可以開快車直接返回托基。」湯米提醒道。

「嗯，」陶品絲說，「那也只有兩百英里的路程。」

「我常聽說，澳洲人開起車來像在玩命。」

「哦，我想這說得通，」陶品絲說，「那她大約在早晨七點就會趕抵托基。」

「你是說，她可以一下跳到城堡飯店裡的床上躺下，而不被任何人看見？或者趕回飯店，向他們解釋她在外面待了整整一個晚上，然後要求結帳？」

「湯米，」陶品絲說，「我們是白癡。她完全沒有必要回到托基去。她只要叫她的一個朋友去城堡飯店收拾她的行李，再替她付帳就行了。這樣她就會得到一張註明日期的收據。」

「整體而言，我們的假設很合理。」湯米說，「下一步我們要做的就是搭明天十二點的火車去托基，以便證實我們這些聰明的推論是正確的。」

第二天上午，湯米和陶品絲帶著幾張照片準時上了那班火車的頭等廂，並且訂好了第二輪午餐的座位。

「這批餐車裡的服務員不太可能是為她服務過的同一批人吧？」湯米說，「這樣的好運氣是可望而不可得的。我想我們得花好幾天來來回回，才會碰上同一批服務員。」

「這個查證不在場證明的差事可真惱人。」陶品絲嘆了一口氣。「在書中，只要兩三段文字就可結束。書上都是某某探長搭了去托基的火車，隨便問問餐車裡的服務員，事情也就結束了。」

然而這一次，這對年輕夫婦好運當頭。一經詢問，他們證實了那個替他們結帳的服務員正好是上星期二當班。接著，湯米實行他所謂的十先令小費法，陶品絲把那些照片給那名服務員辨認。

「我想知道，」湯米說，「在這些女士之中，是否有人上星期二曾在這班火車上用過午餐？」

正如最佳偵探小說裡所描繪的那樣，那人立即以令人滿意的動作挑出了尤娜·德雷克的照片。

「是的，先生，我記得就是這位女士。並且我也清楚記得那天是星期二，因為那位女士自己特別強調了日期。她說，在一週之中，星期二一向是她最幸運的日子。」

「從目前的情況看來，一切都很順利。」在他們返回車廂時，陶品絲說，「我們也許還會查出她確實在旅館裡訂了房間。但要證實她返回倫敦就不那麼容易了，不過也許火車站的某個腳夫能認出她來。」

但是，在那兒，他們的希望成了泡影。下了火車，他們倆走上月台。湯米詢問了檢票員和幾個腳夫。他先塞給每人一個二先令六便士的銀幣，結果，兩名腳夫一同挑出另外一個女孩的照片，並說隱約記得那位女士搭乘那天下午四點四十分的火車返回倫敦，但是無人指證尤娜·德雷克。

「這不能證明什麼，」當他們離開火車站時，陶品絲說，「她很有可能搭了那班火車，只不過沒人注意到她罷了。」

「她也有可能是從其他火車站上的車，比如從托雷車站。」

「這種可能性極大。」陶品絲說，「不管怎樣，我們到了那家旅館之後，一切就會清楚了。」

城堡飯店富麗堂皇，從那兒可以俯瞰大海。在訂下一晚房間、並且登記完畢之後，湯米滿面笑容地問：「我想我們的一位朋友上星期二曾在貴飯店住過，她是尤娜．德雷克小姐。」

飯店大廳的那位小姐眉開眼笑地對他說：「哦，是的，我記得很清楚。我想是一位年輕的澳洲小姐。」

湯米做了個手勢，陶品絲立即拿出尤娜的那張照片。

「她的這張照片非常迷人，對吧？」

「哦，太漂亮了，確實很迷人。她看起來真時髦。」

「她在這兒住了很久嗎？」湯米問道。

「只待了一個晚上。第二天早上，她就搭快車回倫敦去了。大老遠的一路到這兒來只待一個晚上似乎有點奇怪，但當然，我想澳洲女孩並不在乎旅行的方式。」

「她是個很大膽的女孩，」湯米說，「喜歡冒險活動。但是在這兒，她不至於出去和朋友吃飯，過後又開車出去兜風，繼而把車開進水溝裡，直到第二天早上才返回飯店吧？」

「啊，沒有，」那名年輕女士說，「德雷克小姐是在飯店裡用的晚餐。」

「真的，」湯米說，「你能肯定嗎？我的意思是，你怎麼知道的？」

「哦，我親眼看見她。」

「我剛才那樣問，是因為我聽說她當時和一些朋友在托基吃晚餐。」

「哦，不！先生，她是在這兒吃的晚餐。」那位小姐笑了起來，臉微微泛紅。「我記得她當時穿著一件非常漂亮可愛的禮服，是印有三色紫羅蘭的大花薄綢料。」

「陶品絲，我們的希望又成了幻影。」在被帶上樓進了房間時，湯米這樣說。

「確實如此，」陶品絲說，「但是那個女人也有可能弄錯。待會兒用晚餐時，我們再問問那些侍者。每年這個時候來這兒的人不會很多。」

這一次是由陶品絲首先出擊。

「我想請問，我的一個朋友上星期二是否在這兒用過餐？」她燦爛地笑著問侍者。「一位叫德雷克的小姐。我想她穿的是三色紫羅蘭大花薄綢禮服。」她隨即遞過去一張照片。「就是這位小姐。」

那名侍者一眼就認了出來，隨即笑道：「對，對，是德雷克小姐。我記得很清楚，她還對我說她來自澳洲呢！」

「她在這兒吃的晚餐嗎？」

「是的，那是上個星期二。她問我晚餐後城裡是否有消遣的地方。」

「是嗎？」

「我介紹她去帕維倫劇院。最後她決定不出去了，而是待在飯店裡聽我們樂隊的演奏。」

「哦，可惡！」湯米低聲說道。

「你已經忘了她吃晚餐的時間，對吧？」陶品絲又問了一句。

「她來餐廳時稍微晚了一點，那時應該是八點左右。」

「可惡，該死，氣死人了！」離開餐廳後，陶品絲大聲詛咒道，「湯米，我們的方向全錯了。你看這一切安排得可謂天衣無縫。」

「唉，我們早就應該知道這不會太輕鬆順利的呀。」

「我在想，她可不可能搭那班火車之後的班次？」

「那也沒有一班車可以將她及時送到倫敦，讓她準時趕到薩伏飯店去。」

「嗯，」陶品絲說，「我要去找那位房間女服務員談一談，這也許是我們的最後一線希望。尤娜・德雷克那天就住在與我們同一層樓的某個房間裡。」

那名女服務員十分健談，也提供了很多消息。是的，她清楚記得那位小姐。照片上的女孩正是她。人很不錯，性格活潑，也很健談。她講了有關澳洲和大袋鼠的許多趣聞。女服務員還說，那位小姐在大約九點半按鈴傳喚過她。要她把水瓶裝滿再放到床上去，並且要她第二天早上七點半準時來叫醒她，同時送咖啡來，別送茶。

「你確實準時去叫醒她了嗎？那時，她還睡在床上嗎？」陶品絲問道。

「是的，夫人，沒錯。」

「哦，我只是想知道她那時是否在做早操什麼的。」陶品絲漫不經心地說，「在清早，很多人都喜歡做運動。」

「你看，這似乎夠確定的了。」那女服務員走後，湯米說，「從這種種跡象來分析，只有一個結論，那就是倫敦所發生的一切全是假的。」

「樂馬雄先生鐵定是個比我們想像更為厲害的說謊高手。」陶品絲說。

「我們會有辦法查證他所說的一切。」湯米說，「他不是說過，那天坐在他們鄰桌的那家人對尤娜多少有點了解嗎？那家人姓什麼來著？對，叫奧格蘭。我們趕快找到那叫奧格蘭的一家人，而且還應該去德雷克小姐在克拉奇斯街的住所調查一下。」

次日上午，他們倆付了帳，便垂頭喪氣地離開了飯店。

借助電話簿之便，他們毫不費勁就查到了奧格蘭家的住址。這回，陶品絲假扮成某家畫報的代表先聲奪人。她拜訪了奧格蘭太太，詢問了上週二晚上他們在薩伏飯店舉行的「時髦」晚宴。奧格蘭太太非常樂意提供訊息。陶品絲在告辭時，又隨意問道：「我想想，當時德雷克小姐沒坐在你們的鄰桌吧？聽說她與珀恩公爵訂了婚，不知此事是否屬實？你當然認識她，對吧？」

「我對她並不熟悉。」奧格蘭太太說，「她是挺討人喜歡。是的，那天晚上她是和樂馬雄先生一塊兒坐在我們鄰桌。我的幾個女兒比我更了解她。」

陶品絲的下一個拜訪地點是克拉奇斯街的那棟房子。在那兒，她遇見了瑪嬌莉·萊斯特小姐。她是德雷克小姐的室友，兩人共租一層房子。

「告訴我這到底是怎麼回事？」萊斯特小姐哀求道，「尤娜是在玩某種頑皮的遊戲，可是我一點也不清楚。但她上星期二晚上確實睡在這兒。」

「她進門時你有看見嗎？」

「沒有，我那時已經上床睡覺了。她有自己的房門鑰匙。我想她是大約一點回來的。」

「那你是什麼時候看見她的？」

「哦，第二天早上九點左右，也許快十點了吧。」

陶品絲剛走出房門，差點就和正在進門的一個瘦高女人撞個滿懷。

「對不起，小姐，真對不起。」那瘦削的女人連聲道歉。

「你在這兒工作嗎？」陶品絲問道。

「是的，小姐。我每天都來。」

「你一般在上午什麼時候到這兒來？」

「小姐，我必須九點到。」

陶品絲迅速地把二先令六便士的銀幣塞進那女人的手中。

「上星期二上午你來這兒時，德雷克小姐在嗎？」

「啊，在呀，她在這兒。當時她正在床上睡得很熟，連我把茶點送進房間的時候，她都沒醒來。」

「哦，謝謝。」陶品絲鬱鬱不樂地走下了樓梯。

她事先已與湯米約定好在蘇活區的一家小餐館會合，兩人在那兒交換了各自所打聽到的情況。

「我已和賴斯那傢伙見過面了。他確實在托基的某處看見過尤娜．德雷克。」

「嗯，」陶品絲說，「這些不在場證明經過查證都沒問題。湯米，給我一張紙和一枝鉛筆。讓我們像一般的偵探那樣把調查的情況依序記下來。」

一點三十分　證人看見尤娜．德雷克在餐車廂裡
四點　到達城堡飯店
五點　賴斯先生看見她
八點　證人看見她在飯店用晚餐
九點三十分　叫服務生送來熱水瓶
十一點三十分　證人在薩伏飯店看見她與樂馬雄先生在一塊
早上七點三十分　城堡飯店的女服務員去叫醒她
九點　克拉奇斯街住宅的清潔工叫醒她

他們倆面面相覷。

「唉，看來布倫特的超級偵探大師似乎無計可施了。」湯米說。

「不，我們絕不能就此罷休。」陶品絲斬釘截鐵地說，「這中間必定有人在撒謊。」

「怪的是，我覺得沒人在說謊。所有的證人似乎都很真誠坦率。」

「但不管怎麼說，這其中必定有詐。這一點你我都知道。所有的可能性我都想過了，我還想過她搭私人飛機，但這對破案沒有多大幫助。」

「我想，她可能有分身。」

「嗯，」陶品絲說，「現在我們唯一能做的就是好好睡一覺。在沉睡之中，說不定你的潛意識會發揮作用。」

「哼！」湯米說，「如果明天上午你的潛意識真能為你解開這個謎團，我一定向你脫帽致敬。」

整個晚上，他們倆都沉默寡言。陶品絲翻來覆去地看著那張記著調查情況的紙，又不停地在紙上寫著。她一會兒喃喃自語，一會兒又仔細查看火車時刻表。兩人苦思冥想了好一陣子，還是理不出絲毫頭緒來，只好上床睡覺。

「這事太讓人洩氣了。」湯米說。

「這是我最痛苦的一個夜晚。」陶品絲說。

「早知道就該去音樂廳，」湯米說，「聽聽丈母娘、雙胞胎和喝啤酒的笑話，這對我們會大有好處。」

「才不呢，像這樣集中精神，最後才會產生效果。」陶品絲說，「在接下來的八個小時內，我們的潛意識將會多麼地充實忙碌啊！」

他們倆懷著希望上床睡覺了。

§

「早安！」湯米問候道，「你的潛意識發揮效能了嗎？」

「我有個新的見解。」陶品絲說。

「真的，什麼樣的見解？」

「嗯，非常奇特的見解。這在我讀過的任何偵探故事裡都是絕無僅有的。事實上，是你讓我產生靈感的。」

「那麼，這個見解必定很了不起。」湯米堅定地說，「快點，陶品絲，趕快告訴我。」

「我必須先拍一個電報去證實一下。」陶品絲說，「不，我現在不告訴你。這是一個十足瘋狂的想法，卻是唯一符合實情的。」

「好吧，」湯米說，「我必須去辦公室了。我們不能讓滿屋子垂頭喪氣的客戶就那麼空等著。我全權委託你這位前途光明的助手來處理這樁案子。」

陶品絲充滿信心地點了點頭。

她整天都沒在辦公室裡露面。當湯米在下午大約五點半回家時，欣喜若狂的陶品絲正等著他。

「湯米，我已大功告成。我已破解了這個不在場證明謎案。我們付出去的那些三先令六便士、十先令小費，都可以要求蒙哥馬利．瓊斯先生如數支付，此外，我們還可以要求他給我們一筆可觀的佣金，然後，他便可以直接去接他的女朋友回來。」

「你是怎麼破案的？」湯米叫道。

「這根本再簡單不過了，」陶品絲說，「雙胞胎。」

「雙胞胎？你在說什麼啊？」

「唉，就是這樣啊。這當然是唯一的答案。昨天晚上你講到丈母娘、雙胞胎、喝啤酒等事情時，瞬間啟發了我的想法。我拍了電報去澳洲，收到的回信正如我所料。尤娜有個孿生妹妹，叫薇拉，她上星期一剛到英國。這就是她敢於這樣打賭的原因。她只想對可憐的蒙哥馬利．瓊斯開個大玩笑而已。她的妹妹去了托基，而她則待在倫敦。」

「你是否認為，如果她輸了，她會感到相當沮喪？」湯米問道。

「不！」陶品絲說，「我不認為。之前我就告訴過你我的看法。她會高度讚揚蒙哥馬利．瓊斯。我一向認為，具備尊敬丈夫的能力是婚姻生活的基礎。」

「陶品絲，我對自己能激起你這種偉大的情操而深感自豪。」

「其實這個破案結果令人滿意，」陶品絲說，「不是法蘭奇警探那種高明的破案方法。」

「亂講。」湯米說，「我認為，我把那些照片拿給飯店侍者辨認的方式，完全與法蘭奇警探相同。」

「他可不必花那麼多二先令六便士和十先令。」陶品絲說。

「算了。」湯米說，「反正我們可以連本帶利叫蒙哥馬利．瓊斯先生支付。他必定會歡喜到發瘋的地步，當然也就非常樂意付給我們一筆可觀的佣金。」

「這是理所當然。」陶品絲說，「布倫特的超級偵探大師是不是再次創下了不起的紀錄？哦，湯米，我認為我們實在太聰明了。想到這點，有時我自己都會嚇一大跳。」

「陶品絲，我們要著手的下一個案件應該是羅傑．薛靈漢所偵破的那一類。你，陶品絲，就應該是羅傑．薛靈漢。」

「那我說起話來就必須滔滔不絕。」陶品絲說。

「這是你天生就具有的才能。」湯米說，「現在，我建議執行昨晚我提出的計畫，去找一家音樂廳，聽聽有關丈母娘、喝啤酒及雙胞胎的笑話。」

12

牧師的女兒

Partners in Crime

「希望我們有機會幫助一位神職人員的女兒。」陶品絲說，在辦公室裡憂鬱地走來走去。

「為什麼呢？」湯米問道。

「我自己就是神職人員的女兒，你大概已忘記這件事了。我深刻地了解到她們是什麼樣的人。她們主張利他主義，崇尚一切為他人著想的精神，弘揚……」

「依我看，你是準備去扮演羅傑．薛靈漢[22]吧！」湯米調侃道，「如果你不介意，我的中肯評價是：你頗像他那樣口若懸河，但不若他那般妙語如珠。」

「恰好相反，」陶品絲說，「在我的言語中充滿了女性獨有的細膩，一種意在言外的細膩，那是你們這些粗鄙的男人永遠不懂的。不僅如此，在我的原型中蘊藏著鮮為人知的能量……我用了原型這個詞嗎？語言實在是很莫名其妙的東西，它們經常聽起來恰到好處，其含義卻與說話者想表達的意思相去甚遠。」

「請往下講。」湯米好聲地說。

「我是要講啊。我剛才停下來只是為了喘口氣。為了驗證我所蘊藏的能量，我希望今天能幫助一位神職人員的女兒。湯米，待會兒你會發現，今天第一個來請求布倫特的超級偵探大師伸出援手的人，將會是一位牧師的女兒。」

「我和你打賭，絕對不是。」湯米說。

「一言為定。」陶品絲也不示弱。「噓！快到打字機那邊去。哦！天啊！有人來了！」

布倫特先生的辦公室裡頓時活躍和繁忙起來，這時艾柏推開門說：「莫妮卡．狄恩小姐求見。」

一位身材苗條、棕色頭髮、衣著相當破舊的女孩走了進來。她站在門口顯得猶豫不決。湯米立即朝她走去。

「早安，狄恩小姐。請坐，有什麼能為您效勞嗎？對了，請容我向您介紹，這位是我的機要祕書薛靈漢小姐。」

「狄恩小姐，能與你認識我深感榮幸。」陶品絲說，「我想，你父親曾在教堂服務？」

「是的，他以前是為教堂工作。但是您怎麼會知道呢？」

「哦！我們自有我們的辦法。」陶品絲說，「你不在意我說話喋喋不休吧。布倫特先生就喜歡聽我說話，他總說這會啟發他的靈感。」

那女孩仔細打量著陶品絲。她身材苗條，並不非常漂亮，但那憂慮的面容卻流露出另外一種美。她那灰褐色的頭髮又濃又柔軟。儘管她的黑眼圈使她顯得憂愁和焦急，但那雙深藍色眼睛仍然十分動人。

「狄恩小姐，您能告訴我您的故事嗎？」湯米問道。

22 羅傑・薛靈漢（Roger Sheringham）是英國作家安東尼・伯克萊（Anthony Berkeley, 1893-1971）筆下推理系列的主角。伯克萊的著名作品有《毒巧克力命案》（*The Poisoned Chocolates Case*）、《裁判有誤》（*Trial and Error*）等。

那女孩轉過臉來感激地看著他。

「這個故事相當雜亂無章。」那女孩說，「我的名字叫莫妮卡・狄恩。父親是薩福克郡小漢普斯利鎮的教區牧師。三年前他就去世了，留下了母親和我。我們那時一貧如洗，我就出去當家庭教師。母親不久就生了場大病，我不得不回家照顧她。我們那時可真是窮困潦倒極了。忽然有一天，我們收到一位律師寫來的信。信上說我姑媽去世了，把生前的一切都留給我。我過去常聽到這位姑媽的事，很多年前她和我父親吵了一架。我知道她很有錢，因此，那表示我們的苦日子熬出頭了。但是，事情並不完全像我們所期望的那樣。我繼承了她居住過的房子。但是付完一兩筆遺產稅後，我們居然一分錢也不剩了。我猜想她一定是在戰爭中把錢丟失了，或者她可能一直靠她的財產在生活。但不管怎麼說，我們有了一棟房子，而且幾乎與此同時，我們曾有一個極好的機會把房子以很可觀的價格賣出去。不過我當時很愚蠢，竟拒絕了買主。我們以前住的房子很小，房租又貴。於是我想，住在紅屋好多了。媽媽可以住在舒適的房間裡，還可以租幾個房間出去，用來支付我們的日常開銷。

「我一直堅持這麼做，儘管又有另外一個先生提供了更為誘人的價格，我也沒改變我的主意。搬進去之後，我們登廣告招徠房客。剛開始一切都很順利，有好幾位房客住了進來；我姑媽原先的傭人仍和我們住在一塊，我和她輪流做家事。但好景不長，過沒多久就發生了令人意想不到的怪事。」

「什麼樣的怪事？」

「非常稀奇古怪的事。整棟房子就像中了邪似的。牆上掛著的畫掉下來，陶器也滿屋子亂滾，然後撞成碎片。有一天上午，我們還發現所有的家具都被挪動了位置。剛開始，我們還以為是有人在惡作劇，後來不得不改變這種想法。有時候，當我們大家坐在一起吃晚飯時，就會突然聽見頭頂上轟隆一聲巨響。等我們跑上樓去看，卻連個人影也沒有，只是一件家具倒在地板上。」

「那必定是捉弄人的鬼怪。」陶品絲大叫道，此刻她已被對方的故事完全迷住了。

「對，奧尼爾博士也是這樣說，雖然我不知道那是什麼意思。」

「那是一種邪靈，專門捉弄人。」陶品絲解釋道。

事實上，她本人對這個問題也不甚了解，更不敢肯定是否說對了這個詞語。

「嗯，總之，這件事帶來了災難性的後果。我們的房客都嚇得要死，趕緊搬走了。後來的新房客也同樣如此。我絕望極了，更糟糕的是，用這棟房子所投資的公司倒閉了，我們原來靠此得到的那點微薄收入也就突然沒有了。」

「唉，真可憐呀！」陶品絲同情地說，「你們的日子太悲慘了！你是想讓布倫特先生為你調查這件惱人的怪事嗎？」

「不完全是。三天前，一位先生來了我們家，他是奧尼爾博士。他告訴我們他是物理研究學會的會員，他聽說了在我們房子裡發生的怪事，說他對此非常感興趣。因此，他準備從我們手中買下那棟房子，在那兒做一系列的實驗。」

「是嗎？」

「當然，起初，我高興得不得了，因為這似乎是我們擺脫困境的好辦法。但是……」

「怎麼了？」

「你也許會認為我太會幻想了……或許我確實如此。但是……哦！我敢肯定我絕對沒弄錯。他是同一個人！」

「什麼同一個人？」

「以前想買房子的同一個人。哦！我保證我沒弄錯。」

「為什麼不能是同一個人呢？」

「你不懂。這兩個人完全不同，名字不同，一切都不同。第一個人很年輕，他大約三十幾歲，皮膚微黑，樣子很瀟灑。奧尼爾博士差不多五十歲了，他留著黑色鬍子，戴著眼鏡，平時都是彎腰駝背。但當他說話時，我看見他口中鑲有一顆金牙。只有當他在笑的時候，你才能看得見。另外的那個人也有同樣的一顆金牙，並且也在同樣的位置。於是，我又仔細觀察了奧尼爾博士的耳朵。因為我曾經注意到另外那個人的耳朵長得特別奇怪，幾乎沒有耳垂。你猜怎麼，奧尼爾博士的耳朵居然也是那種形狀。這兩件事情絕對不可能是巧合。我經過再三考慮，最後決定給他寫封信，說我在一星期之後給他答覆。前一陣子我看到布倫特先生的廣告……事實上，我是從墊在廚房抽屜裡的一張舊報紙上看見的。於是，我把廣告剪了下來，就直接進城來了。」

「你做得很正確，」陶品絲用力地點著頭說，「這事確實需要認真調查。」

「狄恩小姐，這是一件十分有趣的案子。」湯米說，「我們很樂意為你把這件事查清楚……嗯，薛靈漢小姐，你說呢？」

「這當然是責無旁貸。」陶品絲回答道，「我們會把這事查個水落石出。」

「狄恩小姐，」湯米繼續對那女孩說，「我知道你家現在有你、你母親和一個傭人。你能否把那個傭人的詳細情況告訴我？」

「她的名字叫克蘿可，跟隨我姑媽大約已經八年，或許有十年。她上了年紀，性情有點古怪，卻是一位很好的傭人。有時愛擺擺架子，因為她妹妹嫁了一個頗有地位的丈夫。克蘿可有個外甥，她常對我們誇他是個『非常體面的紳士』。」

「嗯！」湯米哼了一聲，一時無法接口。

陶品絲一直審視著莫妮卡，這時，她突然果斷地說：「我看最好是讓狄恩小姐和我一塊出去吃午餐。現在剛好一點整。我會問出所有細節。」

「沒問題，薛靈漢小姐。」湯米說，「這是一個絕佳的安排。」

§

「狄恩小姐，」當她們很舒適地坐在附近一家餐館裡的小桌旁時，陶品絲說，「你能否告訴我，是不是出於某種特殊原因，你才打算把所發生的一切都弄清楚？」

莫妮卡的臉脹得通紅。

「請直截了當地說吧！」陶品絲鼓勵著對方。

「呃，你知道……」

「嗯……有兩個人，他們都想娶我。」

「我想又是那類故事吧？一個富有，一個貧窮，而那個貧窮的人恰好是你所傾心的！」

「我真不知道你如何料事如神。」那女孩低聲說道。

「這是一種自然法則。」陶品絲解釋道，「這種事會發生在每個人身上，我也不例外。」

「你知道，即使我把房子賣掉，我們也沒有足夠的錢過日子。杰拉德是個好人，但是他窮死了，儘管他是個非常有才氣的工程師；倘若他能有一小筆資金，他工作的公司就會接納他為合夥人。另外一個是帕崔奇先生，我相信他是個非常好的人，也相當富有。如果我嫁給他，艱難困苦的日子也就可以結束了。但是，但是……」

「這我能理解。」陶品絲善解人意地說，「這完全是兩碼事。你可以不斷地說服自己他是那麼好、那麼有價值，並且再把他的品格當作附加條件也算上去，但最終他還是不能激發起你的熱情。」

莫妮卡點了點頭。

「我看就談到這兒吧。」陶品絲說，「我認為我們最好到你那兒去，在現場進行調查。

你住在哪兒？」

「紅屋，在馬希的斯托頓鎮。」

陶品絲把地址寫在她的筆記本上。

「我還沒問你……」莫妮卡吞吞吐吐地說，「關於費用……」

她講完話，臉也紅了。

「我們嚴格地按調查結果來收取報酬，」陶品絲嚴肅地說，「如果紅屋的祕密會帶來可觀的經濟效益，比如，那些買主因急於購買房屋而出高價收購，我們就會按照很小的百分比來抽成。否則的話……我們就分文不取！」

「太感謝了！」那女孩感激不盡地說。

「好了，你現在什麼也不用擔憂，」陶品絲說，「一切都會順利進行。我們一面好好吃午餐，一面談點什麼有趣的事吧。」

§

「唉，」湯米從「王冠和錨」的窗戶望出去，說道：「我們簡直是來到了癩蛤蟆洞……管它叫什麼名字，反正這是個討人厭的小村子。」

「我們還是先研究一下這個案子吧。」陶品絲說。

「當然可以。」湯米說，「首先談談我的看法，我認為那位生病的母親嫌疑最大。」

「理由是什麼？」

「親愛的陶品絲，假定這捉弄人的鬼怪事件是有預謀的，其目的是促使那女孩趕快把房子賣掉，那麼，一定是有人在屋內拿東西亂摔。那女孩曾說，所有的人都在用晚餐，但是如果那位母親病情特別嚴重，她勢必就會待在樓上的房間裡。」

「如果她的病情十分嚴重，那她不可能摔得動家具。」

「哼！如果她不是真病，而是裝病呢？」

「原因何在？」

「這你問倒我了。」她丈夫坦承道，「我只是在嚴格遵循眾所周知的破案原則……懷疑那些看來最不可能的人。」

「你就是愛開玩笑。」陶品絲嚴肅地說，「當然，這其中必定有什麼原因，才會使得那些人急於得到那棟房子。倘若你不想去查出這事的來龍去脈，那就由我來查。我喜歡那女孩，她好可愛。」

湯米很正經地點了點頭。

「我十分贊成。陶品絲，我就是忍不住要和你開開玩笑。當然，這棟房子是有些蹊蹺。不管是什麼，裡面一定有樣東西很難弄到手，否則只要一次簡單的闖空門就解決了。可是急於要買下這棟房子，就意味著你非得撬開地板或是打掉牆壁，要不就是在後花園的地底下有煤礦。」

「我倒不希望是煤礦，埋藏的財寶更具浪漫色彩。」

「嗯，」湯米說，「如果是這種情況，那我就要去拜訪一下當地銀行的經理，對他說，我要待在這兒過完聖誕節，而且很可能會買下紅屋，然後再和他討論一下開戶的問題。」

「但是，為什麼……」

「等著瞧吧！」

半小時後，湯米回來了。他的雙眼閃閃發光。

「陶品絲，事情大有進展了。我和那經理的會面很順利。在與他交談的過程中，我不經意地問他，是否有人在他們的銀行裡存過金子，現在這種事在鄉下小銀行裡時有所聞。你知道吧，有不少的小農場主人在戰時曾把金子埋藏在地下。圍繞這個話題，我們自然而然地談起了有些老太太的古怪行徑。我臨時捏造說，我有個姑媽曾在戰爭爆發時趕著一輛四輪馬車去陸海軍倉庫，回來時，車上居然裝著十六隻火腿。他馬上接著說，他自己的一位顧客曾堅持要把所存的錢統統取走，連一個便士也不留下，她要求盡可能用金子支付，不僅如此，她還執意要把原來由銀行託管的所有證券、無記名債券以及類似的東西全部交由她自己保管。我感嘆說，這純屬愚蠢的行為，接著他又說，那老太太就是紅屋原來的屋主。陶品絲，你清楚了吧？她把所有的錢從銀行裡取出來，再把它們藏在某個地方。莫妮卡．狄恩曾提到，她們當時很驚訝她留下的財產少得可憐，這一點你還記得嗎？很顯然，她把錢藏在紅屋裡了，並且有人知道這件事。我也能準確地猜出那人是誰。」
「是誰？」
「那個忠誠的克蘿可，如何？我想她必定很了解她女主人的怪癖。」
「那麼那個鑲金牙的奧尼爾博士呢？」
「當然就是她那位紳士派頭的外甥啦！沒錯。但她究竟把錢藏在哪兒了呢？陶品絲，你比我還了解老太太，她們通常會把東西藏在哪兒？」
「裹在襪子裡，或者包在襯裙裡，要不就塞在床墊下。」
湯米點了點頭。
「我想你是對的。但她沒那麼做，因為一旦她的東西被翻動，錢就會被發現。我一直在想，像她那樣的老太太怎麼也不可能撬開地板，或者在花園裡挖洞。但有一點不容否認，那就是錢一定藏在紅屋的某個地方。克蘿可也還沒發現藏錢的地方，可是她知道有錢藏在屋子裡。一旦這棟房子屬於她和她那個寶貝外甥所有，他們就可以毫無顧忌地搜個天翻地覆，直到發現他們想要的東西為止。因此，我們必須搶在他們前頭。陶品絲，趕快，我們立刻就到紅屋去！」
莫妮卡・狄恩小姐熱情地接待了他們。她對她母親和克蘿可介紹說，他們可能成為紅屋的買主。如此一來，他們便可自由自在地觀察整棟房子的裡裡外外。湯米沒把自己的結論告訴莫妮卡，只是問了幾個尖銳的問題。那老太太的部分衣物和私人物品已送給了克蘿可，而其他東西則送給了幾個貧困家庭。任何細小的東西都翻過，並且都仔細檢查過了。

「你姑媽有留下任何文件嗎？」

「有的，書桌裡塞得滿滿的，還有一些在她臥室的抽屜裡。但沒有一樣是重要的。」

「它們沒被扔掉吧？」

「沒有，我母親一向不太願意把舊資料扔掉。在這些資料中有一部分是很舊的食譜，她打算找一天仔細看一看。」

「很好！」湯米讚許道，隨即指了指正在花圃裡忙著的那個老頭問道，「你姑媽在世時，那位老園丁就在這兒工作了嗎？」

「是的，他以前一週來工作三天。他就住在這村子裡。可憐的老傢伙，他已經幫不上什麼大忙。我們現在一週只請他來一次，把花園弄整潔。因為我們付不起太多工資。」

湯米對陶品絲使了使眼色，示意由她盯住莫妮卡，他自己則朝那名老園丁工作的地方走去。他和那老人愉快地交談了幾句，然後問他老太太在世時他是否就在這兒工作，最後又隨意地說：「你曾經為她埋過一個箱子，對吧？」

「沒有，先生，我從未為她埋過任何東西。她埋箱子做什麼呢？」

湯米搖了搖頭，滿面愁容地回到屋裡。看來只有寄望於仔細研究老太太留下的文件了，或許可以從中找出某些線索。否則的話，這個問題真是太難解決了。雖說這棟房子本身是舊式結構，但還不夠古老，不可能有什麼密室或暗道。

就在他們倆準備告辭時，莫妮卡送來了一個用繩子捆得緊緊的紙箱子。

「我把所有文件都收集好了，」她悄聲說道，「全都放在這裡面。我想你們可以帶走。這樣你們就有足夠的時間看一遍，但是我敢肯定，你們不可能找到解開房子發生神祕事件的線索……」

突然，樓上發出一陣恐怖的巨響打斷了她的話。湯米飛快地幾步跑上樓，只見一間前廳的地板上躺著被摔成碎片的一只罐子和一個臉盆，而房內連個人影都沒有。

「那鬼魂又在耍花招了。」他咧著嘴低聲笑道。

他沉思著慢慢走下樓。

「狄恩小姐，不曉得我是否可以和傭人克蘿可談一下。」

「那當然沒問題。我馬上去叫她來見你。」

莫妮卡走向廚房。不一會兒，她與一個上了年紀的女傭走了過來。那女傭稍早曾為他們開過大門。

「我們正打算買下這棟房子。」湯米輕鬆愉快地說，「如果我們真買下了，我太太想知道，你是否願意和我們待在一塊兒？」

克蘿可那高傲的臉上絲毫表情也沒有。

「非常感謝你，先生，」她說，「如果可以，我會仔細考慮。」

湯米轉臉看看莫妮卡。

「狄恩小姐，我對這棟房子很滿意。我知道目前還有另外一位買主，也知道他開的價錢。但我願意多付一百英鎊。請您注意，我出的這個價錢很不錯。」

莫妮卡模稜兩可地嘀咕了幾句，貝里福夫婦就告辭了。

「我的推測完全正確。」當兩人走到屋外的車道上時，湯米說，「克蘿可必定參與了此事。你注意到她剛才的呼吸很急促嗎？那是因為她把罐子和盆子摔在地板上後，又急急忙忙地從後面的樓梯跑下來。她很可能有時會悄悄地把她外甥藏在屋子裡，由他來裝神弄鬼，同時，她卻安然地與這家人待在一塊兒，顯得與此事毫不相干。我敢肯定，在明天之前，奧尼爾博士會再提高房子的買價。」

果然不出湯米所料，晚餐過後，他們收到一張便條。那是莫妮卡叫人送來的。

「我剛才和奧尼爾博士談過，他把原來的買價提高一百五十英鎊。」

「那位外甥一定是個詭計多端的人。」湯米沉思道，「陶品絲，我告訴你，那份回報顯然非常可觀。」

「哦，哦，哦，我們要能找到那些東西該有多好啊！」

「那好，我們開始做這份艱苦的工作吧！」

接著，夫妻倆便開始仔細審查那一大箱文件，這是件挺費勁的事。他們漫無目標地在那堆亂七八糟的紙堆裡搜尋，每隔幾分鐘就交換一下情況。

「陶品絲，你的最新發現是什麼？」

「兩張收據，三封不重要的信，一張保存新鮮馬鈴薯的祕方，另一張是介紹製作檸檬乳酪蛋糕的方法。你發現了什麼呢？」

「一張帳單，一首描寫春天的詩，兩篇從報紙上剪下來的文章：一篇是〈為何女人要買珠寶——一種安全的投資手段〉；另一篇是〈一夫四妻——不可思議的故事〉；還有一則醃野兔的食譜。」

「太令人失望了。」陶品絲心灰意冷地說。

接著，他們又再次埋頭苦苦搜尋。最後，那箱子終於被翻遍了，他們倆面面相覷。

「我剛才把這個放在一邊，」湯米說著拿起一張半頁的紙。「因為我覺得有點特別。但是我不認為這會與我們在尋找的線索有任何關係。」

「讓我看看。哦！是那種滑稽可笑的遊戲，叫什麼來著？叫變位字或猜字謎什麼的。」

她大聲地唸道：

我的第一部分可以放在炭火上，
我的整個可以放入我的第一部分；
我的第二部分永遠排第一；
我的第三部分討厭冬天的寒風。

「哼！」湯米尖刻地說，「我看不出這詩人的押韻有何高明之處。」

「我也看不出你所謂的特殊之處在哪裡。」陶品絲反唇相稽。「大約五十年前，每個人都常收集這種東西，並把它們保存好。在冬天的夜晚，大家圍著壁爐時，就可玩玩這類遊戲來消磨時光。」

「我剛才指的並非詩體方面的問題。使我感到特別的是寫在它下面的那幾個字。」

「『路加福音，第十一章，第九節』。」她讀完後說，「這是經文。」

「是的。難道這不會讓你也感到奇怪嗎？一個信奉宗教的老太太怎麼會在一個字謎遊戲下方寫上這種東西呢？」

「這事確實很奇怪。」陶品絲想了一下，同意道。

「既然你是牧師的女兒，我想，你應該隨身帶著聖經吧？」

「事實上，我確實隨身帶著。啊哈！你沒想到吧？等一下。」

陶品絲朝她的旅行箱跑去，從中抽出一本紅色小書，然後走過來把它放在桌子上。她迅速地翻著書頁。

「找到了。路加福音，第十一章，第九節。哦！湯米，你來看。」

湯米俯下身來看著陶品絲細小的手指所指著的詩句。

「『只要追求，你便有收穫』。」

「正是如此，」陶品絲叫了一聲。「有了！只要破譯這段密碼，寶藏就是我們的……或者應該說，屬於莫妮卡的了。」
「那好，讓我們一起來破譯這段你所說的密碼吧。『我的第一部分可以放在炭火上』，這是什麼意思啊？接下來，『我的整個可以放入我的第一部分』。這純粹是無稽之談。」
「這太簡單了，真的。」陶品絲和氣地說，「這只不過是個小小的文字遊戲而已。我來把它弄清楚。」
湯米巴不得拱手讓賢。陶品絲往扶手椅上一靠，便開始皺著眉頭喃喃自語起來。
「這太簡單了，真的。」半小時過後，湯米低聲譏諷道。
「你別幸災樂禍好不好！我們這一代人對此並不精通。我有個好主意，明天回倫敦去請教某位老婆婆，她極有可能眨一下眼就弄清楚這是什麼意思。反正這是個小小的文字遊戲，僅此而已。」
「嗯，我們還是再試一下。」
「沒有多少東西可以放在火上燒。」陶品絲沉思道，「如果是水，那火就會被澆滅，要不就是木柴，或者是水壺。」
「應該是一個單音節的字眼吧？會不會是木頭呢？」
「可是你並不能把東西放進木頭裡面去。」
「就這首怪詩而論，除了水之外，就幾乎沒有其他恰當的單音節字眼符合。但水壺之類的器皿一定有某些可以放在火上燒，並且它的名稱是單音節。」

「平底鍋，」陶品絲開著玩笑說，「煎鍋。要不就是鍋？或者是罐？喂，帶有鍋或罐字的器皿中，哪些可以用於烹調？」

「陶罐，」湯米建議道，「它可以放在火上烘烤。這很接近了吧？」

「但其他部分不符合。鬆餅？不對。哦！真麻煩。」

這時，一位小個子的女傭來通知他們，晚餐在幾分鐘後就會準備好，這才打斷了他們的研究。

「拉姆利太太想知道你們喜歡吃炸馬鈴薯，還是連皮煮的馬鈴薯？她每種都有一些。」

「連皮煮的，」陶品絲立即答道，「我愛死了馬鈴薯……」

她突然停頓，目瞪口呆地看著前方。

「陶品絲，你怎麼啦？見鬼了嗎？」

「湯米，」陶品絲回過神來大聲說道，「難道你還不明白嗎？就是這個！我的意思是『馬鈴薯』[23]。『我的第一部分可以放在炭火上』，那是罐子。『我的整個可以放入我的第一部分』，馬鈴薯可以放進罐子裡煮。『我的第二部分永遠排第一』……那就是A，字母表的第一個字母。『我的第三部分厭惡冬天的寒風』，當然就是冰冷的腳趾了！」

23 馬鈴薯一詞的英文複數為potatoes，前三個字母為一單字pot，意為「罐」，中間為英文第一個字母a；最後四個字母則為另一單字toes，意為「腳趾」。

「陶品絲，完全正確，你太聰明了！但恐怕我們費了這麼大力氣仍一無所獲。馬鈴薯和失蹤的寶藏之間絕無任何關係……嗯，等一下，剛才我們在翻那箱子的時候，你說你看見了什麼？好像是保存新鮮馬鈴薯的食譜。不曉得那其中是否有什麼祕密。」

他迅速地在那堆食譜中翻著。

「啊，找到了。『馬鈴薯保鮮法：將新鮮馬鈴薯裝入馬口鐵罐，再將其埋入花園裡。即使在隆冬，馬鈴薯之味道仍然鮮美如初。』」

「我們終於成功了，」陶品絲欣喜若狂。「正是如此。寶藏就在花園裡，裝在馬口鐵裡埋在地下。」

「但我問過園丁，他說他從未埋過任何東西。」

「沒錯，我知道，但那是因為人們不會確實回答你想知道的事，而是按他們所理解的意思來回答。他只知道他從未埋過什麼不同尋常的東西。我們明天去找他，直截了當地問他在哪兒埋過馬鈴薯。」

第二天是聖誕夜。他們一早就打聽到那老園丁住的地方。和那老人閒聊幾分鐘後，陶品絲便直接轉入正題。

「我希望在聖誕節期間讓大家都能吃上新鮮的馬鈴薯。」她說，「馬鈴薯配火雞是最可口的，不是嗎？您知道這附近有人把馬鈴薯裝在鐵罐裡埋在地下嗎？我聽說這種方法可使馬鈴薯長期保鮮呢。」

「啊，確實會保鮮喲。」那老人說，「老狄恩小姐，就是紅屋原來的主人，她在每年夏天都要埋上三鐵罐的馬鈴薯。但她往往又忘記把它們挖出來！」

「一般來講，都是把鐵罐埋在房子的地基旁邊，她也是這樣做的嗎？」

「不，她把它們埋在靠近那棵樅樹的牆面下。」

獲得了苦心尋找的信息之後，他們便立刻向那老人告辭，臨走時還贈送他五先令作為聖誕禮物。

「好了，現在應該去找莫妮卡了。」湯米說。

「湯米！你太缺乏戲劇感了。把這事交給我吧。我已經有了一個美妙的計畫。你認為你能設法去乞討、去借或者乾脆去偷一把鐵鏟嗎？」

不管怎麼說，他們還是及時找到了一把鏟子。那天夜晚，兩個隱約可見的人影悄悄溜進紅屋的花園裡，輕而易舉地找到了園丁所指點的地方。湯米即刻開始行動。僅僅一會兒工夫，他手中的鐵鏟就碰響了一個金屬的東西。幾秒鐘後，他挖出一個很大、裝餅乾的鐵罐，罐的四周用黏膠封得死死的。陶品絲用湯米的小刀迅速把鐵罐撬開。她低聲叫了起來，那罐裡滿滿地裝著馬鈴薯。她將馬鈴薯一股腦兒倒了出來，罐子見了底，但沒發現其他東西。

「繼續挖，湯米。」

過了一陣子，他們的辛勞沒有白費，第二個罐子也被挖出來。陶品絲如法炮製打開它。

「怎麼樣？」湯米焦急地問道。

「也全是馬鈴薯！」

「該死！」

湯米咒罵道，又接著開始鏟土。

「第三次我們會走運的。」陶品絲安慰道。

「我看這整件事就如海市蜃樓一般。」

湯米抱怨著，但他還是不停地挖著。

終於，第三個鐵罐被挖出來了。

「又是馬……」陶品絲剛一開口，便立即停了下來。「哦！湯米，我們找到了！馬鈴薯只在最上面一層。瞧！」

她手中拿著一個很大的舊式絲絨布袋。

「先趕快回去再說，」湯米催促道，「冷死了。你先把布袋帶回去，我必須把泥土鏟回原處。陶品絲，你記好了，在我回去之前你要是先單獨打開布袋的話，就要遭到千萬次最惡毒的詛咒！」

「放心好了，我行事一向正大光明。哎喲！我凍僵了。」

說著，她飛也似地跑了。

返回小旅館後，沒等多久，湯米也緊跟著她的腳步趕回來了。他急急忙忙鏟完土，又匆匆忙忙跑回來，因此汗如雨下。

「嘿，」湯米說，「私家偵探大功告成！貝里福夫人，請打開戰利品吧！」

在那布袋裡有個用浸過油的絲綢裹好的小包，和一個沉甸甸的羚羊皮袋。他們先打開羚羊皮袋，裡面裝滿了一英鎊的金幣。湯米數了數。

「二百英鎊。我想那家銀行只願意換給她這麼多。割開那個小包！」

陶品絲立即照辦。裡面是一卷裹得很緊的鈔票。湯米和陶品絲兩人仔細清點一下，不多不少，共計兩萬英鎊。

「噓！」湯米驚嘆道，「貝里福夫婦既富有又誠實，這對莫妮卡說來真是莫大的幸運，不是嗎？喂，那個用衛生紙包著的東西是什麼？」

陶品絲把那小紙包展開，抽出一串精美勻稱的珍珠。

「我對這種玩意兒可不太在行，」湯米慢吞吞地說，「但我敢肯定這些珍珠至少值五千英鎊。你看看它們的大小就知道。現在我明白了，那老太太為什麼要保存那張『買珍珠是好的投資方式』的剪報了。她一定把她全部的債券都賣掉，並將其兌換成現金和珠寶。」

「啊，湯米，這簡直太棒了！現在，親愛的莫妮卡就可以嫁給她所傾心的好青年，並且永遠過著幸福的日子，就像我一樣。」

「陶品絲，你說這話真讓人感到窩心。那麼，你和我在一起是非常幸福的囉？」

「真的，我確實很幸福，」陶品絲說，「可是我其實不想這麼說，只是偏偏又說漏了嘴。大概是太興奮的緣故，再加上今天是聖誕夜，事情一樁接著一樁……」

「倘若你真的愛我，」湯米打斷了她。「你能否回答我一個問題？」
「我討厭這種陷阱，」陶品絲說，「但是，好吧，你問。」
「你是如何知道莫妮卡是牧師的女兒？」
「哦，那只是略施小計而已，」陶品絲快活地說，「我看過她要求與我們見面的信，而且我記得有一位狄恩先生曾當過我父親的助理牧師，他也有一個小女兒叫莫妮卡，比我大約小個四、五歲。因此，我就按照這個事實大膽推理而得。」
「你這個無恥之徒。」湯米說，「喂，你聽，時鐘敲響了十二點。陶品絲，聖誕快樂！」
「聖誕快樂，湯米。對莫妮卡來講，這也是一個快樂的聖誕節……全拜我們之賜。我好高興。啊，可憐的女孩，她的遭遇是那麼悲慘。湯米，你知道嗎？我一想到這點，就覺得心裡發酸，喉嚨發哽。」
「啊，陶品絲，我親愛的。」湯米溫柔地說。
「湯米，我親愛的。」陶品絲說，「你看，我們是愈來愈多愁善感了！」
「因為聖誕節一年只有一次，」湯米充滿深情地說，「我們的爺爺、奶奶都是這樣說的，我想這句話仍然很有道理。」

13

大使的長筒靴

Partners in Crime

「親愛的夥伴，我親愛的夥伴！」陶品絲一邊喊著，一邊揮動著一塊塗了很多奶油的鬆餅。

湯米看了她一兩分鐘，然後咧嘴笑了笑，低聲說道：「我們應該小心謹慎才是。」

「沒錯，」陶品絲愉快地說，「你猜對了。我現在是赫赫有名的福瓊醫師[24]，而你是貝爾警官。」

「為什麼你是雷金納．福瓊呢？」

「因為我很喜歡吃熱奶油。」

「這只是輕鬆的那一面，」湯米說，「但還有另一面，那就是你必須經常檢驗碎得稀巴爛的面孔，以及慘不忍睹、形形色色的屍體。這你辦得到嗎？」

陶品絲將一封信扔給了他，算是作為答覆。湯米看完後，驚訝得連眉毛都揚了起來。

「藍道夫．魏莫特，那個美國大使。不曉得他找我們做什麼。」

「明天十一點整我們就會知道了。」

第二天，美國駐聖詹姆士法庭大使藍道夫．魏莫特先生準時到了布倫特先生的辦公室。他清了清嗓子，以從容不迫且個性十足的表情開始講話。

「我此次專程來拜訪你，布倫特先生……對了，在我面前這位是布倫特先生本人吧？」

「當然是的，」湯米說，「我就是西奧多．布倫特，本偵探社的負責人。」

「我一向喜歡和部門的負責人打交道。」魏莫特先生說，「無論從哪個角度來看，這樣做都要讓人放心些。布倫特先生，我剛才正準備說的是，這事讓我很生氣。當然，此事也無須去打擾蘇格蘭警場。因為不管怎麼說，我本人並未受到絲毫傷害。事情很可能是由於一個小小的誤會所造成。但我看不出這誤會是如何產生的。我可以肯定地說，這其中毫無犯罪的可能，然而我只是想弄清楚這件事。如果對發生的事情不知其來龍去脈，會使我感到煩躁不安。」

「那是一定的。」湯米說。

魏莫特繼續講述下去。他說話慢條斯理，任何瑣碎的細節也不漏掉。最後，湯米好不容易才插上嘴。

「好的，」他說，「你所說的情況大概是這樣：一週前你乘坐『遊牧號』輪船到達倫敦。不知怎麼搞的，您的長形帆布袋和另外一位先生的搞混了。那位先生叫拉爾夫·衛特漢，他姓名的縮寫字母與您的相同。於是，您拿了衛特漢先生的帆布袋，而他卻拿了您的。衛特漢先生很快發現了這個錯誤，便把您的帆布袋送到了大使館，然後把他自己的取走了。到此為止，我沒說錯什麼吧？」

「絲毫沒錯，就是這麼回事。那兩個帆布袋的式樣一定是完全相同，再加上行李標籤上

24 福瓊醫師（Dr. Reginald Fortune）是H. C.貝利（H. C. Bailey, 1878-1961）筆下人物、蘇格蘭警場的醫學顧問。

的姓名縮寫都同樣是RW，所以容易弄錯，這點不難理解。我自己是在貼身男僕向我報告後才知道這件事的。那位衛特漢先生是位參議員，我一向對他很欽佩。是他叫人來取走他的帆布袋，並把我的那個送還給我。」

「但我不明白……」

「你馬上就會明白。剛才講的只是事情的開始。昨天，真湊巧，我竟然碰見了衛特漢參議員。我以開玩笑的口吻對他提起了這件事。使我大吃一驚的是，他似乎不知道我在講些什麼，我解釋了一番之後，他完全加以否認。他下船時根本沒有錯把我的袋子當作他自己的拿走，事實上，他的行李壓根就沒有長形帆布袋之類的物品。」

「真是太奇怪了！」

「布倫特先生，這事確實很奇怪，似乎莫名其妙。如果有人想偷我的帆布袋，他很容易就能得逞，犯不著採用這種兜圈子的辦法。不管怎麼說，我的帆布袋沒有被偷走，因為已經物歸原主。從另外一個角度來分析，如果它確實被誤拿，那為什麼要冒充衛特漢參議員的名義呢？這真叫人摸不著頭腦。正是為了解開這個謎，我才想把這事查清楚。我希望你不會因為這事太瑣碎而不願接手吧？」

「怎麼會呢？這是個很有意思的小問題，儘管如您所說，可能有許多單純的解釋，但還是讓人十分困惑。首先，倘若真是偷天換日，那就應該查清它的目的何在。您剛才說，那帆布袋送回到你手中時，裡面的東西一件都不少，對吧？」

「我的僕人說，什麼也沒丟。他應該很清楚。」

「請允許我冒昧地問一句，袋裡都有些什麼呢？」

「主要是長筒靴。」

「長筒靴！」湯米感到很失望。

「是的，」魏莫特先生說，「是長筒靴。很奇怪吧？」

「抱歉再問一下，」湯米很有禮貌地說，「你沒有把任何祕密文件或類似的重要物品，縫在靴子的襯布裡或塞在空的靴跟裡吧？」

那位大使似乎被這個問題逗樂了。

「祕密外交還沒到那種程度。」

「這只會發生在小說裡，」湯米略帶歉意地笑道，「但您知道，我們至少已討論到這件事的一些實質性問題。是誰去大使館拿那個帆布袋？我的意思是，另外的那個帆布袋？」

「應該是衛特漢的一個僕人吧。據我所知，那是個極普通的人，沉默寡言。我的貼身男僕看不出他有什麼可疑之處。」

「您知道那帆布袋是否被打開過？」

「這我就不確定了。我想沒有。但是，你也許想問我的僕人幾個問題吧？對這事，他應該比我更能準確地回答你。」

「魏莫特先生，我想這是最好的辦法了。」

大使先生在一張名片上潦草地寫下幾個字，然後把它遞給了湯米。

「我想你寧願親自到大使館去做調查，對吧？如果你不去，我就叫那位僕人上你這兒來。順帶一提，他的名字叫理查。」

「魏莫特先生，謝謝您！不用麻煩了，我可以親自上大使館去。」

大使先生站起身來，看了看手錶。

「啊，天啊！我還有一個約會，恐怕要遲到了。就這樣吧，布倫特先生，再見了。我把這事全權交給你處理。」

他匆匆忙忙走了。湯米望著陶品絲。剛才她是以魯賓遜小姐的身分嫻靜地坐在那兒，一直在記事本上迅速地寫著。

「老婆，你對這事的看法如何？」他說，「根據剛才那老傢伙的說法，你看出什麼端倪沒有？」

「什麼也看不出來。」陶品絲開心地回答道。

「不管怎麼說，這終歸是個開始！很顯然，這件事的背後有個很複雜的背景。」

「你這樣認為嗎？」

「這是任何人都會接受的假設。我們必須牢記福爾摩斯以及牛油掉進芹菜湯裡的深意……我的意思是採取逆向推理的辦法。我這人總是急於了解案件的所有情況。但願福爾摩斯的搭檔華生，有一天會從他的筆記本上發掘出適用於任何案件的破案方法來，那樣我便可以含笑九泉了。總之，我們必須趕快行動。」

「確實如此。」陶品絲說，「那位正派的魏莫特先生辦事並不很迅速，卻很沉穩。」

「她了解男人。」湯米說，「或者我應該說『他』了解男人才對。當你假扮男偵探時，我一向搞不清楚狀況。」

「啊，我親愛的夥伴，我親愛的夥伴！」

「陶品絲，多一點行動，少重複那些話。」

「偵探小說裡的經典名句，再重複背誦多少遍也不嫌多。」陶品絲義正辭嚴地說。

「吃點鬆餅吧。」湯米表示和解。

「謝謝，在上午十一點我是不吃鬆餅的。這件案子真可笑。長筒靴，為什麼會是長筒靴呢？」

「唉，」湯米說，「有何不可呢？」

「說不過去嘛，長筒靴。」她搖了搖頭。「根本不對。誰會去偷別人的長筒靴呢？整件事很瘋狂嘛。」

「他們有可能拿錯了袋子。」湯米假設道。

「有可能。但如果他們想拿的是文件，那也該去找公文遞送箱，而不是普通的袋子。一提到大使先生，人們聯想到的只是重要的祕密文件。」

「長筒靴使人聯想到腳印。」湯米若有所思地說，「你認為他們是否想在某個地方留下魏莫特先生的腳印？」
陶品絲暫時放棄了自己的推測。她很認真地考慮湯米的看法。最後，她搖了搖頭。
「這幾乎是完全不可能。」她口氣很堅定。「不，我相信我們應該認定長筒靴和這個案子無關。」
「也罷，」湯米嘆了一口氣。「下一步就該去找理查。也許他能為解開這個謎題帶來一線希望。」
湯米出示了大使先生的名片，便獲准進入美國大使館。不一會兒工夫，一位臉色蒼白的年輕人來見湯米，他的舉止極其謙卑溫順。
「先生，我是魏莫特先生的貼身僕人理查。我聽說您想見我？」
「是的，理查。魏莫特先生今天上午與我見了面，他建議我來這兒問你幾個問題。主要是關於那個長形帆布袋。」
「先生，我知道魏莫特先生對這事很不高興。我真看不出是為了什麼，畢竟它沒有造成任何損失。從來取另外那個布袋的人的口中，我得知那布袋是屬於衛特漢參議員的，但當然啦，我或許弄錯了。」
「那人是什麼模樣？」
「他是個中年人，一頭白髮。很有教養，舉止也很高雅。我想他一定是衛特漢參議員的貼身僕人。他留下魏莫特先生的布袋，然後把另外的那個拿走了。」

「布袋被打開過沒有？」
「先生，您說的是哪一個？」
「嗯，我的意思是，你從船上帶回來的那個。我當然也想知道另外那一個——就是魏莫特先生自己的布袋——被打開了沒有？」
「先生，沒有。它仍然像原先在船上時綁好的模樣。我應該說，那位紳士——我也不知道他究竟是誰——曾打開過，他發現不是他們的，就立即又闔上了。」
「沒丟什麼東西吧？哪怕很小的東西也沒丟吧？」
「先生，我想沒有。事實上，我很肯定。」
「現在來談談另外的那個布袋。你打開過，並準備整理嗎？」
「事實上，先生，我正要打開它的時候，衛特漢參議員的僕人恰好到這兒來了。那時我剛解開繩子。」
「你到底把它打開過沒有？」
「先生，我和那人一起把它解開，目的是確認這一次不再犯任何錯誤。那人說沒問題，所以他把布袋再次捆好後就拿走了。」
「那裡面有什麼東西？也是長筒靴嗎？」
「先生，不是，我想，裡面主要是盥洗用品。我還看見一罐浴鹽呢。」
湯米決定不再追問下去。

「在船上時，你沒發現有人碰過你主人放在客艙裡的東西吧？」

「哦，沒有，先生。」

「也絕沒發生任何值得懷疑的事？」

「我說這話是什麼意思，我自己也不曉得哩，」湯米暗自打趣地想，「任何值得懷疑的事？說得容易！」

但他面前的男人猶豫了一會兒。

「啊，我記起來了……」

「很好，」湯米焦急地說，「是什麼？」

「我想這與帆布袋的事絲毫無關。嗯，在船上有一位小姐……」

「是嗎？你說有一位小姐，她在做什麼？」

「先生，她在船上暈倒。她的名字是艾琳·奧哈拉。那位女士挺討人喜歡的。她長得很秀氣，個子不高，一頭黑髮，看起來有點像外國人。」

「然後呢？」湯米更焦急了。

「剛才我說過，她當時就在魏莫特先生的船艙外面，突然身體感到不舒服，所以請我去找醫生。我先把她扶到沙發上，再去找醫生。我費了點勁才找到。當我把他帶到船艙來時，那位小姐居然又恢復正常了。」

「哦！」湯米說。

「先生，您不會認為……」

「事情還很難說。」湯米含含糊糊地說，「那位奧哈拉小姐是單獨一個人旅行嗎？」

「是的，先生，我想是的。」

「你上岸後沒再見過她嗎？」

「沒有，先生。」

「好的。」湯米說。

他考慮了一兩分鐘後又說：「我想就談到這兒吧。理查，謝謝你了。」

「先生，謝謝您。」

一回到偵探社的辦公室，湯米立即把與理查談話的內容詳細地告訴了陶品絲。她非常用心地聽著。

「陶品絲，你對此有何想法？」

「哦，我親愛的夥伴，我們做醫生的總是對突然的昏厥抱持懷疑的態度！假裝暈倒實在太方便了。而且不管是艾琳還是奧哈拉，聽起來都太像愛爾蘭人的姓名，難道你不這樣認為嗎？」

「終於有事可做了。陶品絲，你知道我要做什麼嗎？登廣告找那位小姐！」

「什麼？」

「對，廣告上就說艾琳．奧哈拉小姐某月某日乘坐了某號輪船，我們現在急於獲得有關她的信息。如果真有其人，那她自己便會來應答廣告，要不就會有其他人來提供有關她的情況。就目前情況來分析，這是唯一的希望。」

「別忘了你也可能打草驚蛇。」

「唉，」湯米說，「人總要有點冒險精神。」

「可是，我仍然看不出這件事有什麼道理。」陶品絲的眉頭緊鎖著。「倘若是一夥竊賊拿了大使的袋子，過了一兩個小時後再把它送回來，那麼他們從中可能得到什麼好處呢？除非那袋子裝有他們想複製的文件，然而魏莫特先生一口咬定，袋子內根本沒有這類東西。」

湯米凝視著她。

「陶品絲，你對這事的分析很有見地。」他最後說道，「你的話使我茅塞頓開。」

§

事隔兩天後，湯米一人單獨待在西奧多．布倫特先生那間簡樸的辦公室裡，他正趁機閱讀最新出版的驚悚小說。陶品絲則出去吃中飯了。

這時，辦公室的門開了，艾柏出現在門口。

「先生，有位小姐想見您。她是希瑟莉．馬奇小姐。她說她是看到一則廣告後才來這兒的。」

「馬上請她進來。」湯米叫道，並隨手把小說扔進了旁邊的一個抽屜。

過了一會兒，艾柏把那位小姐帶了進來。湯米剛來得及打量那女士一眼——她一頭金髮，長得漂亮極了——這時突然發生了他完全意想不到的事。

艾柏剛走出去才關上的那扇門被猛然地撞開了，門口赫然出現一名彪形大漢。他看上去像是西班牙人，皮膚黝黑，打著一條鮮紅色的領帶，一副凶神惡煞的模樣，手中握著一把亮錚錚的手槍。

「原來這就是那位愛管閒事的布倫特先生的辦公室！」他以一口流利的英語低沉凶狠地說道，「立刻把雙手舉起來，否則我就開槍了！」

這可不是鬧著玩。湯米只好順從地舉起雙手。那女孩蜷縮在牆邊，嚇得上氣不接下氣。

「這位小姐必須跟我一塊走。」那人說道，「是的，親愛的，你必須跟我走。你以前沒見過我，但這無關緊要。我不能讓我的計畫被你這個冒失的黃毛丫頭毀掉。我似乎記得你是遊牧號上的一位乘客。你一定已經偷看到與你毫不相干的事情，但我絕對不能讓你向這位布倫特先生洩漏任何祕密。布倫特先生真是絕頂聰明，居然會使出登廣告的高招來。可是不巧，本人一向注意報紙的廣告欄，因此，我才能得知他耍的小花招。」

「你的話太使我感興趣了。」湯米說，「請繼續講下去。」

「布倫特先生，嘻皮笑臉可幫不了你什麼忙。從現在起，你已經被盯住了。放棄這項調查，我們就會放過你。不然的話……只有上帝才能拯救你！任何阻撓我們計畫的人，只有死路一條！」

湯米一聲不吭，他盯著這不速之客的身後，彷彿見了鬼似的。

事實上，他所看見的那個影子遠比任何鬼魂更使他感到恐懼。截至目前為止，他根本不曾想過艾柏會加入這場遊戲。他理所當然地以為艾柏早已被這神祕的陌生人解決了。他只能想像艾柏被打昏躺在對外辦公室的慘狀。

但現在，他發現艾柏已奇蹟般地避開了那陌生人的注意。艾柏並未按機警的英國人慣用的方式奔出屋外去叫警察，恰好相反，他已準備單槍匹馬上陣。那陌生人身後的門悄然無聲地被打開一半，只見艾柏站在門的間隙處，手上拿著一捲粗繩。

湯米驚慌地脫口大聲喊叫阻止他，可是為時已晚，迫不及待一顯身手的艾柏已經拋出一根繩索，套住入侵者的頭部，然後使勁猛地一拉，只見那人雙腳離地朝後倒下。

不可避免的事發生了。那人握著的手槍摔在地上，砰地一聲走了火。湯米只覺得一顆灼熱的子彈呼嘯著從他耳邊飛過，射進了他身後的牆內。

「先生，我逮住他了！」艾柏高聲叫道，他因勝利而興奮得滿臉通紅。「我用套索把他套住了。先生，我一有空就練習使用套索，現在可派上用場了。你能幫我一下忙嗎？這傢伙可真凶猛。」

湯米趕緊跑過去協助他那忠誠的僕人，同時暗下決心不再讓艾柏有過多的空閒時間。

「你這該死的笨蛋，」湯米說道，「你為什麼不跑去叫警察？就因為你這愚蠢的行動，他差點就打穿了我的腦袋。唉，我這還是第一次經歷這九死一生的場面呢！」

「我是在關鍵時刻把他套住了。」艾柏說，他那副興奮勁絲毫沒有減弱。「先生，大草原上的小夥子在做的那些事真是太棒了。」

「說得沒錯。」湯米說，「但我們不是在大草原上，而是在高度文明的大都市裡。怎麼樣，我可敬的先生，」他對已被制服的對手說道：「現在我們該怎麼處置你呢？」

回答他的只是一連串用外語滾出的粗話。

「閉嘴！」湯米大聲呵斥道，「我聽不懂你所說的任何一個字，但我明白你那些話是不該在一位女士面前說。小姐，也請你原諒他。被這件煩人的小事一搞，我竟忘了你的芳名。」

「我叫馬奇。」那女孩說。

此刻她臉色仍然蒼白，渾身也還抖個不停。接著，她走到湯米的身邊，低頭看著那位躺在地上不能動彈的陌生人。

「你打算如何處置他？」

「我現在可以去叫條子來。」艾柏自告奮勇地說。

湯米抬起頭來望著那女孩，發現她微微地擺了擺頭表示否定。於是他適時地接受了對方的暗示。

「這一次我們就饒了他，」他說道，「但我倒非常高興把他踢下樓去……但願這能教會他今後在女士面前要放規矩點。」

湯米給那人鬆開套索，使勁地把他從地上拖了起來，然後迅速地把他推出對外辦公室。頃刻間，只聽見一陣尖厲的叫喊，然後是砰的一聲悶響。湯米走了回來，滿臉通紅，但是喜形於色。

那女孩目不轉睛地望著他，眼睛瞪得圓圓的。

「你……弄疼他了嗎？」

「希望如此。」湯米答道，「這些南歐人在沒被弄疼之前就會聲嘶力竭地大吼大叫，所以我不敢肯定到底弄疼了沒有。馬奇小姐，我們是否可以回到我的辦公室去繼續談話？我想我們不會再被打擾了。」

「先生，為防萬一，我會把套索準備好。」艾柏興致勃勃地說。

「把它放到一邊去！」湯米嚴厲地命令道。

他跟著那女孩走進了裡面的辦公室，坐到自己的辦公桌旁，而那女孩則坐在他對面的椅子上。

「我真不知道該從哪兒說起。」那女孩說，「你剛才也聽到那人講了，我是遊牧號的乘客。奧哈拉小姐，你登廣告尋找的那位女士，也在船上。」

「正是。」湯米說，「這個情況我們已經知道了。我想你一定了解她在那艘船上做了些什麼，否則那個怪傢伙也不會氣急敗壞地跑來搗亂。」

「我會一五一十地全都告訴你。當時美國大使也在船上。有一天，當我經過他的船艙，看見那個女人在裡面。她在那兒做著一件很奇怪的事，於是我停下腳步看了一下。你猜怎麼著，她手裡拿著一隻男人的長筒靴……」

「一隻長筒靴？」湯米興奮地大叫。「哦，對不起，馬奇小姐，請往下講。」

「她正在用一把小剪刀拆開靴子的襯裡，然後好像又把什麼東西塞了進去。正在這時，醫生和另外一個男人沿著走廊走過來，她急忙倒在長沙發上，又立刻呻吟了起來。我又等了一會兒，從他們的談話中我斷定她是假裝頭暈。我說假裝，是因為我剛才看見她的時候，她顯然完全不像要暈倒的樣子。」

湯米點了點頭。

「還有呢？」

「我很不願意告訴你下面的情況。我……我好奇心很強。而且，我一直喜歡看一些可笑的書。我當時想，她會不會把一顆炸彈或是一根毒針什麼的塞進魏莫特的長筒靴裡了。當然，我的想法也許很荒謬，但我當時確實是這樣想的。總之，當我第二次經過那個船艙時，發現裡面沒人，我就溜了進去，仔細檢查了那隻長筒靴。我從襯布裡抽出了一張紙。我剛把那張紙拿在手上，就聽見查票員走了過來。我急忙跑出船艙，以免被他發現。我把那張紙緊緊地攥在手裡。回到我自己的船艙後，我急忙打開一看，布倫特先生，你說怪不怪，那上面只寫了聖經中的幾個短句。」

「只是聖經中的幾個短句？」湯米感到很奇怪。

「至少我當時這樣認為。我真的不能理解那紙上寫的是什麼，因此我想也許是某個宗教狂寫的東西。但不管怎樣，反正我認為毫無必要把它歸還原處。於是我保留了那張紙，也沒再多去考慮。直到昨天，我才用它給我的小侄子摺了一艘船，讓他放在浴缸裡。那紙被弄溼了，結果我看到上面顯現出一種奇異的圖案。我急忙把它從浴缸裡拿出來，趕緊把它展平。是水把暗藏的祕密顯示出來了。紙上的圖案是個路線圖，看起來像是個港口。就在這時，我便看見了你們的廣告。」

湯米從椅子上猛地站了起來。

「這一點最重要。現在，我全明白了。那圖案很可能是某個重要軍港的設計圖。那個女人把它偷到了手。她害怕有人跟蹤，不敢把它藏在自己所帶的物品裡，而是設法找一個安全的地方藏起來。事後，當她重新得到那個裝長筒靴的布袋時，卻發現那張紙無影無蹤了。馬奇小姐，請告訴我，你是否把那張紙帶來了？」

那女孩搖了搖頭。

「我把它放在我的店裡了。我在龐德街開了一家美容院。事實上，我是紐約仙客來化妝品的代理商。這就是我去美國的原因。我想那張紙可能很重要，因此，在我來這兒之前，我就把它鎖在保險櫃裡了。先生，是不是也應該把這事告訴蘇格蘭警場呢？」

「是的，很有必要。」

「那麼，我們應該現在就上我那兒去，拿到那張紙，然後直接去蘇格蘭警場嗎？」

「今天下午我非常忙。」湯米說，擺出了專業架式，又看了看錶。「倫敦大主教希望我為他處理一樁案子。那案子很奇特，涉及幾件祭袍和兩位副牧師。」

「既然如此，」馬奇小姐站了起來。「我只好一個人去了。」

湯米舉手示意叫她別走。

「剛才我正要講……」他急忙說，「大主教可以等一下。我會給他留下幾句話，由艾柏轉告。馬奇小姐，我十分肯定，如果不把那張紙安全地交由蘇格蘭警場保管，你將身陷險境。」

「你真的這樣認為嗎？」那女孩一臉懷疑。

「沒這回事，我相信。對不起。」

他在面前的記事本上飛快地寫下幾行字，然後撕下那頁紙摺好。

他拿了帽子和手杖，對那女孩表示他已做好準備陪同她前往。來到對外辦公室，他慎重其事地把那張摺好的紙條交給了艾柏。

「我應邀出去處理一樁特急案件。如果倫敦大主教來了，你給他解釋一下。你把這張便條交給魯賓遜小姐，上面是有關這案件的簡要描述。」

「好的，先生。」艾柏誇張地說，「那麼公爵夫人的珍珠怎麼辦？」

湯米不耐煩地揮了揮手。

「怎麼辦？那她也只好等了。」

他與馬奇小姐一道匆匆走出辦公室，剛下到樓梯中間，就與正在上樓的陶品絲相遇。湯米走過她身邊時不高興地說：「魯賓遜小姐，你又遲到了。我馬上出去處理一樁很緊急的案子。」

陶品絲站在樓梯上愣了一會兒，看著他們離去的背影，突然眉頭一皺，便迅速上了樓，進了辦公室。

湯米和那女孩來到街上，一輛計程車正朝著他們開過來。湯米剛要招手，又突然改變了主意。

「馬奇小姐，你走路還行嗎？」他認真地問道。

「沒問題。可是為什麼我們要走路呢？搭計程車不是更好些嗎？比較快。」

「或許你剛才沒注意到，那計程車司機在街那一頭的不遠處拒載了一位乘客。他一直在等待著我們。你的敵人在監視你呢。如果你不反對，我們最好走路到龐德街。在這樣擁擠的街上，想必他們也奈何不了我們。」

「很好。」那女孩說，但她似乎很不以為然。

他們一直朝西走去。正如湯米所料，大街上人潮如流，他們行走的速度很慢。湯米保持著高度的警惕。走著走著，他突然把那女孩拉向街邊，而她往四周瞭望，卻看不出任何值得懷疑的跡象。

湯米望著她，很內疚地說：「你看起來精疲力竭，必定是受到了那人的驚嚇。走，我們到那家咖啡屋喝一杯濃濃的咖啡。我想你不會拒絕喝一點白蘭地吧。」

那女孩搖搖頭，隨之淡淡一笑。

「那我們還是喝咖啡吧。」湯米說，「我想，喝咖啡安全點，不至於有中毒的危險。」

兩人慢慢地喝著咖啡，消磨了一段時間，才又繼續趕路，這一次，他們加快了步伐。

「我看我們已經把他們甩掉了。」湯米說著，回頭朝身後望去。

所謂「仙客來化妝品有限公司」，實際上只是龐德街上的一家小店。櫥窗裡掛著淺紅色塔夫綢簾布，裡面擺設裝飾的也僅是一兩瓶潤膚香脂和一塊香皂。

希瑟莉．馬奇走進店內，湯米緊跟其後。店內顯得很狹小。左邊擺有一個玻璃櫃，裡面放著一些梳妝用品。在玻璃櫃後面站著一個白髮中年女人，皮膚光滑細緻。她看見希瑟莉．馬奇走進來，只是微微地點了一下頭，接著又與她正在服務的女顧客談起話來。

那位女顧客身材嬌小，膚色黝黑。她背對著湯米二人，因此他們看不見她的臉。她正緩慢費勁地講著英語。屋內的右邊擺著一張沙發、幾把椅子和一張小桌，桌上放著幾本雜誌。有兩個男人坐在那兒……很顯然，他們屬於那類陪伴太太逛街而且百般無聊的丈夫。

希瑟莉．馬奇穿過房間，直接朝最裡面的那扇門走去。她開門走了進去，然後讓門半開著，以便讓湯米跟著她。正當他進門的那一刻，那位女顧客突然大聲叫道：「哈！我想那是我的一個朋友。」

話一說完，她便朝著他們身後衝去，將一隻腳插進正要關上的門縫裡。同時，那兩名男子迅速站起身來，一個緊隨那女人衝進那扇門內；另一個跑到女店員跟前，用手將她的嘴死死摀住，使她來不及叫出聲來。

此刻，在那扇還在搖晃的門後也發生了令人意想不到的事。湯米剛才進門的那會兒，他的頭便猛然被一塊布罩住，隨即一股難聞的氣味便鑽進他的鼻孔內。也只在頃刻之間，罩在他頭上的那塊布又一下子被扯掉了。這時，他聽見一個女人正歇斯底里地喊叫著。

湯米眨了眨眼，又連咳了好幾聲，這才看清了面前的情況。在他右邊，站著那個幾小時前見過的神祕陌生人。而正忙著給他戴手銬的卻是剛才那兩個男人的其中之一；在他的正前方，希瑟莉．馬奇正徒勞地扭動著，她竭力想從緊緊抱著她的那位女顧客手中掙脫出來。那女顧客轉過頭來，她戴著的面紗鬆開後掉了下來，出現的竟是陶品絲的臉。

「陶品絲，幹得漂亮！」湯米說著向前走去。「我來幫你的忙。我要是你，就不會掙扎，奧哈拉小姐……或者你喜歡我叫你馬奇小姐？」

「湯米，這位是格雷斯警官，」陶品絲說，「我一看完你留下的便條，就立即給蘇格蘭警場通了電話。然後，格雷斯警官和另一位先生就與我在這小店外會合了。」

「逮到了這傢伙真叫人高興。」警官說道，指了指他的俘虜。「他是通緝中的要犯，但是我們從未懷疑過這個地方……我們一直認為這是一家正經的美容用品店呢。」

「是的，」湯米和氣地說，「我們確實應該謹慎小心才好！為何有人只需要使用大使先生的布袋一兩個小時呢？我以逆向推理的方式來考慮這個問題。假設那另外的布袋才是非常重要的，那麼才會有人想把那個布袋交由大使先生保管一兩個小時。真是非常高明！因為外交使節的行李是不必受海關檢查的。他們這樣做的目的顯然是走私。可是要走私什麼呢？絕對不可能是龐然大物。我立即聯想到毒品。接著，在我的辦公室裡就發生了那場鬧劇。他們看到我登的廣告，企圖引開我的注意力……或者做不到的話，就乾脆除掉我。但當艾柏使出套索的絕招時，我注意到這位漂亮女士那副驚惶失措的眼神。那與她所扮演的角色並不相符。這位陌生人採取突然襲擊的手段，目的是讓我相信她。我當時將計就計，使出渾身解數裝成一個輕信他人的傻瓜偵探……聽信了她那胡編亂謅的故事，再讓她把我騙到這兒來。然而在臨行之前，我仔細留下如何處理這特殊情況的簡要指示。不僅如此，我還以種種藉口拖延我們到達這兒的時間，目的當然是為你贏得充足的時間。」

希瑟莉．馬奇小姐目瞪口呆地盯著他看。

「你瘋了！你指望在這兒找到什麼？」

「我記得理查說過，他看見過一罐浴鹽。警官先生，我們就從浴鹽開始查起，您看如何？」

「先生，這是個極好的主意。」

格雷斯警官拿起一個精美的罐子，將裡面的東西全倒在桌子上。那女孩哈哈大笑起來。

「貨真價實的水晶，嗯？」湯米說，「沒什麼比碳酸氫鈉更毒了吧？」

「試試那保險櫃。」陶品絲提醒道。

在屋內的牆角有一個鑲在牆裡的小保險櫃。鑰匙正插在鎖眼裡。湯米走過去把它打開，仔細地看了看，隨即驚喜地叫了起來。

原來那保險櫃的背板竟是一個暗藏的壁洞門。那寬大的壁洞內整齊地放著許多排同樣精美的浴鹽罐。他拿出一個來，把蓋子撬開。罐內上面一層還是那種粉紅色的晶體，而下面卻是一些白色粉末。

格雷斯警官也驚喜地叫了一聲。

「先生，你終於找到了。那些罐子裡十之八九裝的是純古柯鹼。我們早已得知在這附近有個毒品的集散點，毒品就從這兒祕密送往倫敦西區。但是，我們一直無法找到任何線索。先生，你這招可真是厲害啊！」

「更準確地說，這個勝利應該屬於布倫特的超級偵探大師團。」當他們夫妻倆走出店門來到街上時，湯米興高采烈地對陶品絲說，「當一個已婚男子真好。你的諄諄教誨終於教會我如何去識別過氧化氫之類的化學藥品。假的金髮可騙不了我。我看我們應該給大使先生寫一封商業信函，告訴他這件事已圓滿處理完畢。那麼現在……我親愛的夥伴，我們去喝杯茶，再吃幾塊熱氣騰騰的奶油鬆餅，你意下如何？」

14

代號十六的人

Partners in Crime

湯米、陶品絲和卡特先生關在那間私人辦公室裡祕密交談著。卡特先生正熱情而誠懇地稱讚著他們兩人。

「你們的成績真令人欽佩。託你們的福，我們至少抓住了五名警方非常感興趣的人物，從他們口中，我們獲得了大量頗有價值的情報。同時，據可靠情報顯示，莫斯科的間諜總部對其間諜屢遭失敗已引起警覺。儘管我們採取了種種防範措施，但他們已開始懷疑我姑且稱之為『分布中心』的西奧多．布倫特先生辦公室，也就是國際偵探社，有些不對勁。」

「嗯，長官，」湯米說，「我想他們遲早會光臨我們那兒。」

「正如你所說，這是意料中的事。但是，我有點擔心湯米太太。」

「長官，我會悉心照料她。」湯米說。

幾乎在同一時刻，陶品絲也說道：「我會照顧自己。」

「嗯，」卡特先生說，「過分的自信正是你們的特點。可是你們至今未受到任何挫折，這是否完全依賴於你們那超人的智慧呢，還是某種程度上憑藉了運氣？對此，我還不便貿然下結論。你們知道吧，風水是會輪流轉的。但不管怎麼說，這點我不想爭論。據我對湯米太太的了解，我想，要她在下一兩週之內別拋頭露面，是沒用的吧？」

陶品絲拚命地搖了搖頭。

「那麼，我所能做的，就是把我所知的全部情況都告訴你們。我們有充分理由相信，莫斯科已派遣一名特務人員進入我國。目前我們還不知道他在旅途中用什麼化名，也不知他何時到達。然而，我們對他確實有些了解。戰爭期間，他曾給我們製造過很大的麻煩。那時他無處不在，凡是我們不願他去的地方，他偏在那些地方出現。他出生在俄國，在語言方面造詣頗深，因此，他能在六、七個國家裡暢行無阻，當然也包括我們國家。不僅如此，他在易容方面也算得上是個老手，而且他腦筋一流。他就是代號十六的人。

「他什麼時候來，以及以何種方式來，我全都不知道。但是，我敢打包票他一定會來。再者，我們也了解到，他本人與真正的西奧多．布倫特先生並沒有打過交道。我猜他會去你的辦公室，以委託你辦理一樁案子為藉口，用暗語來試探你。首先，是提到十六這個數字，這一點你是知道的，正確的應答應該是包含有同樣數字的一句話。其次，是詢問你是否跨越過英吉利海峽。對此，我們也是剛了解到。正確的答案是：『上個月十三號我在柏林。』到目前為止，我們所掌握的情況就是這些。我要提醒的是，你對答暗語時必須正確無誤，而且你要盡最大努力去贏得他的信任。你要盡可能扮演好自己的角色。再者，即令他看起來已完全被矇騙住，你也必須保持高度警覺，注意保護自己。我們的這位朋友十分狡詐，他扮演起雙面間諜可和你不分軒輊，或許更勝於你。但不管他以何種身分出現，我都希望經由你來逮住他。從今天起，我已採取特殊的防範措施。昨天夜裡，我們在你的辦公室內安裝了一個竊聽器。因此，我的手下在樓下的房間就能聽到你辦公室的一切動靜。這樣的話，一旦發生任何不測，我便會及時接到報告，並採取必要的措施來保護你和你太太的安全，與此同時，也將我追蹤的要犯緝拿歸案。」

卡特先生進一步做了些指示，他們又共同研究了作戰策略之後，這對年輕夫婦就告辭了，他們要趕回布倫特的超級偵探大師的辦公室。

「哦，有點晚了，」湯米說道，看了一下手錶。「正好十二點整。我們和探長談了很長時間。但願我們沒錯過什麼有趣的案子。」

「整體而言，」陶品絲說，「我們幹得相當不錯。昨天我把我們辦案結果統計了一下。我們解開了四個一團亂麻似的謀殺案件；成功地偵破了一個假鈔犯罪集團以及一個毒品走私集團……」

「準確地講，應該是兩個犯罪集團。」湯米插嘴道，「我們確實很成功！我為此感到很驕傲。『犯罪集團』這種說法使我們顯得更像專業的偵探。」

陶品絲繼續往下說，她扳著手指頭計數著。

「一件珠寶竊盜案；兩次從虎口脫險；一樁減肥女士失蹤案；拯救了一個年輕女孩；成功地查清了完美的不在場證明，哎呀！還有一個案子我們兩個像蠢蛋。但總的看來，我們功大於過。我認為，我們非常聰明。」

「你當然會這樣認為。」湯米說，「你一向這樣認為。但現在回想起來，我覺得我們有一兩次全憑運氣。」

「胡說！」陶品絲極不贊同。「那完全是憑藉我們的灰色腦細胞。」

「不管怎麼說，至少我有一次很走運。」湯米說，「就是艾柏使用套索的那一天！不過，陶品絲，你說這些話的口氣好像這一切都結束了？」

「是結束了。」陶品絲說，很明顯地降低了聲音。「這次是我們要處理的最後一樁案子了。偉大的偵探大師在將那個超級間諜組拿歸案後，往往就會解甲歸田，去養養蜜蜂，或是種種蔬果。結果終歸是如此。」

「你已感到厭倦了，是吧？」

「是……的，我想我是感到有點累了。更重要的是，截至今日，我們都是成功的。但是，運氣是可能改變的。」

「喂，剛才是誰在大談運氣的？」湯米得意洋洋地說。

陶品絲沒有回答。這時，他們已走進國際偵探社辦公室所在的那棟建築物的大門。

艾柏在外面辦公室裡值班，他正自得其樂地將一把直尺立在鼻梁上，竭盡全力地保持著尺的平衡。

偉大的布倫特先生見此極不高興，皺著眉頭，幾步便走進了自己的私人辦公室。他脫下外套，摘掉帽子，再打開壁櫥。壁櫥隔板上整齊地排列著知名偵探小說中的經典著作。

「可供選擇的範圍愈來愈狹窄了。」湯米嘀咕道，「今天我應該效仿哪一位偵探大師呢？」

陶品絲忽然在他身後開口說話。她的語氣與平時判若兩人，這使得他詫異地轉過身來。

「湯米，今天是這個月的幾號？」她問道。

「我想想看……是十一號。有什麼不對勁嗎？」

「你看看那日曆。」

牆上掛著一本每天撕一頁的那種日曆。那日曆已經被撕到十六號星期日的那一頁，然而今天才星期一。

「哎呀！這太奇怪了。一定是艾柏多撕掉了幾頁。這粗心大意的小鬼。」

「我不相信是他幹的。」陶品絲說，「我們不妨先問問他。」

艾柏被叫了進來，一問之下，他感到非常驚訝。他發誓說，他只撕下上週六和週日的那兩頁。

他說的話很快便得到證實，被他撕掉的那兩頁在壁爐裡找到了。而接下來的幾頁卻整整齊齊地在廢紙簍裡發現。

「手腳俐落的罪犯。」湯米說，「艾柏，今天上午誰來過這裡？是一位委託人嗎？」

「先生，只有一個人來過。」

「他是什麼長相？」

「來的人是個女孩，是一位醫院裡的護士。她說急於要見到你。她還說要等到你回來。我請她到職員辦公室裡去等，因為那兒比較暖和。」

「那她當然可以很方便地從那兒走進這兒來，而且還不會讓你看見。她離開多久了？」

「大約半小時，先生。她說今天下午還要來。她像個慈祥的母親。」

「一個慈祥的母親……哦，艾柏，你給我出去！」

艾柏很委屈地退出了辦公室。

「這是一個奇怪的信號，」湯米說，「看起來似乎毫無目的。可是，我們絕對不能掉以輕心。我想壁爐裡該不會藏有一顆炸彈或者什麼危險物品吧？」

而後，他消除了那種疑慮，坐到辦公桌旁，接著轉向陶品絲。

「我親愛的朋友，」他說，「我們將面臨嚴峻的考驗。你還記不記得那個代號四的傢伙在多羅邁特時，我像捏蛋殼似的把他弄得粉身碎骨……當然，那是借助了烈性炸藥的威力。但他並沒有真正死掉……啊，不，這些超級罪犯永遠不會真正死亡。依我之見，他就是那個人，而且比他們凶惡好幾倍，他是四的平方……換句話說，他就是代號為十六的那個人。我的朋友，你明白我的意思了嗎？」

「顯然，」陶品絲說，「你現在是偉大的赫丘勒．白羅。」

「完全正確。我雖沒長鬍鬚，但卻智力過人。」

「我有一種感覺，」陶品絲說，「這次特殊的冒險行動可以被稱為『海斯汀的勝利』。」

「不行，」湯米說，「這行不通。一旦是愚蠢的朋友，就永遠是愚蠢的朋友。這些事有它的規矩。順便向你提個建議，我的朋友，你能把頭髮梳成中分，而不要只往一邊梳，行嗎？你現在的髮式顯得既不對稱，又不好看。」

這時，湯米桌上的蜂鳴器刺耳地響了起來。他立即回覆了信號。緊接著，艾柏拿著一張名片走了進來。

「弗拉迪羅夫斯基親王，」湯米低聲唸道，望了一眼陶品絲。「我猜……艾柏，讓他進來！」

來人中等個子，蓄著鬍鬚，舉止優雅，年紀大約三十五歲。

「您是布倫特先生嗎？」他問道，他的英語無可挑剔。「有人竭力向我推薦您。您能為我處理一個案子嗎？」

「您能否先說明一下詳細情況？」

「沒問題。事關我朋友的一個女兒，她十六歲。我們不希望鬧出什麼醜聞來，您知道。」

「親愛的先生，」湯米說，「本偵探社之所以能成功地經營十六年，主要原因就是，我們嚴格執行那個特殊原則。」

他認為他看見對方的眼裡突然閃爍出光芒。果真如此，這種神色也是轉瞬即逝。

「我相信你在英吉利海峽的對面也設有分部，對吧？」

「哦，是的。」湯米特別慎重地說道，「事實上，上個月十三號我本人就在柏林。」

「既然是這樣，」那陌生人說，「就沒必要繞圈子了。有關我朋友女兒的事可以不用再提。你應該知道我是誰……至少，你已經看到我要來的信號了。」

說著，他朝掛在牆上的那本日曆點了點頭。

「的確如此。」湯米說。

「我的朋友們，我這回是專程來調查一些情況。最近發生了什麼事？」

「出現了叛徒。」陶品絲此刻再也不能保持沉默了。

那俄國人將注意力轉移到她身上，並揚了揚眉毛。

「啊哈，真是這樣嗎？果然不出我所料。那人是塞吉斯嗎？」

「我們認為是的。」陶品絲面不改色地答道。

「我對此並不感到意外。但是你們怎麼樣？你們沒被懷疑吧？」

「我認為沒有。我們一直是正當合法地經營，這你也是明白的。」湯米解釋道。

那俄國人點了點頭。

「這是很明智的做法。總之，我相信假如我沒再來這兒，必定會更好。目前我住在布利茨飯店。我能帶馬莉絲去我那兒嗎？我想……這位就是馬莉絲吧？」

陶品絲點了點頭。

「在這兒怎麼稱呼你？」

「魯賓遜小姐。」

「那好。魯賓遜小姐，你和我一塊回到布利茨飯店去，我們在那兒用午餐。三點鐘，我們全體在總部會合。清楚了嗎？」

他的雙眼緊緊盯著湯米。

「非常清楚。」湯米口中答道，心中卻納悶總部究竟在何處。

但是他猜測，卡特先生急於要發現的也正是那個總部。

陶品絲站起身來，披上她那件豹皮衣領的黑色長大衣。然後嫻靜地表示，自己已做好準備陪伴親王前往飯店。

他們倆一塊兒走了出去，留下湯米一人待在辦公室。

此刻湯米的內心十分矛盾。

假設安裝的竊聽器故障了；假設那位神祕的護士莫名其妙地找到了竊聽器，又將其破壞得無法使用，那後果可不堪設想。

他急忙抓起電話，撥了一個特殊號碼。僅一會兒工夫，他便聽到一個十分熟悉的聲音。

「一切正常。立刻到布利茨飯店去！」

五分鐘後，湯米和卡特先生在布利茨飯店的棕櫚園裡會合了。卡特先生顯得生氣勃勃、充滿信心。

「你們幹得很不錯。那位親王和小姐正在飯店裡用午餐。我已經安排兩名手下裝扮成侍者待在那兒。不管他起了疑心或是沒起疑心——我相當肯定他沒有——反正他已經在我們的掌握之中。我還在樓上安排了兩個人監視他的房間。飯店外也安排了人，無論他們去哪兒，隨時都有人跟蹤他們。因此，你不用擔心你太太。在任何時候，她都在我們的監視範圍下。我是絕對不會冒任何風險。」

情報人員不時前來向卡特先生彙報情況。

第一次來報告的是一位侍者，是他給那位親王送去雞尾酒。第二次來的是一位穿著時髦但表情茫然的年輕人。

「他們走出餐廳了。」卡特先生說，「我們最好藏到這根柱子的後面去，以防他們會走過來坐在這兒，但是我想他會把她帶到他的房間去。啊，對的，我的想法是正確的。」

從他們所站的有利位置，湯米看見那位俄國佬和陶品絲穿過大廳，走進電梯。

幾分鐘過後，湯米開始有點坐立不安了。

「長官，你認為……我的意思是，他們倆單獨待在房間裡……」

「在房間裡有我的一位手下，他正藏在大沙發的後面。不用擔心，老兄。」

一位侍者穿過大廳，快速向卡特先生走來。

「長官，我已接到信號，說他們剛才乘電梯上樓了。但是，到現在他們還沒到達樓上。長官，不會出什麼差錯吧？」

「什麼？」卡特先生倏地轉過身來。「我親眼看見他們走進電梯。就是在……」他看了一下鐘。「四分半鐘以前。然而他們到現在還沒出現……」

他急忙向電梯走去。就在那時，電梯也恰好下降到大廳處。他趕緊問那位身著制服的侍者。

「幾分鐘前，你把一位蓄著鬍鬚的先生和一位小姐送到了三樓，對吧？」

「先生，不是三樓。那位先生叫我把他們送到四樓去。」

「哦！」探長跳進了電梯，並示意湯米也進去。「請把我們送到四樓。」

「我沒料到竟會發生這種情況。」他低聲說道，「但請保持鎮靜，飯店的每個出口都有人嚴密監視著，在四樓我也安置了一個人……事實上，每一層樓都有我的人。我是不會讓他有機可乘的。」

電梯升到了四樓。門一打開，他們便衝出去，迅速沿著過道前進。剛來到走廊的中間，一位穿戴像侍者的人走到了他們面前。

「長官，一切正常。他們現在在三一八號房。」

卡特先生如釋重負地嘆了一口氣。

「很好。那房間有其他出口嗎？」

「那是一間套房，只有兩扇門通向走廊。從任何一個房間走出來都必須經過我們才能到樓梯，或者是到電梯那兒去。」

「那就沒什麼問題了。你馬上給樓下打個電話，查清楚是誰住在這個套房裡。」

一兩分鐘後，那位侍者回來了。

「是從美國底特律來的柯特蘭·范斯奈德夫人。」

卡特先生馬上陷入沉思之中。

「現在，事情有點蹊蹺了。這位范斯奈德夫人是他們的同夥呢，還是……」

他沒把話說完。

「有聽見裡面任何動靜嗎？」他突然問道。

「什麼也沒有。這些門關得很緊，不可能從門外清楚聽見房裡的聲音。」

卡特先生突然做出決定。

「我想不能再等了。我們必須馬上進去。你帶了萬能鑰匙嗎？」

「長官，帶了。」

「馬上叫伊文斯和克萊德上樓來！」

那另外兩個人的加入增強了他們的力量。於是，他們一起朝著那個套房快步走去。那位侍者把鑰匙插入鎖眼，門無聲無息地打開了。

他們走進了屋內的小廳，只見右邊浴室的門開著。他們的正前方是客廳，在左邊有一扇緊緊關閉的門。從那扇門裡傳出一陣微弱的聲音……好像氣喘病人的喘息聲。卡特先生把門推開，走了進去。

那是一間臥室，裡面擺著一張很大的雙人床，上面鋪著玫瑰色和金黃色相間的華麗床罩，床罩上躺著一個衣著時髦的中年女人，她的手腳被結結實實地綁著，口中塞著布。由於極度的痛苦和憤怒，她的雙眼似乎要從眼眶裡蹦出來。

卡特先生一聲令下，其他兩個人立刻將整個套房戒備起來，只有湯米和他進了臥室。卡特先生走到床邊，俯身使勁解開了那女人身上的繩索。緊接著，他的雙眼困惑地打量了一下整個房間。裡面除了那一大堆典型的美式行李之外，就再沒有什麼了，連那俄國佬或是陶品絲的影子也看不見。

過了一會兒，那位侍者匆匆地走了進來。他報告說其餘的房間也都空無一人。

湯米走到窗戶邊向外看了看，又立刻退了回來，並且搖了搖頭。窗戶外沒有陽台，只是高聳的牆壁直接連著下面的街道。

「他們確實是走進這個房間嗎？」卡特先生嚴厲地問道。

「當然。而且……」

那位侍者指了指躺在床上的女人。

卡特先生用一把削鉛筆刀把纏在柯特蘭．范斯奈德夫人脖子上的圍巾割開，那條圍巾使得她幾乎喘不過氣來。很顯然，儘管她遭受這麼多折磨，她仍能說出話來。

在她義憤填膺地發洩一通之後，卡特先生溫和地說：「你能把剛才所發生的一切從頭講給我聽嗎？」

「對所發生的這一切，我要控告這家飯店。這簡直是暴行。我當時正在找我的那瓶治流行感冒的藥，突然，一個人從我身後撲過來，他把一個小玻璃瓶子放在我的鼻子下面。我還沒來得及反應，便完全失去了知覺。當我甦醒後，發現自己躺在這張床上，全身被牢牢地捆住。只有上帝才知道我的那些珠寶是否還在。我想，他一定拿走了那些珠寶。」

「我想，你的珠寶都安然無恙。」卡特先生冷冰冰地說，然後轉過身去從地板上拾起一樣東西來。「當那人向你撲過來時，你是否就站在我現在的這個位置？」

「是的。」范斯奈德夫人說。

卡特先生剛才拾起來的是一塊很薄的玻璃碎片。他聞了聞那塊玻璃片，然後把它遞給了湯米。

「是氯乙烷。」他低聲說道，「它屬於快速麻醉劑，但它只能讓人昏迷很短暫的時間。范斯奈德夫人，當你甦醒過來時，他應該還在這間房間裡，對吧？」

「我剛才不是告訴過你們了嗎？哦！眼睜睜地看著他走了出去，而我自己卻動彈不得，無計可施，我簡直快氣瘋了。」

「他走了出去？」卡特先生馬上問道，「從哪兒出去的？」

「就是那扇門。」她指了指對面的牆。「還有一個女孩和他一起，不過她看起來毫無精神，連路都走不穩。或許她也被用了同樣的麻醉劑。」

卡特先生以詢問的目光看著他的手下。

「長官，那扇門可以通往隔壁的套房，但連接兩個房間的這扇門應該是閂死的。」

卡特先生仔細地檢查了那扇門，然後抬起胸膛，轉身走向床邊。

「范斯奈德夫人，」他很平靜地說，「你仍然堅稱那個人是從那扇門走出去的嗎？」

「哎喲，當然是啊。這有什麼不可能的呢？」

「因為門的這一面正巧是閂死的。」卡特先生不露聲色地說。

他一邊說著，一邊格格格地扭動著門的把手。

范斯奈德夫人的臉上頓時充滿了驚慌的神情。

「除非有人在他走後把門閂上，」卡特先生接著說，「否則，他是完全不可能從這兒出去的。」

他轉身走到剛走進臥室的伊文斯面前。

「他們顯然不在這間套房裡，還有其他連通別處的門嗎？」

「長官，沒有，我確定沒有。」

卡特先生的目光在臥室裡四處搜索著。他打開了大衣櫥，俯下身子檢查了床底下，抬頭看了看煙囪，又搜查了所有窗簾的後面。

最後，他突然靈機一動。他不顧范斯奈德夫人大喊大叫地抗議，打開了那個大衣箱，非常仔細地檢查裡面的東西。

一直在檢查著通往隔壁房間那扇門的湯米突然大聲驚叫起來。

「長官，快來這兒，你仔細看看。他們的確是從這兒出去的。」

門閂被巧妙地用銼子銼開，剛好插進門孔內，因此兩者的連接處很不容易被察覺。

「這門打不開，是因為那一面閂死了。」湯米解釋道。

過了一會兒，他們走出房間，再次來到走廊上。此刻，那位侍者正在用萬能鑰匙開著隔壁套房的門。這間套房沒人住。他們直接朝連通兩間套房的那扇門走去，結果，他們發現這一面的門閂也和那面的情況一樣，被銼刀以同樣的方法銼開過。門是閂著的，鑰匙已被取走了。然而在這間套房裡，也仍然沒有陶品絲或那位蓄著鬍鬚的俄國佬來過的跡象。並且，除了與走廊連通的門之外，就再沒有通往別處的門了。

「但是，如果他們從這個套房出去，我必定會看見他們。」那位侍者辯白道，「我一定會看到他們的。我敢發誓，他們絕沒有從這間套房走出去。」

「該死。」湯米氣憤地說道，「他們總不可能消失在空氣裡吧！」卡特先生這時恢復了鎮靜，他那敏銳的腦子迅速運轉著。

「馬上給樓下打電話，查清楚昨天晚上什麼時間是誰住在這間套房裡。」這時，克萊德正在隔壁套房裡警戒著，與他們在一起的伊文斯馬上去執行命令。不一會兒，他放下電話，抬起頭來。

「是一位生了重病的法國青年，名字叫保羅．德瓦雷齊。他還帶著一個護士。今天上午就離開飯店了。」

另外一位情報人員，即那位侍者，突然臉色蒼白。

「病重的青年……護士，」他結結巴巴地說，「我……他們曾在走廊裡經過我的身旁，我作夢也沒想到……在這之前，我常看見他們。」

「你確定他們每次都是相同的模樣嗎？」卡特先生大聲問道，「嗯，你確定嗎，老兄？你每次都認真地觀察過他們嗎？」

那位情報人員搖了搖頭。

「我幾乎沒仔細看過他們。您知道，我一直在戒備地等著另外兩個人，就是那位蓄著鬍鬚的俄國人和那位女孩。」

「當然。」卡特先生沮喪地說，「他們早就算計到了這一點。」

湯米忽然大叫一聲，只見他彎下腰，從沙發底下拉出一個捲成一團的黑色包袱。他急忙將包袱解開，頓時，有幾樣東西掉了出來。裹在包袱外的就是陶品絲穿的那件黑色長大衣，包袱裡面是她外出穿的衣服、帽子，還有一副長長的金色假鬍鬚。

「現在事情已經很清楚了。」他痛苦地說，「他們已抓走她……抓走了陶品絲。那個俄國魔鬼從我們手中溜掉了。那個護士和那個年輕人是他的同黨。他們在這飯店待了一兩天，目的是讓這兒的人都知道他們的存在。那俄國佬在用午餐時就已察覺出他落入圈套，於是加快執行了他的陰謀。他可能算準了隔壁套房沒有人，並且趁那個時候巧妙地把門閂處理好。然後，又用麻醉劑使那位女士和陶品絲都失去知覺。這之後，他把陶品絲弄到這間套房。給她穿上那名年輕人的衣服，又改變了自己的形象，最後大搖大擺地從這兒走了出去。喬裝用的衣服必定事先就已準備好，並且藏在這間套房裡。但我到現在還想不透，他是如何讓陶品絲一聲不吭地扮演了那個年輕人。」

「我懂。」卡特先生說，他從地毯上拾起一根閃閃發亮的小鋼針。「這是皮下注射針頭的一部分。她被麻醉了。」

「天啊！」湯米傷心地叫道，「他就這麼暢行無阻地走了。」

「這點我們還不能確定。」卡特先生迅速地說道，「別忘了所有的出口都有人監視。」

「我們的人只會注意到一位男人和一位女孩，而不會留意一個護士和一個病重的年輕人。他們這時早已離開飯店了。」

經過查問，證實情況正如湯米所料。大約五分鐘之前，那位護士和她的病人一起搭計程車離開了飯店。

「我說，貝里福，」卡特先生說，「看在上帝的份上，請振作起來。你應該相信我，哪怕是把這個城市翻遍了，也要找到陶品絲。我馬上就回到我的辦公室去，要不了五分鐘，所有的情報部門都會立即行動。我們會找到他們的。」

「長官，那就全仰仗您了。那俄國佬是個狡猾的魔頭，從他這次使出的伎倆就能證明這一點。我當然相信您會竭盡全力，只是，願上帝保佑，不會為時已晚。他們這次是採取非常手段來對付我們。」

他離開了布利茨飯店，盲目地沿街走著，卻不知道應該上哪兒去。此刻他已心力交瘁，束手無策。上哪兒去尋找呢？該幹些什麼呢？

他走進格林公園，有氣無力地坐在一張椅子上，根本沒注意到這時另外有人坐到了對面的椅子上。突然，他聽到了一個很熟悉的聲音，這使他大吃一驚。

「先生，對不起，恕我冒昧……」

湯米抬起頭來。

「嘿，艾柏。」他陰鬱地說道。

「先生，情況我都知道了，但請別這樣灰心喪志。」

「別灰心喪志……」他慘淡地笑了一下。「說得容易，不是嗎？」

「啊，先生，請你好好想一下。布倫特的超級偵探大師是絕不會被打敗的！如果你能原諒我的話，我就告訴你。今天上午，我偶然偷聽到你和太太開玩笑時說的話。你們提到白羅大偵探，還有他那超凡的灰色腦細胞。先生，你為什麼不學學他，也動動你的灰色腦細胞，去想想應該做些什麼呢？」

「我的小朋友，在小說中發揮灰色腦細胞要比在現實生活中容易太多囉！」

「但是，先生，」艾柏固執地說，「我不相信有誰能一下子就擺平夫人。先生，你是最了解她的，她就像你給狗買的那些橡皮骨頭……保證嚼不爛，也砸不碎。」

「艾柏，」湯米說，「你這是在安慰我吧！」

「先生，請你還是動動你的灰色腦細胞吧！」

「艾柏，你還真會磨人。到目前為止，我們已經當夠了傻瓜，嘗盡了苦頭。我們要再試一試。先把所有情況都按順序回憶一下，再仔細分析分析。兩點十分，我們的獵物走進電梯。五分鐘後，我們與電梯服務員談話，在聽完他講的情況後，我們也乘電梯上了四樓。嗯，兩點十九分，我們進入范斯奈德夫人的套房。到此為止，發現什麼重要的事情了嗎？」

一陣沉默，兩人都未發現重要的事情。

「在那個房間裡沒有皮箱，對吧？」艾柏問道，他的雙眼突然閃爍著興奮的神色。

「我的朋友，」湯米說，「你根本不了解一位剛從巴黎回來的美國女人心理。我來告訴你吧，她的房間裡共有十九個皮箱。」

「我的意思是，如果你有一具屍體要藏在房間裡的話，皮箱是最合用的東西……當然，我並不是說夫人已經死了。」

「那兒只有兩個能裝得進人體的大皮箱，但是我們都仔細檢查過。按時間順序來看，接下來又發生了什麼情況呢？」

「先生，你們忽略了一個情況……就是夫人和那傢伙裝扮成護士和病人後，經過那位侍者走出走廊的時間。」

「我確定是發生在我們登上電梯之前。」湯米說，「他們恰好避過與我們面對面相遇的機會。行動相當迅速。我……」

他突然停了下來。

「先生，怎麼啦？」

「別出聲，我的朋友。我忽然有了一個小小的靈感——非常偉大、非常了不起——赫丘勒・白羅大偵探總是在不早不晚的時候產生類似的想法。果真如此，如果不出意外的話……啊，上帝，但願我來得及。」

話音剛落，他抬起腿來迅速地向公園外跑去。艾柏也緊隨其後，他邊跑邊氣喘吁吁地問道：「先生，怎麼回事啊？我一點也不明白。」

「你不明白也不要緊。」湯米說，「你沒有必要明白。海斯汀從未明白過什麼。如果你的智力沒有差我太多的話，那你認為我從這場遊戲中會得到什麼樣的樂趣呢？我說這些簡直是廢話，但我就是忍不住。艾柏，你真是個好孩子。你知道陶品絲的價值嗎？她值十二個我和你。」

湯米一邊跑，一邊上氣不接下氣地說著。他們終於跑到了布利茨飯店。一進飯店的正門，他就看見了伊文斯。他把伊文斯拉到一邊，迅速地對他說了幾句話。然後他們兩人就走進了電梯，艾柏寸步不離地緊跟著。

「上四樓！」湯米說。

走到三一八號房間門前，他們停住了腳步。伊文斯掏出萬能鑰匙立即把門打開。他們一聲不吭，直接走進了范斯奈德夫人的臥室。那位女士還躺在床上，只不過這時她已穿上了合宜的長睡衣。她驚訝地盯著他們。

「對不起，我忘了敲門了。」湯米輕鬆地說，「但我要找我的太太。你不介意從床上起來吧？」

「我看你是發瘋了！」范斯奈德夫人大聲叫道。

湯米把頭朝旁邊一歪，審視著那名女子。

「你的手段真高明，」他說，「可惜不能得逞。我們曾經查看過床底下，但沒查床上。

我記得我年輕時就常把那兒當作藏身的好去處，也就是在與床成水平位置的長枕墊下面。那口漂亮的大衣箱是準備待會兒用來把人裝走的。我們剛才是太急躁了一點。你先把陶品絲弄昏，又把她放在長枕墊下面，然後由隔壁的同黨將東西塞入你口中，把你捆綁好。我承認，我們當時聽信了你編造的故事。但認真按時間順序和邏輯來想一想，就不難找出破綻。要在僅僅五分鐘之內，先用麻醉劑使一個女孩失去知覺，又給她換上男人的衣服，再把另一個女人的嘴塞住，接著把她結結實實地捆好，最後自己又改頭換面……要在五分鐘內完成這一切根本辦不到。按自然法則來推斷，絕對不存在這種可能性。那位護士和病人不過是誘餌罷了。我們曾上當誤入歧途，而把范斯奈德夫人當作受害者來同情。伊文斯，請幫助這位女士下床來，可以嗎？你把自動手槍準備好了嗎？很好。」

儘管范斯奈德夫人聲嘶力竭地反抗著，她還是從床上被拖了下來。湯米將床罩、長枕墊統統掀開。

此刻，陶品絲正平躺在床上。她的雙眼緊閉著，臉色蠟黃。一時間，湯米驚恐得手足無措。突然，他看見陶品絲的胸部微微地起伏著。啊，她只是被下迷藥了，沒死。

他轉過身來看著艾柏和伊文斯。

「好了，先生們，」他像演戲那般說道，「該收場了！」

他出其不意地一把抓住范斯奈德夫人那精心梳理的頭髮，頭髮掉了下來。

「果然不出我所料，」湯米自豪地說，「十六號！」

§

大約半小時過後，陶品絲慢慢地睜開了雙眼，她看見一位醫師和湯米正俯下身子望著自己。

在接下來的一刻鐘內，醫師採取了一些必要的措施，之後，那位醫師確認她已完全轉危為安，便告辭了。

「海斯汀，我的朋友，」湯米柔情地說，「你仍然活著，我是感到多麼欣慰啊！」

「我們逮住十六號了嗎？」

「我再一次像捏蛋殼似的把他擊碎了……換句話說，應該是卡特先生逮住了他。多麼了不起的灰色腦細胞！我順便告訴你，我要給艾柏加薪。」

「快把一切都告訴我。」

湯米省略了部分細節，向她精采地描述了一番。

「你沒為了我而焦急萬分吧？」陶品絲虛弱地問道。

「我並沒有特別焦急。人應該保持鎮靜，這你是知道的。」

「你說謊！」陶品絲說，「你現在看起來還很憔悴呢！」

「也許吧，親愛的，我剛才只是有點擔心而已。嘿，我們從現在起就金盆洗手了，你說好不好？」

「當然好囉。」

湯米鬆了口氣。

「我希望你神志清醒一點，受到了這樣的驚嚇之後……」

「這和驚嚇無關。你知道，我根本不怕受到驚嚇。」

「真是一根橡皮骨頭……砸不碎也嚼不爛。」湯米嘀咕道。

「我有一些更有趣的事要去做。」陶品絲繼續說道，「再沒有比這更令人興奮的事了。這種事我以前還從未做過。」

湯米緊張又憂鬱地望著她。

「陶品絲，我不許你去做。」

「這你可辦不到。」陶品絲說，「這是自然法則！」

「陶品絲，你到底在講些什麼？」

「我在講我們的孩子。」陶品絲溫柔地說，「今天，做妻子的不能只是竊竊私語了。她們要大聲疾呼，我們的孩子！湯米，你看，這世上的一切是多麼美好啊，難道不是嗎？」

專文推薦

藏在日常細節中的冒險

楊照（作家）

一開始，就都在那裡了。

一九二〇年，阿嘉莎．克莉絲蒂出版了《史岱爾莊謀殺案》，神探白羅就已經退休了。而且在這個案子裡，藉由敘述者海斯汀的轉述，就鋪陳出克莉絲蒂小說最基本的偵探原則：

「那些看來或許無關緊要的小細節……它們才是重要的關鍵，它們才是偉大的線索！」

「豐富的想像力就像洪水一樣，既能載舟亦能覆舟，而且，最簡單直接的解釋，往往就是最可能的答案。」

「沒有任何謀殺行為是沒有動機的。」

還有，一個不討人喜歡的死者，一群各有理由不喜歡死者、因而也就都有殺人動機的人，這些人彼此之間構成複雜的關係，有的互相仇視，有的互相愛戀，麻煩的是，有些愛人其實貌合神離，有些仇人其實私下愛慕；更麻煩的是，不論是愛或是仇，都有可能是扮演出來的。

一個外來的偵探必須周旋在這些嫌疑者之間，從他們口中獲取對於案情的了解，換句話說，他必須在很短的時間內，搞清楚誰是誰、誰跟誰吵架、誰跟誰偷情，然後判斷誰說的哪一句是實話、哪一句是謊言。常常謊言比實話對於破案更有幫助。

再偷偷透露一下，如果要和小說裡的凶手及小說背後的作者鬥智，就像克莉絲蒂對英國社會的了解，祕訣就在於要去追究小說裡的人物背景，尤其是他們的階級地位。基本上，階級地位愈高、權力愈大、愈有錢者，說的話就愈不要相信。例如在《史岱爾莊謀殺案》中，僕人、園丁說的話遠比有頭有臉的人說的要可信多了。就算要說謊，他們的謊言也比較天真，而且往往出於善良動機。當你歸納線索時，就會知道他們並非故意說謊，那是因為他們的認知受到蒙蔽或誤導，而你慢慢就從這蒙蔽或誤導中被引導到真相。

《史岱爾莊謀殺案》出版那年，克莉絲蒂三十歲，但書稿其實早在五年前就寫好了，畢竟要找到有人願意出版一個看來再平凡不過的家庭主婦寫的小說，並不是那麼容易。

所有和克莉絲蒂接觸過的人，都對於她的「正常」留下深刻印象。她看起來就和她那個年紀的典型英國家庭主婦一樣，害羞、靦腆，只能在社交場合勉強跟人聊些瑣事話題，完全無法演講，甚至連只是站起來對眾賓客說幾句客套話，請大家一起舉杯，她都做不到。她不演講，也很少答應接受採訪，就算採訪到她也很難從她口中得到有趣的內容。她會講的，幾乎都是記者本來就知道、或者自己就可以想得出來的。

例如說白羅這個神探的來歷。克莉絲蒂回答：他應該是個外國人，這樣就能在英國日常生活中看出英國人自己看不出的線索。她自己碰過的外國人，只有第一次大戰剛爆發時到英國避難的比利時人。比利時警察怎麼能跑到英國來？那一定是因為他已經退休了。他有潔癖，所以對於現場會有特殊的直覺，馬上感受到不對勁的地方。一個有潔癖的人，好像應該長得矮小些才相稱，一個矮小有潔癖的人最適當的名字，就是希臘神話裡的大力士「赫丘勒斯（Hercules）」，製造出荒唐的對比趣味。那白羅這個姓是怎麼來的呢？克莉絲蒂很誠實地說：「我不記得了。」

一切都如此順理成章，一切都如此合邏輯，不是嗎？有記者問她怎麼看自己的舞台劇〈捕鼠器〉，創下了英國劇場、甚至全世界劇場連演最多場紀錄的名劇？克莉絲蒂的回答也還是中規中矩，合理合節：那是一齣小戲，在一個小劇院演出，成本很低，任何人想到了都可以帶家人或朋友去看，老少咸宜，並不恐怖，也不特別荒謬打鬧，可是又什麼都有一點，包括恐怖和荒謬打鬧的成分。

她的身上找不出一點傳奇、怪誕色彩，那她為什麼能在五十年間持續寫偵探小說，創造了那麼多謀殺，還創造了那麼多詭計？

首先因為她是女性，以及她的身世，包括她的階級身分，使得她在描寫故事場景時比一般男性作者來得敏感。因為在她之前的偵探推理小說男性作家的階級身分都是高高在上，基本上他們會從較高的角度看社會，比較看不到底層的感受。

而她的婚變以及婚變中遭逢的痛苦，都使她更能體會與觀察，將英國社會的複雜細節融入小說的核心情節，讓探案與線索分析結合在一起。

克莉絲蒂一生結過兩次婚，第一次在一九一四年，婚後不久，丈夫就參加了歐戰，是英國皇家空軍最早一批飛行員。一九二六年，這個丈夫有了外遇，直率地向克莉絲蒂要求離婚，在那之前，克莉絲蒂的媽媽才剛過世，雙重打擊之下，又遇到車子無法發動，克莉絲蒂崩潰了，她棄車而走，忘記了自己究竟是誰，躲進一家鄉間旅館，登記時寫了她心裡唯一有印象的名字——她丈夫情婦的名字。

離婚後，一次在晚宴中，有人提起近東烏爾考古的最新收穫，克莉絲蒂就取消了原定要去西印度群島的計畫，改訂了跨越歐洲到君士坦丁堡的「東方快車」，是的，就是這趟旅程給了她寫《東方快車謀殺案》的靈感。不過更重要的是，在烏爾，她認識了一位年輕的考古學家，比她小十四歲，這個人後來成了她的第二任丈夫。

這位考古學家陪她去參觀在沙漠中的烏克海迪爾城，卻在沙漠中迷路困陷了。幾小時中克莉絲蒂卻沒有一點驚慌不安，當下考古學家就決定要向她求婚。

原來，克莉絲蒂的內心是有這種冒險成分的。要不然她不會兩次選到的，都是喜愛冒險的丈夫，而她本身大概也不會吸引一個在各種危險情境下挖掘古代寶藏的人，讓他願意向一個大他十四歲的女人求婚。

這樣說吧，維多利亞時代後期的英國環境，壓抑限制了克莉絲蒂冒險、追求傳奇的內在衝動，她只好將這樣的衝動寄託在丈夫和寫作上。她一邊陪著第二任丈夫在近東漫走，一邊在小說中寫各式各樣的謀殺與探案。謀殺和探案都是冒險，還有，偵探偵查中做的事——蒐集線索，還原命案過程——其實和考古學家的考掘，如此相似！

克莉絲蒂寫得最好的，正是「藏在日常中的冒險」。她個性中的雙面成分，造就了特殊的偵探魅力。既嚮往非常傳奇，卻又有根深柢固的日常邏輯信念，兩者都在克莉絲蒂的小說中扮演了重要角色。她的謀殺案幾乎都和日常習慣緊密編織在一起，日常環境成了凶手最重要的掩護。有些日常規律明顯地被破壞了，讓我們很自然以為那會是謀殺的線索，沿著這些線索形成了閱讀中的推理猜測，然而白羅早就提醒了，真正重要的反而是那些「細節」，也就是看來像是依隨日常邏輯進行的事，或說藏在日常邏輯中因而不被看重的事，那裡要嘛藏著凶手的核心詭計、煙幕，要嘛藏著凶手致命的破綻。

凶案的構想，就是如何讓異常蓋上日常、正常的面貌，又如何故意將日常、正常予以扭曲，製造假象；那麼偵探要做的，就是如何準確地在日常中分辨出真正的異常，將假的、明顯的異常撥開來，找出細節堆疊起來的異常真相。

此外，克莉絲蒂的小說裡隱藏著極其曖昧的情感價值觀，最典型、最有名的就是《東方快車謀殺案》。透過追查過程，讓讀者知道為什麼凶手要訴諸於這種手段，其動機具有可同情之處，再加上克莉絲蒂對身分階級的觀察，她比較相信或讓讀者相信那些沒有權力、地位的人，隨著偵查節奏去認識可能或必須懷疑的人。克莉絲蒂最擅長營造「多重嫌疑犯」的小說特質，因為讀者在閱讀時必須被迫去認識很多不一樣的人。在她最受歡迎的作品，大概都具備這樣的特質。

當然，她的作品中還有兩個最突出的神探，即白羅和瑪波。白羅是比利時人，但為什麼必須是外國人？這是因為英國人具有高度階級意識，這種觀念一路滲透到所有互動細節，包括人與人之間如何說話。而白羅因為不是英國人，他會發現一般英國人不太看得出來的東西，以及兩個人互動的方法哪裡不正常。至於瑪波為什麼得是老太太？她一如那個年代的老人家，總是靜靜坐著打毛線，因為不起眼，自然讓人放鬆防備，所以瑪波探案的線索都是來自於這樣的互動模式。

然而，白羅有很明顯的優勢，瑪波的身分使她基本上只能進行「靜態」的辦案，案子的空間受到侷限，白羅卻可以跨越各種空間，恣意揮灑。而且白羅擁有警官身分，可以合理出現在各種犯罪現場，瑪波能出現的地方，相形之下就勉強、不自然多了。白羅是明白的outsider，在英國，只要他出現，就會覺得有外人在而感到緊張，於是很容易露出平常不會表現的行為；瑪波則看起來是 insider，但實質上是 outsider，因為總是沒人發現她、當她空氣人。這兩人的探案，是兩個極端。雖然讀者最愛白羅，但克莉絲蒂自己偏愛瑪波勝於白羅。

不管後來的偵探、推理小說發展了多少巧妙詭計，克莉絲蒂卻不會過時，因為她的推理如此密切地和日常纏繞在一起；活在日常中，我們就無可避免被克莉絲蒂的「日常細節推理」吸引，隨時讀來都充滿驚奇趣味。

名家盛讚克莉絲蒂（依推薦時間排序）

金庸（作家）

克莉絲蒂的寫作功力一流，內容寫實，邏輯性順暢，也很會運用語言的趣味。閱讀她的小說，在謎底沒有揭露之前，我會與作者鬥智，這種過程非常令人享受。其作品的高明之處在於：布局的巧妙完全意想不到，而謎底揭穿時又十分合理，讓人不得不信服。

詹宏志（作家、PChome網路家庭董事長）

推理小說在從先輩柯南．道爾等人的發明中出現力量時，誕生了一位《天方夜譚》故事中每天說故事說個不停的王妃薛斐拉．柴德，也就是「謀殺天后」克莉絲蒂，整個世界對聽這些故事才有如此的熱情。他們捨不得睡覺，每天問後來還有嗎、還有嗎，永遠不肯離去，這就是克莉絲蒂對推理小說的最大貢獻。

可樂王（藝術家）

所謂「克莉絲蒂式」的推理小說，就是一場和一個天才的寫作者或高明的恐怖份子在紙上捕掠捉殺的戰事。即便是一列火車、一處飯店或一間酒吧，在克莉絲蒂寫來皆充滿神祕和猜謎。在人生適合的下午裡，我總是一面嚼著口香糖，一面跟著矮子偵探白羅穿梭謀殺現場，克莉絲蒂的推理作品無疑是推理世界中最充滿「魔術性」的小說。

吳若權（作家、節目主持人）

我從小就對推理小說情有獨鍾，克莉絲蒂一系列的作品尤其令我愛不釋手。多年來，閱讀推理小說的經驗讓我覺悟：讀者在文字情節中推展開來的驚嘆，不只是因緣於故事的本身，而是自我性格的投射。從這個觀點來看克莉絲蒂一系列的作品，她簡直就是洞徹人性的算命師。而讀者，在她的文字中，發現了自己無可奉告的命運。

藍祖蔚（國家電影及視聽文化中心董事長）

做過藥劑師，難免懂得毒藥；嫁給考古學家，難免也就嫻熟文明的神祕；再加上曾經失蹤九天，一切不復記憶的離奇經驗，的確提供了寫作靈感，但若少了想像力，那些片羽靈光縱使辛辣如辣椒，卻不足以成菜。

推理小說重布局、重人物描寫，克莉絲蒂最厲害的卻是犀利的人性觀察，她一手創造的白羅探長，潔癖個性完全和她相反，更將她所憎厭的人格特質集於一身，殊不知，唯有不對著鏡子寫作，才能夠跳出框架與制式反應，開闢無限寬廣的新世界，建構多面向的詭異迷宮。

看完她的小說，你只會更加訝異，到底是什麼樣的心靈才能成就這般視野？

李家同（作家、前暨南大學校長）

克莉絲蒂的整體布局十分細膩，最後案情也都講解得非常詳細，回頭去看，在書中都找得到線索。故事的情節與內容也很好看，不是像一個流氓在街上被殺掉那麼單調。……看小說應該要花腦筋、要思考，從小就要養成思辨的能力，看她的小說，就是對邏輯思考能力極佳的訓練。

袁瓊瓊（作家）

雖然被公認是冷靜理性的謀殺天后，但是在理性之下，克莉絲蒂的底色依舊是感情。克莉絲蒂很明白，所有的慾望之後，都無非是某種愛情。在以性命相搏的犯罪世界裡，凶手以終結他人的性命來遂私欲，不過是為了成全自己的愛，或者是成全自己的恨。

鄧惠文（精神科醫師）

以推理小說作家而言，克莉絲蒂的風格相當獨樹一格。她的偵探在辦案時，靠的不光是科學證據的搜集，而是大量運用犯罪心理學，及對人性的深刻了解。例如在《五隻小豬之歌》中，白羅便是藉由聽取嫌疑犯訴說案情時所不自覺顯露的主觀意識及中心思想，而看出其中破綻，找出真兇。白羅是靠腦袋辦案，以心理層面去剖析案情，即使人們敘述的是同一件事，他可以聽出不同角色因出發點及看待角度不同所透露的情緒觀感，從而抽絲剝繭，還原事實真相。

克莉絲蒂所塑造的人物也生動且各具特色，不同個性所出現的情緒反應描寫，皆細膩而準確，讓讀者產生豐富的想像空間，一展卷便欲罷而不能。

吳曉樂（作家）

克莉絲蒂使用的語言平易近人，主要是以角色與情節的對應來斧鑿出故事的深度，堆疊出讓讀者回味的迂迴空間。而她筆下的角色往往性別、階級、性格、族群各異，塑造出多元又豐富的人物群像。

文學作品不問類型，若要流傳於世，最終仍得上溯至「人性」的理解與反思。而阿嘉莎．克莉絲蒂的作品中，我們可以看到人類屢屢得和自己的人生討價還價，或千方百計讓主觀意識與客觀條件達成某種程度的整合，讀者在重建人物的心理軌跡時，也見識到自身的是非成敗，我認為，這也是克莉絲蒂的作品能夠璀璨經年、暢銷不衰的主因。

許皓宜（心理學作家）

克莉絲蒂筆下的故事看似在談人性的醜惡，實則像一位披著小說家靈魂的心靈引導者，用她的文字訴說著人們得不到「愛」時的痛苦。於是在故事終了的剎那，你不得不對人生多了幾分「看透感」：原來，我們心裡的那些痛苦、報復與自我折磨的慾望，不是因為「憤恨」，而是起於對「愛的失落」。這或許是我們在情感世界中最珍貴且深刻的一種覺察了。

推理小說荒謬驚悚嗎？不，它其實很寫實。它幫我們說出心裡的苦、怨、醜陋的慾望，於是，我們可以重新學習愛了。

一頁華爾滋 Kristin（影評人）

從有記憶以來，閱讀克莉絲蒂最迷人之處往往不在真正的凶手是誰，而是在於「Why」（為什麼）與「How」（如何進行），在於人性與心理描摹的故事肌理。依循其書寫脈絡，會發覺不只是邏輯清晰、布局縝密、著重細節，她總能完美掌握敘事節奏，書中人物彷彿真實存在般鮮明躍然紙上，讀者情緒會隨精準文字保持流轉、跳動、收放，掩卷時並無太多真相水落石出的暢快，反倒淡淡的惆悵化為餘韻襲上心頭，原來還是種種意料之外，卻屬情理之中的人性盲目使然。私以為，那成就了克莉絲蒂的推理故事之所以無比迷人的主因之一。

冬陽（推理評論人）

雖然阿嘉莎・克莉絲蒂的作品並非我的推理閱讀啟蒙，卻是養成閱讀不輟的重要推手。首先，她無庸置疑是個說故事能手，打開我名為好奇的開關；其次是設計犯罪事件的巧妙多元，既日常又異常，凶手更是叫人意想不到。沒錯，我相信每個當讀者的都忍不住想破案，想早偵探一步識破詭計，或者像考試結束鈴響前一秒，瞎猜都要指著某個角色大喊「你就是犯人」！然後會忍不住作弊——不是翻到最後幾頁窺探真凶身分，而是往前翻查讓人起疑的段落、偵探顯然掌握重要線索的時刻，直到忍不住豎白旗投降，看神探（我知道啦，真正把我耍得團團轉的聰明人是作者）頭頭是道地分析我遺漏錯置的片片拼圖，終於看清真相全貌。這，就是偵探推理，我因此熟悉遊戲規則、沉醉在每一場迷人故事裡，成為這個類型書寫的俘虜，享受至今不疲的美好滋味。

石芳瑜（作家、永樂座書店店主）

布局細膩、處處留下線索，破案解說詳細，說明了這位安靜、害羞的推理小說女王心思縝密，且充滿想像力。密室殺人，完美犯罪，《東方快車謀殺案》不愧為古典推理小說的經典。再加上神祕的東方色彩，隨著火車抵達的迫切時間感，連非推理小說迷都會神經拉緊，讀完大呼過癮。

家庭主婦缺少人生經驗？處女座的阿嘉莎．克莉絲蒂充分展現她過人的寫作天分，靠得是從小開始的閱讀，以及對偵探小說的著迷。三十歲寫下第一本偵探小說《史岱爾莊謀殺案》的克莉絲蒂，在那個時代並不能說是「早慧」，但寫作生涯五十五年中，共創作了八十部偵探小說，卻令人難以企及。這位害羞靦腆的小說女神，大概是相信只要有足夠的理由，每個人都有殺人的可能！

余小芳（暨南大學推理研究社指導老師、台灣推理作家協會常務理事）

學生時代加入推理社團，社課指定讀物便是經典作品《一個都不留》，成為我對克莉絲蒂的初步印象，自此沉浸於推理小說的世界。隔年寒假陪同學參與轉學考，在斜風細雨的走廊中，滿足讀完《東方快車謀殺案》。隨著歲月遠走，已昇華成趣味回憶。

踏入推理文學領域需要認識的作家，阿嘉莎．克莉絲蒂絕對名列其中，她的作品常有英國小鎮風光、莊園式的謀殺、設備豪華的交通工具等，還有特色鮮明的偵探活躍其中。書中少有血腥、暴力的橋段，布局巧妙且結構嚴密，手法純粹、知性，故事內容與人物性格融為一體，以高超的想像力結合說好故事的能耐，為推理小說開創新局面。克莉絲蒂推理全集重編改版，值得新舊讀者一起探索。

林怡辰（國小教師、教育部閱讀推手）

多年後，還是難忘第一次閱讀阿嘉莎・克莉絲蒂作品的感動和激動。這套將近一世紀的作品，文筆流暢，邏輯縝密，過程中不斷與作者較量、猜出凶手，直到最後解答不禁佩服，蛛絲馬跡處處展現作者的精妙手法，於是又拿起另一部作品，再次沉溺在謀殺天后所編織的日常世界中的奇幻，無可自拔。犯罪動機和手法穿越時空限制，如今讀來合理且依舊令人感動，閱讀中趣味橫生，難怪成為後來諸多偵探小說的原型。

克莉絲蒂創作生涯中產出的八十部推理作品，至今多部躍上大銀幕，無怪乎被稱之為「經典」，喜愛推理偵探作品的人不可不讀，你會驚異於她在文字中施展的魔法！

張東君（推理評論家、科普作家）

我愛克莉絲蒂！這位在台灣有時會被稱為克奶奶的超級暢銷推理小說家，即使是自認沒讀過她的書的人，也都會在各種書籍或影視作品中看到對她致敬的片段。由於她喜歡旅行和冒險，那些經驗與體驗都成為書中的場景，因此閱讀她的作品時，不只是雀躍地跟著偵探推理，也有了虛擬的旅行體驗。或者當成旅遊導覽書，在出發去尼羅河、去英國鄉間、去搭船搭火車時，就塞一本克奶奶的作品到隨身背包中。

我還是大學新生時，就聽學姐說她哥哥經常看克奶奶的小說，而且邊看邊狂笑。於是我跟著效仿，在某次搭飛機之前買了第一本小說當旅伴，不只看得超開心，看完後還到處找尋書中出現的那種有兜帽的斗篷，當成出門時的必備用品。克奶奶的作品是跨越文字、國界的。只要看過一本，就會不停地追下去。還好，真的是還好只有八十本。何況這次是全新校訂的紀念珍藏版，當然不能錯過！

發光小魚（呂湘瑜）（文史作家、助理教授）

一部好的偵探小說，除了情節設計巧妙之外，還需要洞悉人性，如此方能合理地交代人物的言行舉止與動機。阿嘉莎．克莉絲蒂便是其中翹楚，她的作品不管是偵探、愛情小說或戲劇，必要元素都是謎題與人性。在寧靜無波的場景下暗潮洶湧，永遠都有意料之外，讀者的情緒也會隨著劇情的進行起伏糾結。克莉絲蒂觀察到時代的變化，將犯罪心理融入作品中，於是，看她的小說不只能得到解謎的快樂，同時對人性也能夠有所省思。

此外，克莉絲蒂豐富的人生歷練及旅行經歷，例如一九二二年的環球之旅、居住過也旅行過的巴黎和埃及，甚至是追隨考古學家丈夫前往的中東，都讓她的小說讀來更加充滿異國情調。如果你也愛旅行，不如就讓我們一同搭上那一班南法的藍色列車，或由伊斯坦堡出發的東方快車，跟著白羅鑽進一樁奇案，一嘗旅程中破解謎題的快感吧。

盧郁佳（作家）

國小時，家裡買了一套阿嘉莎．克莉絲蒂全集，從此成了我的毒品，在白癡課本將我的腦袋啃嚙成海綿般空洞時，撫慰受創的心靈，那時我仍對人心險惡一無所知。

數學課教你列算式，樂趣遠不如克莉絲蒂教你住宅平面圖、偷換時序的密室魔術，你從庭園長窗進房間，我從房門直通鄰房，他從走廊進房……從而學會故事是建構邏輯。她文風多變，時而《四大天王》中讓神探白羅向助手海斯汀大賣關子，眉頭緊皺，山雨欲來，預示天翻地覆，只能靠他拯救世界；時而用維吉尼亞．吳爾芙《自己的房間》中俏皮的語言，讓貧苦村姑安妮在《褐衣男子》中回憶南非出生入死的冒險，竟源於她耽讀村裡圖書館爛舊的冒險愛情小說，還有戲院每週末放映〈帕米拉歷險記〉，帕米拉每集從飛機跳落高空、搭潛艇、爬上摩天大樓，每次被黑幫老大抓到總不一刀斃命，卻老要用瓦斯毒死她，暗示續集又會逃出生天。

長大才發現，克莉絲蒂小說就是我的〈帕米拉歷險記〉：它以歌劇般輝煌龐大的天真陰謀、精細的人際觀察（一句話重音放在哪個字、從膝蓋鑑定女人的年齡等），召喚年輕讀者抱持浪漫精神投入未知的壯遊，瘋魔、衝撞、冒犯，傷痕累累毫無懼色。正如瓦斯在冒險片中太多、現實中卻太少；陰謀在現實中沒有克莉絲蒂寫得那麼複雜，但她刻畫的心理卻是現實中解謎的試金石。

賴以威（臺灣師範大學電機系副教授）

或許可以為經典下幾個定義：該領域的愛好者更都讀過；不是這個領域的愛好者，許多人也都聽過；影響後續的作品，在很多著作中都可以看到它的影子；值得反覆再三閱讀，每隔一陣子再讀都可以獲得閱讀的樂趣，有更多的體悟。我永遠記得第一次讀《東方快車謀殺案》時，被那宛如嚴謹設計數學謎題的鋪陳、推進給深深吸引、震撼。從這幾個角度來說，克莉絲蒂的推理小說被稱之為「經典」，可說是當之無愧。

謝哲青（作家、旅行家、知名節目主持人）

克莉絲蒂小說的魅力在於透過每個角色的對白，藉由不斷的說話來表現人物的個性，以彰顯其人格特質中一些無法被忽略的事實。我們從他們的言語、講話的過程和字裡行間，竟然就能知道誰是凶手。

我從克莉絲蒂的小說學到很多，除了推理小說有趣的事實之外，最重要的是，我在工作的職場跟人應對的時候，如何從語言和對話裡去捕捉某些隱而不顯的事實。許多人們欲蓋彌彰的東西，無論心事也好、祕密也好，克莉絲蒂都會用文學的手法，讓你理解語言的奧妙和魅力。

克莉絲蒂的書寫會讓你覺得彷彿自己也在現場，你可以從聽到的對話當中，學會如何理解人心的一些小技巧，這是小說家最出色、最偉大的地方。我們必須學習傾聽別人說話——這些人講話是真誠的嗎？他想要跟你分享什麼資訊？這些資訊可靠嗎？——這是我在閱讀推理小說時，最大的收穫和理解。

阿嘉莎・克莉絲蒂大事記

1890		• 九月十五日出生於英格蘭德文郡托基鎮。
1894	4 歲	• 開始在家自學，父母親、姐姐教導閱讀、寫作、算術和彈鋼琴。
1895	5 歲	• 家中經濟走下坡，舉家搬至法國，學會流利的法語。
1905	15 歲	• 在巴黎寄宿學校學鋼琴和聲樂，但生性極度害羞，未成為職業鋼琴家，最終回到英國。
1907	17 歲	• 陪同母親前往埃及調養身體，對社交活動充滿興趣，但尚未對日後感興趣的埃及古物點燃熱情。 • 回英國後繼續寫作、參與業餘戲劇表演。
1908	18 歲	• 寫出第一篇短篇小說〈麗人之屋〉，同時也寫出第一部愛情小說《白雪黃漠》，以筆名向出版社投稿，但屢遭退稿。
1912	22 歲	• 與英國皇家軍官亞契・克莉絲蒂（Archibald Christie）熱戀。 • 八月爆發第一次世界大戰，亞契奉派到法國作戰。
1914	24 歲	• 耶誕夜結婚，亞契隨即返回戰場。克莉絲蒂參與紅十字會工作，在醫院擔任護士和藥劑師，因此對藥理和毒物非常熟悉，造就後來多部推理小說情節都以毒藥殺人。
1916	26 歲	• 開始嘗試寫推理小說，寫出第一部小說《史岱爾莊謀殺案》，主角偵探赫丘勒・白羅的靈感，來自於大戰期間英國鄉間的比利時難民營。本書歷經數家出版社退稿後，終獲柏德雷・海德（The Bodley Head）圖書公司的出版機會，之後並簽下另五本小說的合約。
1919	29 歲	• 前一年亞契返回英國，八月生下女兒露莎琳。

1920	30 歲	• 出版《史岱爾莊謀殺案》。
1922	32 歲	• 出版第二部小說《隱身魔鬼》，主角是夫妻檔偵探湯米和陶品絲。 • 與亞契至南非、澳洲、紐西蘭、夏威夷和加拿大等國旅行十個月，在南非得到《褐衣男子》的靈感。
1923	33 歲	• 三月出版第三部小說《高爾夫球場命案》，白羅再度登場。
1926	36 歲	• 四月母親過世，克莉絲蒂陷入憂鬱。 • 六月在「威廉・柯林斯父子出版社」出版《羅傑艾克洛命案》。 • 八月亞契因外遇提出離婚，十二月初一次爭吵後，克莉絲蒂離家棄車失蹤，消息登上全國新聞。
1927	37 歲	• 一月在悲痛心情中寫出《藍色列車之謎》，第一次創造出聖瑪莉米德村，即後來瑪波小姐居住的村子。 • 分居期間在雜誌刊登以白羅為主角的短篇小說，後來集結出版《四大天王》。 • 十二月在雜誌刊登短篇小說〈週二夜間俱樂部〉，瑪波小姐初登場，後來收錄在一九三二年出版的短篇小說集《十三個難題》。
1928	38 歲	• 十月正式離婚，仍保留「克莉絲蒂」姓氏。 • 秋天搭乘「東方快車」前往土耳其的伊斯坦堡，再轉往伊拉克首都巴格達，參觀考古現場烏爾，認識考古學家伍利夫婦（Leonard and Katharine Woolley）。
1930	40 歲	• 二月應伍利夫婦之邀再訪烏爾，認識考古學家麥克斯・馬龍（Max Mallowan），九月於英國愛丁堡結婚。這段婚姻開啟克莉絲蒂旺盛的創作生涯，兩人到中東考古現場的旅行為許多作品帶來靈感。

- 婚後克莉絲蒂開始維持固定的寫作行程。十月出版《牧師公館謀殺案》，是第一部以瑪波小姐為主角的小說。
- 出版第一部以「瑪麗．魏斯麥珂特」（Mary Westmacott）為筆名的《撒旦的情歌》，並陸續發表了五部非犯罪小說。

1932 42歲
- 出版《危機四伏》。

1934 44歲
- 出版《東方快車謀殺案》，是白羅海外辦案三部曲之一，故事靈感來自中東的旅行經歷。一九七四年第一次改編成電影大獲好評。

1936 46歲
- 出版《美索不達米亞驚魂》，白羅海外辦案三部曲之二。

1937 47歲
- 出版《尼羅河謀殺案》，白羅海外辦案三部曲之三，故事背景是年輕時與母親同遊的埃及。一九七八年第一次改編成電影大受歡迎。

1939 49歲
- 二次大戰期間，克莉絲蒂在大學學院醫院擔任義務藥師，學習到最新的毒藥知識，對於推理小說寫作大有助益。
- 出版《一個都不留》，是克莉絲蒂最著名作品之一。

1941 51歲
- 出版《密碼》，呈現出克莉絲蒂對戰爭的看法。
- 出版《豔陽下的謀殺案》。

1942 52歲
- 出版《藏書室的陌生人》、《五隻小豬之歌》等名作。

1944 54歲
- 以「瑪麗．魏斯麥珂特」為筆名出版第三部作品《幸福假面》，被美國書評人發現是克莉絲蒂的作品，讓她從此失去匿名創作的自在樂趣。

1950　60歲　• 獲選為皇家文學學會的會員。

1953　63歲　• 出版《葬禮變奏曲》。

1956　66歲　• 一月獲頒大英帝國爵級大十字勳章（GBE）。
• 十一月以「瑪麗．魏斯麥珂特」為筆名出版《愛的重量》，是這個筆名的最後一部作品。

1958　68歲　• 成為「偵探作家俱樂部」主席。

1960　70歲　• 馬龍獲頒大英帝國爵級大十字勳章。

1961　71歲　• 獲得艾克塞特大學頒發榮譽文學博士學位。

1968　78歲　• 馬龍獲封為爵士，克莉絲蒂亦被稱為馬龍爵士夫人。

1971　81歲　• 獲頒大英帝國爵級司令勳章（DBE），獲封為女爵士。

1973　83歲　• 出版最後一部創作《死亡暗道》，亦為湯米和陶品絲最後一次辦案。

1974　84歲　• 最後一次公開露面，出席電影《東方快車謀殺案》首映會。

1975　85歲　• 八月六日，白羅成為有史以來第一次在《紐約時報》頭版刊出訃聞的小說主角，宣傳九月即將出版的《謝幕》，這也是白羅最後一次辦案。

1976　86歲　• 一月十二日去世。
• 十月出版《死亡不長眠》，瑪波小姐的最後一次辦案。

克莉絲蒂推理原著出版年表

1920 史岱爾莊謀殺案 The Mysterious Affair at Styles（神探白羅系列）
1922 隱身魔鬼 The Secret Adversary（神探湯米＆陶品絲系列）
1923 高爾夫球場命案 The Murder on the Links（神探白羅系列）
1924 白羅出擊 Poirot Investigates（神探白羅系列）
1924 褐衣男子 The Man in the Brown Suit（神探雷斯上校系列）
1925 煙囪的祕密 The Secret of Chimneys（神探巴鬥主任系列）
1926 羅傑艾克洛命案 The Murder of Roger Ackroyd（神探白羅系列）
1927 四大天王 The Big Four（神探白羅系列）
1928 藍色列車之謎 The Mystery of the Blue Train（神探白羅系列）
1929 七鐘面 The Seven Dials Mystery（神探巴鬥主任系列）
1929 鴛鴦神探 Partners in Crime（神探湯米＆陶品絲系列）
1930 牧師公館謀殺案 The Murder at the Vicarage（神探瑪波系列）
1930 謎樣的鬼豔先生 The Mysterious Mr. Quin（神探鬼豔先生系列）
1931 西塔佛祕案 The Sittaford Mystery
1932 十三個難題 The Thirteen Problems（神探瑪波系列）
1932 危機四伏 Peril at End House（神探白羅系列）
1933 十三人的晚宴 Lord Edgware Dies（神探白羅系列）
1933 死亡之犬 The Hound of Death
1934 三幕悲劇 Three Act Tragedy（神探白羅系列）
1934 李斯特岱奇案 The Listerdale Mystery
1934 帕克潘調查簿 Parker Pyne Investigates（神探帕克潘系列）
1934 東方快車謀殺案 Murder on the Orient Express（神探白羅系列）
1934 為什麼不找伊文斯？ Why Didn't They Ask Evans?
1935 謀殺在雲端 Death in the Clouds（神探白羅系列）
1936 ABC 謀殺案 The A.B.C. Murders（神探白羅系列）
1936 底牌 Cards on the Table（神探白羅系列）
1936 美索不達米亞驚魂 Murder in Mesopotamia（神探白羅系列）

1937 巴石立花園街謀殺案 Murder in the Mews（神探白羅系列）
1937 尼羅河謀殺案 Death on the Nile（神探白羅系列）
1937 死無對證 Dumb Witness（神探白羅系列）
1938 白羅的聖誕假期 Hercule Poirot's Christmas（神探白羅系列）
1938 死亡約會 Appointment with Death（神探白羅系列）
1939 一個都不留 And Then There Were None
1939 殺人不難 Murder Is Easy/Easy to Kill（神探巴鬥主任系列）
1940 一，二，縫好鞋釦 One, Two, Buckle My Shoe（神探白羅系列）
1940 絲柏的哀歌 Sad Cypress（神探白羅系列）
1941 密碼 N Or M?（神探湯米＆陶品絲系列）
1941 豔陽下的謀殺案 Evil Under the Sun（神探白羅系列）
1942 五隻小豬之歌 Five Little Pigs（神探白羅系列）
1942 藏書室的陌生人 The Body in the Library（神探瑪波系列）
1942 幕後黑手 The Moving Finger（神探瑪波系列）
1944 本末倒置 Towards Zero（神探巴鬥主任系列）
1945 死亡終有時 Death Comes as the End
1945 魂縈舊恨 Sparkling Cyanide（神探雷斯上校系列）
1946 池邊的幻影 The Hollow（神探白羅系列）
1947 赫丘勒的十二道任務 The Labours of Hercules（神探白羅系列）
1948 順水推舟 Taken at the Flood（神探白羅系列）
1949 畸屋 Crooked House
1950 謀殺啟事 A Murder Is Announced（神探瑪波系列）
1951 巴格達風雲 They Came to Baghdad
1952 殺手魔術 They Do It with Mirrors（神探瑪波系列）
1952 麥金堤太太之死 Mrs. McGinty's Dead（神探白羅系列）
1953 黑麥滿口袋 A Pocket Full of Rye（神探瑪波系列）
1953 葬禮變奏曲 After the Funeral（神探白羅系列）

1954 未知的旅途 Destination Unknown
1955 國際學舍謀殺案 Hickory, Dickory, Dock（神探白羅系列）
1956 弄假成真 Dead Man's Folly（神探白羅系列）
1957 殺人一瞬間 4:50 from Paddington（神探瑪波系列）
1958 無辜者的試煉 Ordeal by Innocence
1959 鴿群裡的貓 Cat Among the Pigeons（神探白羅系列）
1960 哪個聖誕布丁？ The Adventure of the Christmas Pudding（神探白羅系列）
1961 白馬酒館 The Pale Horse
1962 破鏡謀殺案 The Mirror Crack'd from Side to Side（神探瑪波系列）
1963 怪鐘 The Clocks（神探白羅系列）
1964 加勒比海疑雲 A Caribbean Mystery（神探瑪波系列）
1965 柏翠門旅館 At Bertram's Hotel（神探瑪波系列）
1966 第三個單身女郎 Third Girl（神探白羅系列）
1967 無盡的夜 Endless Night
1968 顫刺的預兆 By the Pricking of My Thumbs（神探湯米＆陶品絲系列）
1969 萬聖節派對 Hallowe'en Party（神探白羅系列）
1970 法蘭克福機場怪客 Passengers to Frankfurt
1971 復仇女神 Nemesis（神探瑪波系列）
1972 問大象去吧 Elephants Can Remember（神探白羅系列）
1973 死亡暗道 Postern of Fate（神探湯米＆陶品絲系列）
1974 白羅的初期探案 Poirot's Early Cases（神探白羅系列）
1975 謝幕 Curtain: Hercule Poirot's Last Case（神探白羅系列）
1976 死亡不長眠 Sleeping Murder（神探瑪波系列）
1979 瑪波小姐的完結篇 Miss Marple's Final Cases（神探瑪波系列）
1991 情牽波倫沙 Problem at Pollensa Bay
1997 殘光夜影 While the Light Lasts

國家圖書館出版品預行編目（CIP）資料

鴛鴦神探 / 阿嘉莎・克莉絲蒂（Agatha Christie）著 ; 冒國安譯. -- 二版.-- 臺北市 : 遠流出版事業股份有限公司, 2024.04
面；　公分. -- (克莉絲蒂繁體中文版20週年紀念珍藏 ; 57)
譯自 : Partners in Crime
ISBN 978-626-361-528-1(平裝)

873.57　　113001923

克莉絲蒂繁體中文版 20 週年紀念珍藏 57

鴛鴦神探

作者 / 阿嘉莎・克莉絲蒂
譯者 / 冒國安

主編 / 陳懿文、余式恕　校對 / 呂佳眞
封面、內頁設計 / 謝佳穎　排版 / 連紫吟、曹任華
行銷企劃 / 舒意雯　出版一部總編輯暨總監 / 王明雪

發行人 / 王榮文
出版發行 / 遠流出版事業股份有限公司
地址 / 104005臺北市中山北路一段11號13樓
電話 / (02)2571-0297　傳眞 / (02)2571-0197　郵撥 / 0189456-1
著作權顧問 / 蕭雄淋律師

2003年9月1日 初版一刷
2024年4月1日 二版一刷
定價 / 新臺幣380元 (缺頁或破損的書，請寄回更換)

ISBN 978-626-361-528-1

YLib 遠流博識網 http://www.ylib.com E-mail: ylib@ylib.com
遠流粉絲團 https://www.facebook.com/ylibfans